BREAB, BREAB, BREAB

BREAB, BREAB, BREAB

le
Iain D. Urchardan

Air fhoillseachadh ann an 2017 le Acair Earranta,
An Tosgan,
Rathad Shìophoirt,
Steòrnabhagh,
Eilean Leòdhais
HS1 2SD

www.acairbooks.com
info@acairbooks.com

© an teacsa Iain D. Urchardan

Tha còraichean moralta an ùghdair/dealbhaiche air an daingneachadh.

Na còraichean uile glèidhte. Chan fhaodar pàirt sam bith dhen leabhar seo
ath-riochdachadh an cruth sam bith, no a chur a-mach air dhòigh no air chruth
sam bith, grafaigeach, eleactronaigeach, meacanaigeach no lethbhreacach,
teipeadh no clàradh, gun chead ro-làimh ann an sgrìobhadh bho Acair.
An dealbhachadh agus an còmhdach, Acair Earranta.

Clò-bhuailte le Hobbs, Hampshire, Sasainn

Gheibhear clàr catalogaidh airson an leabhair seo bho Leabharlann Bhreatainn.

Chuidich Comhairle nan Leabhraichean am foillsichear le cosgaisean an leabhair seo.

Tha Acair a' faighinn taic bho Bhòrd na Gàidhlig.

ISBN/LAGE 978-0-86152-586-7 (paipear)
e-leabhraichean 978-0-86152-424-2

Clàr-innse

Air Tòir an Sgeòil 7
Leth-aonan Co-ionnan? 15
A-mach à Afraga 19
Fiamh Annasach 27
An t-Àite Uaigneach 34
An Tè 42
An t-Eilean 51
Breab, Breab, Breab 60
A' Cuimhneachadh 68
Deàrrsadh san Deàrrsaich 76
Dubadh 83
Èist Thusa Riumsa! 91
Feum 100
Mo Chinneadh? 108
Na Bhriogais Ghoirid 116
Guthan 124

Na Daoine Againn Fhèin	131
Oidhche Dhubh Dhorcha	139
San Fhuil	147
Sannt	155
Nàrach	164
Suaimhneas	172

Air Tòir an Sgeòil

Goirid an dèidh do Rory ceumnachadh, fhuair e obair, an obair a mhiannaich e. A-nis, seachdainean an dèidh dhan t-Sasannach òg seo tòiseachadh aig Stèisean Rèidio Ghàidhlig Inbhir Nis, bha ceann-latha a' dlùthachadh 's esan fhathast às aonais naidheachd.

Dh'fheumadh e tè a lorg agus gu luath – no dheigheadh Murdag an sàs ann a-rithist. Bha ise, An Tè Bheag, air a bhith a' riaghladh na h-oifis le slat-iarainn bhon a bha Nòah na bhriogais ghoirid. 'S às dèidh a' chrathaidh mu dheireadh a thug i air Rory – mu choinneamh a h-uile duine san oifis – cha robh but dheth ag iarraidh a' chòrr maslachaidh. Bha an criomadh a' fàgail ìnean goirid.

B' ann nuair a bha e a' call dòchas ge-tà, a sheall sealbh gu coibhneil air.

Aig àm lòin, shìos sa Phoenix, choinnich e ri fear a gheall sgeulachd dha, ma bha e ga h-iarraidh, tè le car innte. Cha b' e ruith ach leum! Ged a bha an duine fhèin, Ailig Moireasdan, caran doirbh a leantainn, dh'innis e rud no dhà dhan òganach mun *Ann Marie*: bàt'-iasgaich a chaidh air na creagan sna Hearadh.

"Bha rudeigin neònach mun tubaist fhèin," ars esan. "A rèir muinntir an àite, cha robh na fir a fhuair aiste lem beatha riamh deònach bruidhinn air carson dha-rìribh a chaidh i air na creagan. Dìomhaireachd a bh' ann. Tè ghlaiste."

Annasach. Agus tarraingeach.

Ged nach robh Ailig fhèin eòlach air a' chòrr dhen sgeul, gheall e gum faigheadh Rory "ceart" i bho fhear a b' aithne dha, Murchadh MacLeòid – Hearach a bha a' fuireach ann am Bail' a' Chaolais. 'S an dèidh do Rory drama 's leth-phinnt a cheannach do dh'Ailig, fhuair e àireamh-fòn Mhurchaidh.

Smaoinich an neach-rannsachaidh òg à Sussex gur dòcha gum b' e seo an seòrsa sgeòil a chosnadh cliù dha. Seann dìomhaireachd air a fuasgladh le neach-naidheachd gleansach ùr! Cha b' urrainn do Mhurdag slàraigeadh a dhèanamh air an uair sin.

Dh'fhòn e gu Murchadh agus ged nach robh a' Hearach ro dheònach an toiseach, cha do dhiùlt e gu tur agallamh a dhèanamh leis. Dh'innis e beagan a bharrachd dha air a' fòn cuideachd. Mar sin, an dèidh do Rory seòladh-taighe an fhir fhaighinn, rinn e às, sa Citroen uaine. Bha e sona: air tòir an sgeòil le uidheam-clàraidh beag ri thaobh. Air an t-slighe, smaoinich e air ceistean gleusta.

B' ann fuar, tioram a bha 'n tìde nuair a ràinig e Bail' a' Chaolais. 'S cha tug e fada dha an taigh a lorg. An dèidh dhaibh fàilte a chur air a chèile, thug a' Hearach dhan chidsin e.

A-nis bha an t-uidheam-clàraidh deiseil an uchd Rory 's bha bileag pàipeir le ceistean air gàirdean an t-suidheachain. Bha e cuideachd a' deisealachadh barrachd dhiubh na inntinn – air eagal nach biodh gu leòr aige airson an t-agallamh a chumail a' dol!

Dh'fheuch e air cuimhne a chumail air àithne Mhurdag: "Èist gu dùrachdach; na dèan fuaim ach nuair a tha thu a' cur cheistean; agus gnog do cheann, gus am misneachadh."

Shaoil an t-ionnsaiche òg gun robh e deiseil. Bha ceist aige a thòisicheadh muir-làn nan cuimhneachan. "Ceart ma-thà, nach innis sibh dhomh mun bhàt'-iasgaich fhèin?"

"Haaa-um ... Dè tha thu ciallachadh?" arsa Murchadh.

"An innis sibh dhomh mun bhàt'-iasgaich fhèin?"

"Duilich ... chan eil mise cleachdte ri rudan mar seo ... bruidhinn air rèidio. Cha do rinn mi riamh e."

Dh'fhoghlam am fear òigail nach robh cuid dhen t-seann ghinealach Gàidhealach cleachdte ri agallamhan a dhèanamh. Dh'fheumadh feadhainn dhiubh a bhith air am brosnachadh gus tòiseachadh.

Rinn Rory fiamh-ghàire 's thuirt e, "Dìreach rudan mar: Càit' an deach a togail? Dè an seòrsa a bh' innte? Agus dè cho mòr 's a bha i? Rudan mar sin."

"Haaa-um, uill, cheannaicheadh an *Ann Marie* an Eilean a' Cheò. Ma 's math mo chuimhne, b' ann aig dithis à Caol Loch Aillse bha i: Iain Frisealach 's Dòmhnall MacFhionghain. Tha fios a'm le cinnt gum b' e BRD 123 an comharrachadh a bh' oirre."

Chuimhnich am fear òg air a cheann a ghnogadh.

"Millers built, le claigeann toisich ris an canamaid Queen Mary. Aidh, bha i bhrèagha. Broadford Ringer àlainn."

Bha e follaiseach gun robh na h-ainmean seo brìghmhor dhan duine fhèin, ach cha robh a' chiad fhios aig fear Sussex dè idir san t-saoghal mhòr fharsaing air an robh e a-mach! Ach a' coimhead cho glic ri cailleach-oidhche, ghnog e a cheann a-rithist.

"Aidh bha i brèagha," lean Murchadh air, "Uaine, le taigh-cuibhle beag!" Shuidh e air ais san t-suidheachan, ri taobh an Aga. "Ach ged a bhragainn an-dràsta cha chuimhne leam cia mheud troigh a dh'fhaid a bh' innte... Haa-um, rudeigin mar 45 no 46! Tha mi duilich."

"Na gabhaibh dragh. 'S dè an seòrsa iasgaich a bha i ris?"

"An sgadan. Iasgach an sgadain. Mar a thuirt mi, b' e Ringer a bh' innte, 's ann mar sin a bha i air a cleachdadh nuair a thàinig i a-nall an toiseach. Thug e treiseag ge-tà, dha na balaich againne fàs cleachdte ris an dòigh iasgaich seo."

"Carson?"

"Uill, aig an àm, cha b' e seo an seòrsa iasgaich a bha san fhasan againne."

"'S dè a thachair?" Thuirt Rory le cabhaig.

"B' fheudar do dh'iasgairean tighinn a-nall às an Eilean Sgitheanach a shealltainn do bhalaich an *Ann Marie* ciamar a dhèanadh iad e. Smaoinich. Sgitheanaich a' teagasg do Hearaich mar a dhèanadh iad iasgach! Ach aon uair 's gun deachaidh eòlas a chur air, uill, dh'fhàs na fir againne math air. An dèidh beagan ùine ge-tà, bha an *Ann Marie* air a cur gu iasgach le na linn-drioftaidh. Aidh, b' ise aon dhe na h-eathraichean-iasgaich mu dheireadh a bhiodh a' drioftadh." Bha e a-nis a' fàs na bu dàine.

Ach bha eagal ag èirigh an com an fhir-naidheachd òig gun robh na ceistean a' dol a thraoghadh air. Gu fortanach, thàinig tèile thuige, "Cia mheud a bha ag iasgach oirre?"

"Sianar. Bhiodh sianar air bòrd: Dòmhnall Ruadh, Rodachan, Eòghainn, Sgreuch, an Dud, 's an t-iasgair ùr, Mutaidh – Mutaidh Beag."

"Seadh. Agus cò às a bha iad a' seòladh?"

"A-mach às an t-Òb."

A' feuchainn ri coltas a' ghliocais a chur air, leum am fear-naidheachd a-steach: "Carson nach b' ann à Ròghadal a bha i a' seòladh?" Thàinig seo thuige air sgàth gun robh e air fantainn an taigh-òsta Ròghadail aon oidhche 's e air làithean-saora. Bha e air dùsgadh sa mhadainn 's air an cala sgoinneil fasgach sin fhaicinn mu choinneamh.

"Hud! Bha cidhe an t-Òib fada na bu fhreagarraiche," ars an t-eòlaiche, "Barrachd doimhneachd. Thug 'Bodach an t-Siabainn' tunnaichean de chreag a-mach às nuair a bha an fhactaraidh aige sna 30an. Mar sin sheòladh eathraichean aig barrachd àirdean is ìrean dhen làn na dhèanadh iad ann an Ròghadal."

Ged nach robh càil a dh'fhios aige cò a bh' ann am Fear an t-Siabainn, ghnog am fear òg a cheann, mar phroifeiseantach, "Ceart... 'S nach innis sibh dhomh a-nis mun oidhche ainmeil air an do bhruidhinn mo charaid, Ailig, rium ann an Inbhir Nis." (Bha e air coinneachadh ris a' charaid seo aon uair riamh! Cha robh e cho slaodach.)

Ged a bha am fear eile air blàthachadh, thuirt e, le beagan iomnaidh na ghuth, "An oidhche mhòr fhèin?"

"Seadh."

"Uill, deireadh an Fhaoillich, 1972, bha an *Ann Marie* thall an Ùige, san Eilein Sgiathanach. Bha 'n t-iasgach air a dhol math dhaibh an oidhche roimhe sin 's bha an sgioba air corra chrann fhàgail aig a' mhargaidh. Dh'fheumadh iad an uair sin feitheamh air làraidh a' bhìdh. Ach bha ise fadalach. Dh'fhàg seo an *Ann Marie* na b' anmoiche a' cur a-mach gu muir airson barrachd a ghlacadh... far chosta na Hearadh."

Stad e, mar gun tuigeadh am fear òg carson a bhiodh seo cudromach.

"An dèanadh sin diofar?" ars Rory.

"Gu dearbha dhèanadh, 'ille. Bhiodh iad a' cur nan linn sa ghormanaich; aig beul na h-oidhche mus fàsadh i dorcha. B' ann tron oidhche a bh' an sgadan ga ghlacadh. Ach bha an latha a' dorchnachadh mu thràth, nuair a thòisich iadsan a' dèanamh air Eilean Bhàlaigh, ann an Loch Ròghadail."

Bha na ceistean dìreach gus tiormachadh, nuair a leum tèile air teangaidh Rory. "'S ciamar a bha an aimsir?" ars esan. "An robh i 'rapach, robach, rosgallach'?" Toradh nan clasaichean briathrachais sa Cholaist'.

"Cha robh. Cha robh droch oidhche idir ann – gaoth no càil mar sin. Bha i mar an teàrr ceart gu leòr ach cha robh droch shìde idir ann."

Cha b' e seo am freagairt a shùilich am fear òg. An dòchas gun robh iad a' dlùthachadh air cnag na cùise, dh'fhaighnich e ceist eile. "'S cò a bha san taigh-chuibhle?"

"Bha Dòmhnall Ruadh 's Rodachan. Bhiodh dithis an-còmhnaidh a' dèanamh faire na h-oidhche, fhad 's a bhiodh an còrr shìos fon deac a' cadal. Bha sin mar bu chòir. Cha toigh leamsa idir an dòigh a th' aca an-diugh – dìreach a' fàgail aon duine leis fhèin. Chan eil e sàbhailte. Feumaidh tu dithis."

Cha robh miann sam bith aig an fhear òg còmhradh a dhèanamh mu shlàinte 's mu shàbhailteachd. Ach le fios gum b' urrainn dha seo a ghearradh às an agallamh nuair a thilleadh e dhan oifis, dh'aontaich e ris. "Dha-rìribh," ars esan. "'S dè thachair an uair sin?"

"Uill, chaidh an *Ann Marie* air stallaichean mòra Àird Bhòirseam, aig Sròin Bhòirseam an sin – corra mhìle mu thuath air an àite air an robhar ag amas."

"Abair mearachd!" arsa Rory, a' briseadh sruth an sgeòil agus àithne Mhurdaig.

"Habair e! B' e a' chiad rud a dh'fhairich na h-iasgairean a bha nan cadal gu h-ìosal, gun robh cuideigin a' glaodhaich, 'Èiribh! Èiribh! Tha sinn air na creagan!' Cha robh càil a dh'fhios acasan fon deac dè bha tachairt. Chaidh na dèilean aice nam bleideagan, sa bhad! Bha Mutaidh

Beag, suas gu ghlùinean mus tàinig e thuige fhèin 's a chuir e a chasan a-mach air a' bhunc. Cha robh fiù 's tìde aige a bhòtannan a chur air! B' fheudar dhaibh uile spàirn-bàis a dhèanamh suas gu h-àrd. 'S an uair sin sreap suas air na stallaichean sracach fhèin."

"Seadh," arsa Rory, le gnogadh-cinn eile 's àrdachadh na mhalaidhean.

"Dh'fheuch an Dud ri Mayday a chur a-mach. Cha robh e fhèin ach air dùsgadh às a chadal 's mar sin thuirt esan gun robh iad air cùl Eilean Bhàlaigh, air an robh iad ag amas nuair a dh'fhàg iad Ùige. Ach gu dearbh cha robh Eilean Bhàlaigh faisg air Bòirseam."

B' e seo an t-àm! Bha am fear-naidheachd ag iarraidh a threòrachadh a-nis gu cnag na cùise. Oir, bha e cinnteach gum b' e an car a bh' anns an sgeul gun robh iadsan a bh' air a bhith aig a' chuibhil air tuiteam nan cadal. Dè eile a chuireadh air na creagan iad? Mar sin thuirt e, "Ach bha rudeigin air tachairt, san taigh-chuibhle, nach robh? Rud a bh' air an *Ann Marie* a thoirt pìos math mu thuath air Eilean Bhàlaigh?"

Thàinig coltas mì-chofhurtail air aghaidh Mhurchaidh. Cha tuirt e ach, "Bha dithis san taigh-chuibhle, ach cha b' urrainn dhaibhsan innse dè a thachair."

"Ach bha iadsan air a bhith a' dèanamh faire, nach robh? Ciamar nach robh fios acasan dè a thachair?" ars am fear òg. "Ma bha iadsan nan dùisg agus sòbarra... cha tachradh a leithid, an tachradh?"

Dhorchnaich sùilean Mhurchaidh agus dh'èirich balla mì-chofhurtail eatorra, mar thonn.

Thuig am fear òg gun robh e air ceum ro fhada a ghabhail, "Tha mi duilich. Nam chòmhradh le Ailig an Inbhir Nis, thuirt e gun robh car san sgeul. Gabhaibh mo leisgeul."

Gu socair thuirt an t-eòlaiche, "Bidh rudan a' tachairt aig muir, 'ille, nach tuig muinntir na tìre... 's tha rudan ann cuideachd air nach bu chòir tuairmeas a dhèanamh." Sheall e a shùilean a' bhalaich.

Bha de thuigse aig Rory fhèin an tac aige atharrachadh. "Tha mi duilich," ars esan. "Chuir mi stad air ur sgeul..."

Às dèidh treis shàmhach mhì-chofhurtail, chùm a' Hearach air.

"Mar a bha san fhasan aig an àm, bha Dindeag, màthair Mhurchaidh

Bhig, ag èisteachd ris an ship-to-shore san dachaigh aice. Chuala ise am Mayday, ag ràdh gun robh iad air a dhol air creagan Bhàlaigh! Mar sin chaidh i gu Calum, a mac eile, leis an naidheachd. 'S ann an dearg chabhaig, chuir esan a-mach gu muir, a' dèanamh air Bhàlaigh.

"Ach an dèidh treis, dh'aithris esan air an rèidio-mhara gun deachaidh e timcheall air an eilean corra uair agus fiù 's a-steach gu oirthir Ròghadail; ach nach d' fhuair e sealladh air an *Ann Marie*, no air maraichean, no air muragan. Aig an àm sin fhèin ge-tà, mu dhà mhìle mu thuath, san dubh-dhorchadas, shreap na balaich chaillte suas aghaidh chas Shròin Bhòirseam. Is ged a gheàrr iad 'ad fhèin, a' dìreadh chun a' mhullaich, b' iadsan a bha taingeil faighinn às an sgrios a bha gu h-ìosal – lem beatha!

"Ged a bha i mar an teàrr, bha an Dud riamh math san dorchadas agus astar bhuaithe, chunnaic e solas taighe. Mar sin, chaidh esan air thoiseach air càch. Choisich e tron fhraoch 's gach boglach a choinnich ris, gus an do ràinig e an taigh. Chaidh e suas chun an dorais agus ghnog e air.

"Nuair a dh'fhosgail an teaghlach a bha a' còmhnaidh san taigh an doras, theab iad faomadh! Bha iadsan uile air a bhith ag èisteachd ris na h-aithrisean a bha a' dol a-mach air an rèidio – agus cho-dhùin iad gun deachaidh an sgioba a chall.

"Ach, le anail na uchd, dh'innis an Dud dhan theaghlach mar a thachair. Cha b' urrainn dhaibhsan creidsinn gun robh iad beò! Oir cha bu toigh leothasan Sròin Bhòirseam a dhìreadh air latha math, gun luaidh air oidhche dhorcha!

"Bha na balaich uile taingeil a bhith beò 's taingeil buileach fhaighinn a-steach dhan bhlàths. Cha robh an còrr air, an uair sin, ach gun toireadh an teaghlach am brot a-mach 's a theasachadh air an Rayburn. Chaidh aodach tioram fhaighinn dhaibh 's dh'ith iad is dh'òl iad agus dh'innis iad na bu dùraig dhaibh dhen sgeul aca.

"An uair sin rinn iad às suas dhan ath bhaile, Fionnasbhàgh. Agus nach robh na maoir-chladaich dìreach air an t-slighe troimhe nuair a ràinig na balaich na crois-rathaidean. Mar sin, fhuair iad uile dhachaigh gu sàbhailte."

Bha ceist ùr air èirigh an inntinn an fhir-naidheachd.

Ach, lean an t-òraidiche air, "Cha robh Mutaidh Beag a bh' air bòrd ach sia-bliadhn'-deug 's air an sgoil fhàgail an samhradh ron tubaist. Ach bha a mhàthair air rabhadh dha gun a dhol gu muir. 'Na tèid idir a-mach,' ars ise, 'oir thàinig e thugam ann an aisling gu bheil tubaist gu bhith ann. Tha fios aig do mhamaidh gu bheil rudeigin uabhasach a' dol a thachairt dha mac. Siuthad a ghràidh, na tèid idir ann.'

"Shaoil Mutaidh, 'Cia mheud màthair a thuirt an aon rud, dìreach airson mac a chumail o mhuir?' 'S mar sin cha tug e feairt sam bith dhi. Dh'fhalbh e gu muir gun chùram. Ach, ged a fhuair Mutaidh às le bheatha – an ceann a stocainnean 's a' rànaich – chaidh Calum, a bhràthair, a chaidh ga lorg, air sgeir. Chailleadh esan. Agus innsidh mi seo dhut, 'ille. Cha d' fhuair Mutaidh, a mhàthair, no an teaghlach… riamh seachad air!"

"Am faod mi faighneachd ciamar a tha uimhir dhen sgeulachd seo agaibh?" ars Rory. Na h-uimhir de mhion-fhiosrachadh?"

"Tha fios agam air seo uile oir 's mise Mutaidh Beag – no Murchadh, mar a th' aig daoine orm an seo. Bu mhise a bu chòir a bhith bàithte, ach bhàthadh mo bhràthair nam àite! Mar sin dh'fhàg mi a' mhuir 's na Hearadh goirid às dèidh làimh agus thàinig mi an seo."

Agus thòisich e a' caoineadh gu goirt, mar leanabh.

B' e sgeul, le car, a bh' innte ceart gu leòr. Ach nuair a sheall Rory air an fhear-aithris, na chrùban, briste 's a' rànaich, cha robh e cho cinnteach tuilleadh an robh e ga h-iarraidh – Murdag ann no às.

Leth-aonan Co-ionnan?

Le cho cruaidh 's a bha e a' brùthadh sìos air an dash, chaidh rùdain Dhànaidh geal. Oir, a dh'aindeoin 's gun robh 'n dìle bhàit' ann, bha a bhràthair fhathast a' dol mar an dreaga! 'S bha na h-ulbhagan mòra air gach taobh dhen chabhsair a' ruith chun a' Volvo le roid a bha fiadhaich.

Mu dheireadh thuirt Dànaidh, "Hoigh! Hoigh! A bhalaich! Gabh air do shocair! Tha thus' a' creidsinn gun tèid thu a Nèamh aig deireadh an latha, ach chan eil mise cho cinnteach às!"

Thuit gruaim air Eàirdsidh, An t-Aoghaire. 'S thuit sàmhchair air a' chàr.

Bu neònach nach robh iad a' tarraing air an aon ràmh. Oir aig aon àm, bha. Leth-aonan co-ionnan, bha iad cho coltach ri chèile ri dà sgadan: falt, sùilean, craiceann 's àirde, bha 's fiù na guthan aca. Ach a thaobh giùlain, bha iad cho diofraichte ri mion-iasg 's muc-mhara. Eàirdsidh sòlaimte, cràbhach; Dànaidh spòrsail, 's measail air an drudhaig.

B' e seo a-nis a' chiad triop a bha Dànaidh air tighinn dhan sgìrc far an robh 'An Teaghlach' stèidhichte. B' iadsan buidheann chreideimh Eàirdsidh. Ach, ged a bha bliadhnaichean air siubhal on a bhruidhinn iad ri chèile roimhe, chuairtich sàmhchair a-nis iad, às ùr. Bhiodh buillean an t-seann bhlàir a' dol thairis nan cinn a-rithist.

Dè bu choireach? Strì fearainn. Le Gàidheil, dè eile bhiodh ann? Cha b' ann, ge-tà, nuair a chaochail am màthair a chaidh cùisean drol, nuair a dh'fhàg ise an talamh 's an taigh aig Eàirdsidh. Cha b' ann. Bha Dànaidh leagte ri seo. Eàirdsidh bu shine. B' e sin an dòigh.

Ach b' iomadh uair a thuirt Dànaidh ri bhràthair gun robh e ag iarraidh làithean deireannach a rèis a chur seachad a' coimhead a-mach air a' bhàgh mu choinneamh an t-seann taighe, mar a rinn e cuide ri sheanair, na òige. On a bha An Teaghlach aig Eàirdsidh, cha robh cus ùidh aigesan san taigh co-dhiù. Mar sin, gheall Dànaidh gun ceannaicheadh esan bhuaithe e.

B' fhada bhon àm sin ge-tà, agus bha cùisean air a dhol cho ceàrr a-nis 's nach robh An t-Aoghaire fiù 's air aon iomradh, riamh, a thoirt air a' bhràthair dhan Teaghlach no dhan choimhearsnachd! Oir, a h-uile triop a smaoinicheadh e air, dh'èireadh an droch fhuil ann.

Seo mar a thachair...

An dèidh do Eàirdsidh an dìleab fhaotainn, phòs e Elsa, tè chumhang, shanntach. Cha bu toigh leathase daoine a bha ris an deoch. Mar sin, ghabh i fuath do Dhànaidh.

Ach aon latha, 's Eàirdsidh air ùr ghluasad gu deas leis a' bhuidheann-chràbhaidh aige, bha e air tilleadh air ais dhan t-seann dachaigh, mu thuath, son latha no dhà. Chaidh Dànaidh sìos chun na cruite, far am fac e a bhràthair a' cladhach clais. 'S habair clais!

"A dhuine chòir, dè tha thu ris?" dh'fhaighnich am fear a b' òige.

"Dìreach a' drèanadh," ars Eàirdsidh.

"Drèanadh? Chithear sin on ghealaich 'ille!" ars am fear mear.

"Och uill, cò aig a tha fios nach fheum mi 'n talamh a reic uaireigin; bliadhnaichean on àm sa. Ma dhrèanas mi an-dràst' e, cha chuir an talamh bog bacadh air duine sam bith."

"Ach Eàirdsidh, cuimhnich," arsa Dànaidh, "Ma dh'fheumas tu gu bràth a reic, dèan cinnteach gum faigh mise a' chiad chothrom air. Tha fios agad cho prìseil 's a th' e dhòmhsa."

"Ò... gheibh thu sin, 'ille," ars a bhràthair, "gheibh thusa sin."

Thill Dànaidh dhan taigh-chomhairle aige 's e riaraichte.

Dà sheachdain an dèidh sin ge-tà, dh'fhòn An t-Aoghaire thuige. Agus nuair a dh'fhosgail e a bheul, cha do chreid Dànaidh a chluasan. Bha Eàirdsidh – a bhràthair – air aontachadh an taigh 's an talamh aca a reic... ri Maxwell Pickett... coigreach... à Sasainn!

Chaidh Dànaidh fuar. Bha an deagh fhios aig Eàirdsidh na bha 'n t-àite a' ciallachadh dha. Ach a dh'aindeoin a gheallaidh, rinn e seo ris? Fhuil fhèin? A bhràthair?

B' ann an uair sin a thòisich an droch fhuil! Dh'fhàs cùisean cho dona 's gun do tharraing an Sasannach às, nuair a thuig e cho fiadhaich 's a bha Dànaidh ri bhràthair. Cha robh esan ag iarraidh sgaradh teaghlaich adhbhrachadh ann an coimhearsnachd bheag. Duine glic. Dh'fheith Dànaidh gus an iarradh Eàirdsidh mathanas air, airson airgead tòin Shasainn a chur ro fhuil fhèin. Ach cha do thachair e. 'S cha tachradh. Chan aidicheadh An t-Aoghaire gu sìorraidh gun robh e air càil a dhèanamh ceàrr.

Chuir sin na seachd donais air a' chùis! Chaidh iad bho èigheach, gu bagraidhean-cùirte 's mu dheireadh gu sàmhchair is seachnadh – a mhair bliadhnaichean. 'S cha ghèilleadh fear seach fear dhiubh. San t-seagh sin bha iad coltach ri chèile nan nàdar.

Ach, nuair a bha a' chiad phàiste aig Eàirdsidh, nighneag bheag, mhiannaich cridhe Dhànaidh a dhol ga beannachadh. Air an adhbhar sin dh'fhòn e 's le cead, rinn e air deas.

A-nis ge-tà, còmhla sa chàr, bha iad air ais far an robh iad roimhe.

Ràinig iad am baile 's iad fhathast rag, balbh. Gu h-iongantach, b' e An t-Aoghaire a bhruidhinn an toiseach. Ach cha b' ann airson rèite a dhèanamh, "Dèan thusa cinnteach gum bi thu modhail rim bhean 's ris An Teaghlach! 'S cuimhnich gu bheil mise air cliù a chosnadh dhomh fhèin san àite sa – rud air nach eil thusa eòlach, led chuid òil."

Dh'iarr Dànaidh a-mach às a' chàr, aig an taigh-òsta, goirid ron 'Mhansa'.

"Dèan do thoil!" ars Eàirdsidh. "Thalla!"

A' leum a-mach às a' chàr, thilg Dànaidh màileid gheal air an t-suidheachan, làn de dh'airgead na tè bige. Choisich e an uair sin a-steach dhan *Chreag Mhòr*.

Air taobh a-staigh an dorais, thog e cairt-shanais bheag is dh'fhòn e chun na h-àireimh a bh' air. "Hulò. Bu toigh leam tacsaidh iarraidh. U-huh. Bho cheann-rathaid Mhansa An Teaghlach. Uh-huh. Sia sa mhadainn, a-màireach, son a' chiad bhàt'-aiseig a ghlacadh. Seadh. 'S e MacGilleBhràith a th' orm. Glè mhath. Tà."

Ghabh e dhan bhàr. Gun stadaich, choisich e suas chun a' chunntair. Lean gach sùil e. Bha an duine òg a sheas air cùl a chunntair a' sealltainn air le beagan eagail. Gu mì-chofhurtail, thuirt esan, "Cha robh mi gur sùileachadh-se a' staigh an seo, Aoghaire MhicGilleBhràith."

"Ist," arsa Dànaidh, "ged nach ann sa bhàr seo a nì mi e, chan eil càil as fheàrr leamsa na fìor dheagh steall a ghabhail. Siuthad ma-thà, an toiseach… chuirinn às dha double!"

A-mach à Afraga

A' togail a shùilean beaga biorach bhon bhileig, thug fear an deasg sùil gheur air Alasdair. "Tha do chead-siubhail ag ràdh," ars esan gu h-àrdanach, "gun do dh'fhan thusa san dùthaich againne na b' fhaide na bha ceadaichte dhut! Carson a rinn thu sin?"

Sheall an neach-siubhail air 's thuig e sa bhad nach robh e ri fealla-dhà. Thuit an fhiamh-ghàire far aodainn na chlostar. Ged a bha port-adhair Kano bruthainneach, thaom fallas fuar a-mach às gach pòr dhe bhodhaig. Ach a chionn 's nach b' e casaid a shùilich e, cha b' urrainn dha ach gròc mì-chinnteach a leigeil às: "B' àill leibh?"

"Tha do chead-siubhail a' ceadachadh mìos a-mhàin dhut an seo," thuirt fear an deasg, "Ach dh'fhan thusa – sia seachdainean! Carson? Dè bha thu ris?"

"Cha robh mi ri càil!" arsa Alasdair 's a chasan a' dol lag fodha.

Thug fear caol na deise mòire droch shùil eile dha. Is dh'fheith e.

"Chan eil fhios a'm dè tha thu 'ciallachadh?" Thuirt Alasdair. Ghabh e an uair sin làn-beòileadh às a' bhotal aige. Bha an t-uisge meadh-bhlàth.

"Am bi iad idir a' teagasg cunntadh, no leughadh dhuibh san dùthaich agadsa – an cathair na h-Ìmpireachd? Tha do chead-siubhail ag ràdh, gu follaiseach, nach bu chòir dhut a bhith an seo cho fada 's a bha thu! Bheil... thu... a'... tuigsinn?"

Dh'fhaighnich Alasdair dha am faodadh e an duilleag fhaicinn dha fhèin. Ach cha toireadh am fear seang idir dha i. Bho shàbhailteachd cùl an deasg, cha tug e dha ach boillsgeadh dhith.

Nuair a chunnaic an Leòdhasach òg i, bha an seula oifigeil, a chaidh a bhrùthadh sìos oirre air an latha a chuir e a chasan air talamh ruadh na dùthcha, a' dearbhadh gun robh am fear eile ceart. Cha robh ceadaichte dha ach mìos! Mar sin bha e air a bhith thall dà sheachdain na b' fhaide na bu chòir dha. Cò a smaoinich air seallttainn air, aig an àm?

"Ach," arsa Alasdair, 's e a' rùraich na mhàla, "tha litir agam, an seo... am badeigin... nam bhaga... bhon Chonsal agaib' fhèin ann an Lunnainn..."

Leig an rianadair caol mothart às, "'S beag mo dhragh-sa mu litir!" 'S le chorraig shònraich e suidheachan do dh'Alasdair an taobh thall dhen trannsa, "Suidh an sin gus an gabh mise gnothaich ri na daoine a th' air do chùlaibh – a tha thusa a' cumail air ais!"

Thug an deugaire sùil thairis air a ghualainn orra uile 's air a dhearg nàrachadh, rinn e gàire mhì-chinnteach. Shuidh e 's thug e làn-beòileadh eile a-mach às a' bhotal aige. Bha 'm bùrn ro bhlàth airson a bhith tlachdmhor a-nis.

An dèidh treis ghoirid na shuidhe a' sporghail mar chearc, las aghaidh. "Ma ghabhas sibh mo leisgeul," thuirt e 's e ag èirigh air a chasan 's a' togail cèis gheal na làimh, "seo agaibh an litir a fhuair mi bhon Chonsal. Tha ise ag ràdh gum faod mi fantainn san dùthaich agaibh airson sia seachdainean." Dh'fhosgail e an uair sin bile na cèis ghil is thug e am pìos sgrìobhaidh oifigeil a-mach aiste. Bha 'm pàipear tais na làimh.

Le coltas caothaich air, spìon maor na deise fhlagaich bhuaithe i! 'S a' dèanamh osna dhomhain, thòisich e ga leughadh. Chaidh e sàmhach. Is thuit an coltas bragail far aghaidh.

Habair gun tug seo faothachadh do dh'Alasdair, oir bha fios aige gun robh e ceart. Bha e air cead fhaighinn bhon phrìomh-oifis aca ann an Lunnainn fantainn ann airson sia seachdainean. Nach robh an deagh chuimhn' aige fhathast air an toileachas a bh' air an latha a thàinig an litir tron phost! Oir nuair a fhuair e i, bha fios aige gum faigheadh e air miann a chridhe a choileanadh mu dheireadh thall! "Cuideachadh a thoirt do dhaoine bochda Afraga." B' e sin a bh' an cridhe an deugaire neoichiontaich seo son sia bliadhna.

On a bha e trì bliadhn' deug, bha aon nì na rùn dha: a dhol a-null dhan Mhòr-thìr ud 's a chridhe ag iarraidh obair a dhèanamh do Water Aid – a' lorg an stuth a tha neo-sheachanta airson beatha a chumail ri daoine. B' iad na facail-suaicheantais aca, "Builich bùrn. Builich beatha." Bha an suidheachadh cho dubh 's cho geal sin.

A-nis, sia seachdainean an dèidh dha a chasan a chur air talamh teth, tioram mòr-thìr Afraga son a' chiad uair, shèid oiteag fhionnar an dòchais air a chom às ùr.

Ach b' esan nach leigeadh a leas a bhith air a mhisneachadh.

Nuair a bha am fear caol seo air sgur a leughadh, shad e an litir air ais thairis air a' chunntair, "Mar a thuirt mi, 's coma leamsa mu litrichean! Dè am fios a th' agamsa nach e tè fhuadain a tha seo? Tha an seula oifigeil againne a th' air do chead-siubhail ag ràdh ceithir seachdainean... 's tha thusa air a bhith an seo airson sia! Tog às mo shealladh! Suidh! Thalla!" Bha nimh na ghuth a-nis.

Rinn Alasdair mar a chaidh iarraidh air. 'S air a thàmailteachadh, thòisich inntinn a' ruamhar. Leis a' phàthadh cuideachd air, shluig e barrachd bùirn às a' bhotal aige, ach, cha do chòrd e ris. Thuit uallach mòr air.

Cha robh e idir cleachdte ri bhith a' siubhal 's cha bu toigh leis e. Oir bhiodh e an-còmhnaidh a' dol tuathal a' sireadh àiteachan nach b' aithne dha – fiù 's na b' fhaisge air an dùthaich aige fhèin.

Mar eisimpleir, o chionn sia mìosan dh'fheuch e air dràibheadh à Glaschu gu Cardiff. A' dol a thadhal air caraidean, rinn e às gu dòchasach. Air a shlighe, bha an càr beag aige a' dol gu math. Ach an dèidh dha Birmingham fhàgail fada air chùl, chaill e sealladh air na h-ainmean a bha e a' sireadh air na sanasan-rathaid. Chùm e air ge-tà. Mu dheireadh thall, chunnaic e sanas ag ràdh, "Lunnainn 34 mìle!" Siud cho truagh 's a bha a chairt-iùil! Cha mhòr nach biodh tè dhiubh a dhìth airson a dhol a Steòrnabhagh! Mar sin b' fheàrr leis, fada fichead, na Lochan na Lunnainn is Lagos, agus, Grabhair na Greenwich is Gombe.

B' ainneamh a smaoinicheadh e air crìochan na h-Albainn fhàgail. Ach, bha e a' creidsinn san obair aig Water Aid agus dhàsan bha e mar "ghairm" dha a dhol a dh'obair dhaibh. Coltach ris an Dtr. Livingstone air an do leugh e na leanabh, bha esan air mhisean-tròcair, ach gun robh esan dìreach ag iarraidh muinntir na dùthcha a chuideachadh gus am bùrn a lorg a chumadh am bodhaigean beò.

Ach a-nis an dèidh dha a dhol a-null airson blasad dhen obair aca fhaighinn, mus roghnaicheadh e a dhèanamh làn-ùine, bha e na shuidhe sa phort-adhair, 's an t-eagal air. Bha an dràibhear a thug ann e air tilleadh air ais gu Jos, fada mu dheas, am meadhan na dùthcha. Mar sin bha e a-nis na aonar, 's a mhac-mheanmainn a' cur nan caran.

"Dè ma chreideas iad gur e neach-brathaidh a th' annam – gun robh mi dha-rìribh ri ceannairc? Dè ma thilgeas iad dhan phrìosan mi? Chaidh feadhainn eile nach robh ciontach de dh'eucoir sam bith a chur an greim o chionn ghoirid. 'S cha b' e làimhseachadh ro mhath a fhuair cuid dhiubhsan na bu mhotha! Chaidh a cheann na bhroileis.

Ghabh e balgam teth às a' bhotal.

"Dè idir a nì na prìosanaich a tha nan ceannaircich riumsa, duine geal bhon t-seann Ìmpireachd? Boko Haram! Tha sinne toirmisgte 's air ar fuathachadh le gràin-bàis."

A dh'aindeoin a' bhùirn, bha a shlugan fhathast a' fàs tioram leis an eagal. Ach bha aige ri suidhe san teas bhrùideil ud, le fallas a' taomadh às.

Fad na h-ùine bha fear an deasg a' leigeil leis a h-uile duine a bh' air a chùlaibh na bu tràithe a dhol air thoiseach air 's a-mach tron doras, gu itealan KLM – a bha a' dol air ais tron Òlaind a Lunnainn. Bhiodh iadsan a' mealtainn cofhurtachd an taoibh Shiair. Cha bhiodh esan. Cha robh uimhir de mhiann aige riamh air Sasainn fhaicinn.

Gach uair a shealladh e air an uaireadair, bha àm-fàgail an itealain a' teannadh na bu dlùithe 's na bu dlùithe. Mun àm a dh'fhalbh an neach-siubhail mu dheireadh tron doras, bha stamag Alasdair a' cur charan air na caran a bha i a' dèanamh.

Sheall e air a' chreutair air cùl a' chunntair. Cha robh diù aigesan dha. Le crith na bhodhaig, sheas an Lochaidh is choisich e suas chun an fhir ghreannaich seo 's rinn e casad airson aire a ghlacadh.

"Dèan tròcair orm, tha mi a' guidhe ort," arsa esan le fuaim na h-èiginn na ghuth, "Oir feumaidh mi faighinn dhachaigh."

"San dùthaich seo, cha bhi sinne a' dèanamh tròcair air daoine a bhriseas ar lagh!"

"Ach bha mise a' dol a rèir na cheadaich an Ambasaid agaibh ann an Lunnainn dhomh. 'S thuirt iadsan, san litir, gun robh e ceart gu leòr dhomh fuireach cho fada 's a rinn mi."

"Agus mar a thuirt mise riutsa na bu tràithe, a bhalaich ghil, tha do chairt-siubhail a' sealltainn gun do bhris thu cùmhnant oifigeil ar riaghaltais-ne! Mar sin tha thu ciontach!"

"Ach cha robh mi a' feuchainn ris an lagh a bhriseadh. Cha robh càil a dh'fhios agam nach robh a' chairt-siubhail ag aontachadh ris an litir."

"An urrainn dhut leughadh? A bheil iad idir ag ionnsachadh dad dhuibh an Sasainn?"

Cha b' e seo an t-àm son a cheartachadh.

"'S urrainn, ach bha dùil agam gum biodh an litir 's an cead-siubhail ag aontachadh ri chèile!" ars Alasdair. "Chan eil mise cleachdte ri bhith a' siubhal – 's cha robh mi riamh roimhe ann an Afraga."

"Chan eil dragh a' choin agamsa dè cho tric 's a bha, no nach robh thu, 'n seo. Bhris thu lagh na dùthcha! 'S mar sin, feumaidh tu pàigheadh air a shon."

Bha Alasdair a' lùigeachdainn nach robh e riamh air Grabhair fhàgail. Bha daoine na b' fhasa dèiligeadh riutha an sin. Thuigeadh e iadsan.

Ach an uair sin, le sùil gach taobh dheth, thuirt am fear-casaid, "Òcaidh... òcaidh. Ma chuidicheas tusa mise, cuidichidh mise thusa."

"B' àill leibh?" ars Alasdair gu neo thuigseach.

"'S urrainn dhutsa thu fhèin a chuideachadh... ma chuidicheas tusa mise."

"Duilich. Chan eil mi gad leantail."

"Batùraidh," arsa esan (sa chànan acasan bha sin a' ciallachadh 'daoine a tha a' putadh dhaoine' – ainm nan daoine geala ann an Nigeria). "Ciamar a chuireas mi seo? Thèid agadsa air do shuidheachadh fhèin a leasachadh ma bheir thusa cuideachadh dhòmhsa. Bheil thu tuigsinn?" Agus sheall e air Alasdair mar gum bu chòir gun tuigeadh e sin.

B' ann an uair sin a dh'fhosgail sùilean fhir nan Loch.

Rè nan sia seachdainean a bha e air a bhith san dùthaich, chunnaic e gun robh tòrr dhaoine a' coimhead air a h-uile Batùraidh mar phoit ionmhais. Nuair a bhiodh e sa mhargaid, bu tric a chluinneadh e "Batùraidh! Batùraidh! Batùraidh!" 's nuair a stadadh e, thigeadh dròbh chloinne thuige 's iad ag iarraidh airgead air.

Chuir iad truas air an toiseach. Ach, bhiodh luchd-obrach Water Aid, a bh' air a bhith san dùthaich airson treis mhath, a' cumail orra a' coiseachd a-nis. Bha iadsan cleachdte ris. Bha esan ùr dha na dòighean aca ge-tà 's bha a chogais fhathast coltach ris fhèin: òg, bog.

Chuir e mòr-iongnadh air gum biodh fiù 's na poilis 's saighdearan a' stad dhaoine, gu h-àraid luchd-turais gheala, aig na bacaidhean-rathaid a bha pailt san dùthaich. Agus an dèidh dhaibh na pàipearan aca a sgrùdadh bhiodh iad ag iarraidh "cuideachadh" bhuapa – air neo, chan fhaodadh iad leantainn orra air an t-slighe aca. A rèir muinntir na buidhne-obrach, bha a' mhòr-chuid ris, bho ìochdarain gu uachdarain, air feadh na dùthcha.

Bha e cho cumanta 's nach b' urrainn dhut fiù 's peatrail a cheannach aig oir an rathaid gun eagal mèirle a bhith ort. Dh'fheumte sùil a ghabhail gus faicinn an robh tòin fhuadain sa chanastair – tòin fhuadain a ghlèidheadh pàirt dhen stuth a phàigh thu air a shon; ach nach fhaigheadh tu gu lèir nad thanca. Ro làimh, thogadh tu an canastair ga fheuchainn 's bhiodh tu riaraichte gun robh e loma-làn. An uair sin ghabhadh an duine a bha ga reic e is chitheadh tu e a' taomadh a h-uile boinne a b' urrainn dòrtadh às dhan tanc agad. Dhràibheadh tu air falbh gu sona, ach, bhiodh cairteal dhen chanastair fhathast làn 's am peatrail glaiste na bhroinn! Ach, nan tuigeadh tusa dè a bh' air tachairt 's gun tilleadh tu airson gnothaichean a chur ceart, cha b' fhada gus am biodh bràithrean is co-oghaichean an fhir a reic e timcheall ort 's iad a' moladh dhut a bhith ciallach is dèanamh às led bheatha. Chunnaic Alasdair seo a' tachairt le shùilean fhèin.

Mar sin, thuig e a-nis dè a bha fa-near dhan duine eangarra seo a chuir eagal dearg a bheatha air. Bha e air tòir brìb!

Aon uair 's gun do shùgh an fhìrinn sin a-steach dhan smior aig Alasdair, las teine na bhroinn. Dh'èirich treise neo-àbhaisteach na fhuil, na fheòil 's na fhèithean. Agus leis a' chaothach a bh' air, bha e dìreach gus na cùlagan a chnàmh gu na buinn! Dh'atharraich fiù 's dreach a ghnùise is sheall e a shùilean an fhir, le corraich.

Chuir an ath cheum iongnadh fiù 's air fhèin. Oir ghabh e greim daingeann air a' chead-siubhail a bh' an làimh a' bhragairnich, is spìon esan i an trup seo, à làmhan an fhir bhragail! Is chual' e e fhèin ag ràdh, tro fhiaclan a bha a' gìosgail, "Tha mise... a' dol a ghabhail seo... 's tha mi a' dol tron doras ud... an-dràsta fhèin... ge b' oil leat!"

Cha b' ann aig a chiall reusanta a bha làmh an uachdair a-nis, ach aig adrenalin làidir a bha a' snàmh gu luath tro chuislean. Thionndaidh e le spàirn 's le greim daingeann aige air a chead-siubhail 's air an dà bhaga aige, is lean e an t-slighe a ghabh an luchd-turais eile. Agus a-mach leis gun do ghabh e nan dèidh!

San diog a chaidh e a-mach air an doras, bhuail an teas tioram e! Ged a thòisich e cheum le spionnadh, mar a b' fhaide a choisicheadh e chun an itealain, b' ann a bu mhotha a thòisich e a' gabhail an eagail gum biodh am fear ud às a dhèidh le chò-luchd-obrach... 's le na gunnaichean aca! Cha robh e idir ag iarraidh a' phrìosain no a' bhàis.

Cha do sheall e air ais ge-tà.

A dh'aindeoin gun robh a lùths a' sìoladh às, air dhòigh air choireigin, chùm a chasan a' dol, aon an dèidh aoin, thar an raoin-laighe. Bha aige fhathast ri steapaichean a dhìreadh. Ach a dh'aindeoin cuideam, thug e air a chasan gluasad suas orra. 'S, an dèidh dha stad gus a thiocaid a shealltainn dhan luchd-fàilteachaidh, bhrùth e a-steach tro dhoras an itealain.

'S cha do sheall e air ais.

Leis an adrenalin fhathast ga luasgadh, thòisich e a' sireadh àireamh an t-suidheachain aige. Lorg e e, 's an dèidh dha a bhaga-làimhe a dhinneadh dhan t-seotal os a chionn, shuidh e. Lùghdaich an t-eagal beagan, ach bha crith uabhasach ann. 'S cha b' urrainn dha fois a mhealtainn. Oir bha e fhathast air an aon talamh ris a' chreutair a chuir uimhir de dhragh air.

Mar sin, b' esan a bha taingeil nuair a thòisich an t-itealan a' fàgail an raon-laighe... 's gun duine air tighinn air bòrd gus a dhraghadh às dhan phrìosan!

Bha e treis san adhar nuair a thuig e gun robh e air am botal bùirn aige fhàgail sa phort-adhair. Cumadh 'ad e! B' e sin am bùrn mu dheireadh a gheibheadh iad bhuaithesan!

An dèidh àm iomchaidh thàinig an luchd-frithealaidh mun cuairt. Shìn Alasdair a làmh a-mach chun a' bhotail bùirn a b' fhaisg' air. Nuair a dh'fhairich e cho fuar 's a bha e, theab e a tarraing air ais. Ach chum e greim air 's dhòirt e dhan ghlainne e. Chuir e an uair sin ise, fuar 's mar a bha i, suas gu bhilean is dh'òl e am bùrn deigheach aiste, gu domhain.

Fiamh Annasach

B' ann le fiamh annasach air aghaidh a thàinig Calum Mòr timcheall air oir na Cleite Mòire. Bha an t-astar a bh' aig a chasan neo-chumanta cuideachd, do dhuine a bha a' sreap ri seasgad. Ghabh e sìos seachad air bàthaich a nàbaidh le sùil gheur air thoiseach air. Thàinig faothachadh air aghaidh nuair a chunnaic e am fear a bha e a' sireadh.

Aig ceann an fhrith-rathaid, aig an t-sead mheirgeach a bha a' cumail greim bàis air ceann an taighe aige, bha an Dungaidh na chrùban. Na shruth fallais, bha e a' cartadh na mònadh dhan bhothan dhearg, phreasach, tholldach.

Stad Calum nuair a ràinig e an saibhear a bha a' ruith fon fhrith-rathad.

Bha an Dungaidh air a bhith na nàbaidh dha, ann an dà bhrìgh an fhacail, o chionn linn cogadh nan spaid. Air sgàth an t-sàil a bh' an cuislean nan eileanach seo, chaidh iad le chèile dhan Chabhlach Mharsantach, mar a rinn iomadh fear eile dhiubh romhpa.

Chòrd a' mhuir glan riutha, is bhruidhneadh iad tric air a' Bhlue Star Line 's air iomadh loidhne-seòlaidh eile cuideachd. Is minig a dhèanadh iad aithris air mar a sheòl iad a-mach à puirt mar Glaschu 's Liverpool, agus fo dhrochaidean mòra ainmeil an t-saoghail. Thall thairis, b' iadsan a chunnaic seallaidhean iongantach, nach biodh air tighinn nam fianais gu sìorraidh nan robh iad air fantainn aig baile. B' iomadh rud a chunnaic iad 's b' iomadh rud a rinn iad, an dà chuid aig muir 's air tìr.

Niste, cha robh bean, no clann, aig Calum, ach bha aig an Dungaidh. Mun àm seo ge-tà, bha a chuid chloinne-san nan inbhich. Ach, dìreach mar a rinn esan dhaibhsan, bhiodh na balaich aige fhathast a' toirt thiodhlacan air ais o mhuir – chun an ogha aige, Ìagan Beag.

B' e balachan beòthail, ceithir bliadhna a dh'aois, a bh' annsan. Bìodan, le aghaidh neo-chiontach, bhiodh esan ag ionnsachadh rudan ùra a h-uile latha. Mar as dual do dh'fheadhainn aois-san, bhiodh e a' dol mar an dealanach le na tiodhlacan a bheireadh a theaghlach thuige. Chluicheadh e le itealagan, claidheamhan, clogaidean is gunnaichean plastaig – le mòr thoileachas agus le beag cùram – gus am briseadh iad!

Co-dhiù, mar a chaidh a ràdh, choinnich Calum 's an Dungaidh ri chèile aig sead cheann an taighe. Ged a bha coltas cabhaig air Calum, chuir iad an fhàilte àbhaisteach air a chèile:

"Tha i nas fheàrr an-diugh a Chaluim!" ars an Dungaidh.

"Tha, gu dearbha, a mheit," fhreagair am fear mòr.

"Ach tha coltas an uisge air Ròinebhal," ars am fear beag.

"Tha sin oirre, 's a' ghaoth a' tighinn a' steach bho àird an iar," arsa Calum.

"Guth as ùr agad?" ars an Dungaidh, 's fios glè mhath aige gun robh.

"Uill... tha, a nàbaidh."

"Seadh?"

"An rud as neònaiche a chunna mi riamh."

"Seadh."

"Nach deachaidh mi a-steach dhan bhothag-chearc an ceartuair," arsa Calum. "'S chaidh stad a chur nam cheum!"

"Stad... nad cheum?" ars an Dungaidh 's e a' cur car na cheann.

"Cha chreid thu seo, ach nach do thionndaidh tè dhe na cearcan agam diofar dhatha!"

"A dhuine bhochd. Nach ist thu!"

"Cho cinnteach ris a' bhàs! Diofar dhatha!"

Dh'innis Calum Mòr dha an uair sin sgeul cho annasach 's a chualas riamh. Bha aon dhe na sia cearcan ruadha aige (a thàinig bho shliochd an Rhode Island Red 's a cheannaich e bho fhear san t-Sruthan, faisg air Dùn Bheagain,) air tionndadh glas!

"Thalla. Cò riamh a chuala a leithid?" ars an Dungaidh.

"Cha chuala mise co-dhiù. 'S chan fhaca nas mò – gus an-diugh fhèin!"

"Feumaidh gun robh na daoine beaga 'n sàs!" (Cha chanadh na seann Ghàidheil idir 'sìthichean' mus tigeadh mì-shealbh orra!)

An uair sin dh'iarr Calum air a nàbaidh tighinn a dh'fhaicinn, air a shon fhèin.

Gun ghuth air a' phoca mhònadh mu dheireadh a bh' aige ri fhalmhachadh, fhuair an Dungaidh greim air a' bheret dhubh aige. Chuir e air a cheann i, is rinn e às suas druim an fhrith-rathaid còmhla ris an fhear mhòr.

B' e sin an dealbh àlainn! Fear mòr caol is fear beag taisealach a' coiseachd gualainn ri gualainn suas frith-rathad a' bhaile a b' àille san t-saoghal mhòr fharsaing: geansaidhean bobain donna air an dithis aca, is dungairithean le tuthagan orra; 's air an casan, bòtannan dubha Argyll, air an tionndadh sìos aig a' mhullach. Beret dhubh an duine aca cuideachd air an cinn. 'S iad a' gabhail ceum le chèile len làmhan paisgte air cùl an dromannan, mar a rinn iad iomadh uair thar nam bliadhnaichean.

Niste, cha b' e Calum a-mhàin a chunnaic iongantas, oir air an dearbh latha sin, uair a thìde roimhe sin, chunnaic an t-ogha aig an Dungaidh, Ìagan Beag, nì iongantach cuideachd. Thachair seo 's e air chuairt, shìos far a bheil Abhainn 'Ain Bhig a' coinneachadh ris a' Chuan Sgìth, fo thaigh Uilleim Aonghais (an ath thaigh suas o thaigh Chaluim Mhòir).

San abhainn, bha creutairean beòtha a' dèanamh rud a theab toirt air oirean sùilean Ìagain sracadh le cho mòr 's a dh'fhàs iad! Nach robh na bithean iteach seo, cha b' ann a-mhàin a' seòladh air bhàrr na mara, ach cuideachd a' dol fon t-sàl! 'S bha iad a' fantainn shìos an sin, airson ùineachan. Sheall esan air an t-sealladh mar mhìorbhail.

Bha taobh eile ris an iongantas seo cuideachd. Oir, fhad 's a lean e air gan coimhead, cha b' urrainn dha tomhais càit' an tigeadh iad am bàrr a-rithist – oir nochdadh iad slatan air falbh bhon àite far an deach iad fon uisge sa chiad àite! Uaireannan, bhiodh iad astar math air falbh o far an robh na sùilean mòra gorma aigesan a' coimhead! 'S nochdadh iad a-rithist: beò, sunndach, 's iad a' crathadh an cinn 's a' leantail orra. Habair spòrs!

Gan coimhead, thòisich anail a' dol a-mach 's a-steach tòrr na bu shlaodaiche na 'n àbhaist. Dè idir an seòrsa draoidheachd a bha an seo?

Nuair a bha Ìagan na naoidhean 's e a' sìor iarraidh rudeigin, choimheadadh e air an nì sin 's shìneadh e a dhà ghàirdean a-mach. An uair sin bhiodh e a' tarraing a chorragan beaga stobach air ais 's gan leigeil a-mach gu grad; air ais 's air adhart. 'S dhèanadh e fuaim, "Uh! Uh!" airson, "Thoir dhomh e," a ràdh. Bhiodh e air sin a dhèanamh an-dràsta cuideachd, oir, chòrd an sealladh gu ro-mhòr ris agus thàinig crith na bhodhaig leis an toileachas.

An dèidh treis mhath ge-tà, thachair rud tàmailteach.

Às dèidh dha na creutairean mìorbhaileach seo an t-snàmh 's am plumadh aca a chur an gnìomh airson puile, nach b' ann a rinn iad às! Suas air iteig gun do ghabh iad, gach fear is tè.

Ach aon uair 's gun deach iadsan air sgèith, bha esan air fhàgail a' coimhead air làrach falamh, far an do rinneadh obair 'na sgoile dhuibh.' A-nis na aonar, bha beum na chridhe 's bròn air aghaidh.

Treis an dèidh sin, ann am bothag-chearc Chaluim Mhòir – seann tobhta, le bloigh dorais a bha ceangailte le ròpa liath – chunnaic a sheanair, an Dungaidh, cuideachd iongantas. A-staigh na broinn san dubhar bha còig cearcan donna 's aon chearc ghlas, cearc ghlas a bha donn sa mhadainn? "Nach iomadh rud a chì an duine a bhios fada beò!"

Aon uair 's gun do thrèig na lachan Ìagan Beag, sheas e, 's e fo bhròn... 's a' smaoineachadh. An dèidh treis na thàmh, a-mach gun do ghabh am bìodan, suas far an robh bothag-chearc Chaluim. Theich na "gòg-gògan" uile a-steach innte, 's ghabh esan às an dèidh. Bha e mion-eòlach air a bhith a' dol dhan bhothaig còmhla ri Calum, a chruinneachadh uighean. Agus an dèidh spàirn, le ite no dhà a' dol a dhìth, bha na bha e a' sireadh aige. Bha cearc aige, fo achlais! Le toileachas air aodann, thionndaidh e air ais sìos dhan àite far am faca e a' mhìorbhail na bu tràithe, Abhainn 'Ain Bhig.

Bha na casan beaga aige a-nis a' fàs caran sgìth ge-tà 's cha robh e furasta do ghrioban sgìth cearc bheòthail a ghiùlain ro fhada – gu h-àraid nuair a bha i ag iarraidh saorsa bhon dinneadh a bh' aig' oirre a-steach ri chom.

Mar sin stad e astar goirid fo thaigh Chaluim, faisg air a' Mheall. Bha abhainn bheag eile an sin, Abhainn 'Ain Bhàin, le drochaid chloiche thairis oirre. Rinn e a shlighe bhon fhrith-rathad fhèin gu taobh na h-aibhne, far an robh glumag le leac chòmhnard ri taobh.

Às dèidh dha anail a ghabhail, fhuair e greim air a' chearc, 's ga brùthadh sìos air bàrr a droma le aon làmh – chuir e fon uisg' i.

"Saoil dè cho fada 's a shnàmhas i, 's càit' an nochd i?" smaoinich am pàiste.

Cha robh sgot circe na smuain. Ach, cuin riamh a bha, aig ceithir bliadhn' a dh'aois? 'S cha b' e snàmh sam bith a rinn i. Thòisich na sgiathan aice a' bualadh 's i a' plubadaich 's a' spliutraich! Chaidh esan a fhliuchadh is lùig e gun robh e air tè "na b' fheàrr" a thaghadh. Oir, sguir na sgiathan aice a' bualadh is chaidh i lag. Ged a thog e a làmh, cha do rinn i ach fleòdradh, sìos air falbh bhuaithe 's fon drochaid.

Fo imcheist, sheas e ga coimhead, bog fliuch 's gun fhios aige dè idir a chaidh ceàrr. Carson nach robh i ag "obair" mar bu chòir dhi? Carson nach do rinn i mar a rinn an fheadhainn iteach eile na bu tràithe? Chaidh a corp a-mach à sealladh, air a shlighe chun na mara mhòir fharsaing.

Thuit dìteadh air Iàgan Beag. A-nis bha an t-eagal air.

Bha fios aige nach robh Calum Mòr gòrach, oir bha esan air seòladh fon Gholden Gate Bridge, a bha mòr is meatailt 's cha b' ann dìreach dèant' de chloich! Chitheadh Calum, gu cinnteach, gun robh cearc a dhìth air. Mar sin dh'fheumadh Ìagan rudeigin a dhèanamh.

Rinn e às na chabhaig suas seachad air taigh Chaluim, a' dùr-amharc air an uinneig aige fad na h-ùine, gun fhiosta nach fhacas na thachair. Ach chan fhacas. Bha e a-nis ag amas air aon àite.

Chùm e air, timcheall air a' Chleite Mhòir is sìos seachad air bàthaich Dhungaidh gu bothaig-chearc a sheanar. A-staigh na broinn, bha an ruith aige fiù 's na b' eagalaiche nan àbhaist! Ach, aon uair 's gun d' fhuair e greim air aonan dhiubh, thionndaidh e air a shàilean 's le anail na uchd, rinn e às – air ais suas gu taigh Chaluim. B' esan a bha taingeil gun tigeadh e chun na bothaig aige, an trup seo, gun tighinn chun an taighe an toiseach. Chan fheumadh e a dhol seachad air an uinneig. 'S dòcha, dìreach 's dòcha, gun deigheadh aige air a' chearc a chur innte, gun fhiosta.

Fhad 's a bha e a' dlùthachadh ris a' bhothaig, bha a chridhe a' dol le breab a chuireadh às do tharbh. Ach aon uair 's gun deachaidh aige air an ròp liath fhuasgladh, 's an doras a bhreabail fosgailte, thilg e a' chearc a-steach. 'S dhùin e an doras oirre, sa bhad. Cha robh aige a-nis ach ruith mar am peilear 's cha bhiodh fios aig duine beò dè a thachair.

Agus b' e sin an ruith! Nach iongantach an lùths ùr a gheibh balach nuair a bhios an t-eagal air? Ach bha dìteadh air a thòir: agus dè idir a thachradh dha mhàs bheag, bhog nam faigheadh duine sam bith a-mach mar a thachair dhan chearc?

Reusanaich e ge-tà gun robh an Dungaidh cho tròcaireach ris an Naomh Frangan 's mar sin gum biodh e na b' fhèarr dhàsan nan cailleadh esan cearc, na gun cailleadh am fear a bha an ath dhoras dha tè dhiubh. Oir, ged a bha Calum Mòr còir, cha robh fuil gan ceangal.

Ach carson idir nach do dh'obraich a' chearc ceart co-dhiù? B' e sin a' cheist.

Thàinig e gu mothachadh an Dungaidh gun robh a' chearc mhìorbhaileach aig Calum uabhasach coltach ri tè dhe na Norfolk Greys... a bh' aige fhèin! Mar sin, sheas e airson diog, le fiamh annasach air aghaidh fhèin a-nis, agus thionndaidh e gu Calum.

'S an dèidh dhàsan beachd an Dungaidh a chluinntinn cha b' fhada gus an tuirt e ris gum b' fhiach dhaibh a dhol a shealltainn air na cearcan aig an Dungaidh fhèin cuideachd – a dh'fhaicinn an do thachair mìorbhail sam bith nam measg-san. Bha an deagh amharas aig an dithis aca dè a choinnicheadh riutha.

Aon uair eile, rinn an dithis aca an slighe sìos seachad air a bhàthaich; san aon dòigh. 'S ceart gu leòr, chunnacas iongantas eile a-staigh ann am bothag-cearc an Dungaidh.

Nach robh aon chearc air a dhol uile-gu-lèir a-mach à bith! Cha robh sealladh oirre! Far an robh ceithir roimhe, cha robh ann a-nis ach trì. Am b' e biast dhubh a bu choireach, no minc, no sìthichean, no an robh daoine beaga uaine air gunna-leaghaidh a chleachdadh oirre? Cò aig a bha brath?

An uair sin fhèin, cò a nochd ach Ìagan – le gunna plastaig. Nuair a mhothaich e dhaibh... thàinig stad na cheum is fiamh annasach air aghaidh fhèin.

An t-Àite Uaigneach

"Tha mi duilich, ach chan eil an còrr ann as urrainn dhòmhsa a dhèanamh air a son."

B' iad seo na briathran a sgolt cridhe Aonghais Bhig. Gun fhiosta dha, thuit a bheul fosgailte agus le oillt, sheall e a shùilean an Dotair, gan ceasnachadh. San t-sàmhchair mhì-chofhurtail a lean, chaill sùilean Aonghais fhèin an lainnir àbhaisteach. Dh'fhairich e a chorp a' fàs lag, mar gun robh cumhachd neo-fhaicsinneach a' fàsgadh a chuim.

Chùm an Dotair air a' bruidhinn, "Gu mì-fhortanach, chan eil ach ùine ghoirid aice air fhàgail. Mar sin tha e cudromach gun gabh thu an ath cheum san dòigh as ciallaiche 's as urrainn dhut."

"Ciallach?" shaoil Aonghas, "Dè idir a b' urrainn a bhith ciallach mun teachdaireachd seo?"

"Nan deigheadh agad air do chuid chloinne a chruinneachadh, bhiodh e math an deisealachadh gus soraidh fhàgail aice. Bhiodh sin feumail."

"Feumail?"

An deis mheadhan an latha a b' fhaide 's a bu shoilleire dhen bhliadhna, chaidh saoghal Aonghais Bhig a dhorchnachadh. Na èiginn, thionndaidh e a cheann is sheall e sìos air Catrìona - bean nam fichead bliadhna, 's i san leabaidh a bha cho brìghmhor dhaibh. Rinn e sgrùdadh-gràidh air sùgh a chridhe. B' ise, mar a thuirt e gu tric ri duine sam bith a dhèisteadh, "A' bhean a b' fheàrr a bh' aig duine riamh."

Thogadh iad san aon eilean. Ach a dh'aindeoin sin, cha do mhothaich e ceart dhi nuair a bha iad sa bhun-sgoil. Cha do ghlac i aire dha-rìribh gus an robh iad san àrd-sgoil. An uair sin dh'fhàs an ùidh a bh' aige innte gu mòr agus thòisich iad a' bruidhinn ri chèile tòrr na bu trice. Lean sin gu suirghe theò-chridheach.

Bha fìor dheagh chuimhn' aige cuideachd air an latha samhraidh shònraichte – nuair a fhuair e a' chiad phòg bhuaipe. Bha seo an dèidh cèilidh aig taigh A' Pheadarain; agus b' i a bha blasta! Nuair a bhlais e mìlse a bilean 's a dh'fhairich e a broilleach sgoinneil, teann ri bhodhaig, theab a chridhe leum a-mach às a chom leis a' phlosgartaich a rinn e.

Ach am b' urrainn gum b' e sin an aon chridhe 's a bha a-nis a' call a lùths, cha mhòr gu tur?

Chuimhnich e cuideachd air an aileag a bh' air a pòsadh... 's air an latha fhèin... 's, air an oidhche òirdheirc a thàinig às a dhèidh. Cuimhneachain bheannaichte.

An uair sin, thionndaidh a smuaintean chun a' ghràisg chloinne a lean, aon às dèidh aoin, gach dàrnacha bliadhna.

Clann a bha gu bith air am fàgail gun mhàthair a-nis.

Ach bha a' bheatha a bh' aca còmhla air a bhith toilichte. Làn gràidh is gràis. Gu neo-àbhaisteach, a rèir mar a thuigear bho dhaoine eile co-dhiù, b' ann ainneamh a bhiodh an dithis phàrant seo a' dol a-mach air a chèile. Ach cha robh e idir doirbh dha a bhith pòsta aig Catrìona, oir bha i ga thuigsinn na b' fheàrr na duine sam bith eile san t-saoghal. Agus bha an dithis fìor mhothachail do dh'fhaireachdainnean a chèile... a' mhòr-chuid dhen ùine co-dhiù.

A-nis, ge-tà, bha i air an leabaidh, mar a bha i air a bhith airson mhìosan. Bha a sùilean dùinte, bha tuar mì-chàilear air a h-aghaidh 's bha giorrad analach a' cur oirre. Agus, bha i air fàs caol; fada ro chaol. Na bheachd-san ge-tà, bha i fhathast eireachdail. B' ann san spiorad sin a sheas e, dìreach ga coimhead 's ga gràdhachadh anns gach seotal dhe chridhe.

An dèidh tacan ge-tà, dh'fhàg a shùilean ise 's ghluais iad sìos thairis air oir na leapa gu dèilean loma an làir. Is dh'fhan iad shìos an sin, san duslach. Leughadh amadan a smuaintean. Mar thoradh orra, cha robh e na sheasamh buileach cho àrd 's a b' àbhaist dha. Bha e crùbte agus, ga choimhead, cha b' urrainn ach Saddam fhèin a bhith gun iochd dha.

Nuair a thuig an duine socair seo gun robh an lighiche fhathast ga earalachadh, thàinig e thuige fhèin. Is thog e a shùilean thuige a-rithist.

Bha e follaiseach nach b' e seo a' chiad uair riamh a bha droch naidheachd aig an Dotair Peutan ri aithris. Ged a bha e meadhanach òg, bha e proifeasanta. Coltach ri na dotairean uile a thigeadh dhan àite, b' ann à Tìr Mòr a bha e. Bha e air a bhith na dhreuchd an seo – a' chiad àite frithealaidh a bh' aige dha fhèin – airson beagan bhliadhnaichean a-nis.

Co-dhiù, thòisich e air rudeigin a bharrachd a ràdh. Ach a rèir coltais cha b' urrainn do Aonghas Beag an còrr fhulang. Thionndaidh e air a shàilean 's choisich e tron doras-phanail leis an làmhachan chruinn ghlagach. 'S fhad 's a dh'fhalbh e, rinn am fiodh a bha timcheall air an doras framadh air cruth crùbte a bha a' coimhead truagh. Le ceist air aghaidh, lean sùilean an Dotair e sìos an staidhre, gus an deachaidh e a-mach à sealladh.

An dèidh treis ge-tà, thàinig coltas air aghaidh an lèigh gun robh e sona gun robh "ceann an taighe" air a dhol a dh'fhaighinn a chuid chloinne mar a thuirt e ris. Bhiodh sin "ciallach" agus "feumail." Sheall e an uair sin air an euslainteach. Bha e mar gun robh ise air a glacadh fo na cuibhrigean troma, donna agus bha tuar grànda oirre. Fhad 's a bha an lighiche ga coimhead, chaill fèithean na h-aghaidh aige an raige, 's coltas air gun robh inntinn a' siubhal a-null gu saoghal a smuaintean fhèin. A-nis thàinig coltas fad' às air aghaidh – mar a th' air Gachet, an Dotair iomraiteach aig van Gogh. Sheas e, 's sheall e, 's smaoinich e.

Aig àm mar seo, saoil dè a bhiodh air inntinn a leithid de dhuine? Am b' e an fheadhainn a chunnaic e thar nam bliadhnaichean air leabaidh-bàis? Am faighnicheadh e dha fhèin am b' urrainn dha a bhith air barrachd a dhèanamh airson cuid dhiubh? No an robh e a' cur na ceist mhòir, "An do rinn mise riamh mearachd le na cungaidhean-leighis a mhol mi, no, nach do mhol mi? An do dh'adhbhraich mi riamh bàs?" Cò aig a bha fios cinnteach dè a bha a' dol air adhart ann an inntinn cuideigin a bha nan seasamh ann am brògan cho tomadach?

Ach, ge bith dè a bha a' ruith tro a cheann, air a shochair fhèin, thàinig inntinn an Dotair air ais chun an t-suidheachaidh san robh e. Thòisich aghaidh air ragachadh a-rithist 's thàinig coltas caran anfhoiseil air a ghnùis. Sheall e tron doras 's air ais sìos an staidhre.

Cha robh sealladh air Aonghas Beag agus bha treis ann a-nis bhon a dh'fhalbh e.

Niste, chan iarradh duine sam bith a bhith an-iochdmhor aig àm mar seo, ach, bha an t-uaireadair a' gluasad air adhart 's bha daoine eile fhathast aige ri fhaicinn. Cha robh coltas air an t-suidheachadh gun robh càil a ghuth aig a' bhreabadair mhòr air tilleadh ge-tà. Cha mhò a bha facal ri chluinntinn bhon chloinn, a-staigh no a-muigh. Mar sin sgioblaich an Dotair a bhaga dhonn.

Mu dheireadh thall ge-tà, nochd dithis dhen chloinn nan deann, fear dhe na balaich a bha na dheugaire agus an tè bheag a b' òige a bh' aca. A rèir choltais bha Aonghas air èisteachd ris.

Bha an dithis seo glè choltach rim màthair, ach, gun robh dreach fallainn na h-òige orrasan. Thàinig iad suas chun na leaba. 'S an dèidh sùil a ghabhail air am màthair, sheall an dithis aca air an Dotair gu dùrachdach. Bha coltas neochiontach air an tè bhig, le dà fhiacail a dhìth oirre gu h-àrd 's a gruaidhean cho dearg ris an fhuil. Ach ged a b' ise bu lugha dhen dithis, b' i cuideachd a bu dàine dhiubh. Isean deireadh linn. Mar sin thàinig i na bu dlùithe ris an lighiche.

"Dè an t-ainm a th' ortsa a-rithist?" ars an Dotair.

"Raonaid."

"Agus cuir nam chuimhne dè an aois a tha thu?"

"Seachd. Ach tha Papaidh a' ràdh gur e nighean mhòr chuideachail a th' annamsa. Bidh mi a' sgioblachadh an t-seòmair agam. Bheil sibhse a' dol a dhèanamh Mamaidh nas fheàrr?"

Gu mì-chinnteach, thuirt esan, "Bhiodh sin math."

"Tha mi 'n dòchas gu bheil, oir tha mo bhràithrean air a bhith a' dèanamh a' bhìdh còmhla ri Papaidh 's chan eil iad idir cho math air stiubha no air iasg a dhèanamh ri Mamaidh. Bidh iadsan a' losgadh a h-uile càil riamh 's bidh am buntàta an-còmhnaidh bog fliuch – mar a bha e an-raoir," arsa tè bheag nan sùilean mòra. "B' fheudar dhaibh cuideachd tòiseachadh a' dèanamh nan leapannan 's a' sguabadh an làir. Ach tha Papaidh ag ràdh gu bheil na balaich coma co-dhiù! Mar sin bhiodh e math nan dèanadh sibhse Mamaidh na b' fheàrr. Oir chan eil ise coma co-dhiù, idir."

Sheall e air a h-aghaidh bheag ionraic. "Bhitheadh," ars esan. 'S thionndaidh e air falbh bhuaipe. Oir, dìreach an uair sin fhèin, chualas cas-cheuman troma a' tighinn air ais suas an staidhre. Aonghas Beag; mu dheireadh thall.

Ach... bha e na aonar.

Mar sin thàinig malaidhean an Dotair sìos os cionn a shùilean agus sheall e gach taobh dheth. "Tha mi a' faicinn" ars esan, "nach eil an còrr dhen chloinn agaibh. A Mhaighistir Chaimbeul, a bheil sibh a' cuimhneachadh air an rud a thuirt mi?"

"Tha," arsa Aonghas Beag 's coltas àraid air aodann, "ach cha bhi feum againn air a' chòmhradh sin a bhith againn leothasan a-nis."

B' fhurast' aithnicheadh air aghaidh an lèigh gun do shaoil e gun robh Mgr Caimbeul ga chall fhèin – fo eallach a' bhròin. Mar sin dh'fheuch e air gliocas a chur na cheann.

"Nam fhèin-fhiosrachadh-sa," thòisich e, "bhiodh e feumail nam b' urrainn dhuinn a bhith ciallach mun t-suidheachadh, oir bidh gnothaichean mar seo daonnan cudromach... sna làithean 's na bliadhnaichean a leanas, ma tha sibh gam leantainn." Is sheall e air a' chloinn 's air ais a shùilean Aonghais.

"Ach tha a h-uile càil gu bhith ceart gu leòr," fhreagair Aonghas. "Tha fios is cinnt agam air."

Cha robh an lighiche ag iarraidh tòiseachadh air argamaid aig àm cho tiamhaidh, 's gu h-àraid leis an dithis òg gan dùr-choimhead. Ach dh'fheumadh an duine sìmplidh seo a bhith glic. Mar sin thug an Dotair a-mach air an doras e, gu bàrr na staidhre. An sin rinn e sanas cinnteach na chluais.

Nuair a bha e deiseil, fhreagair am breabadair mòr e, "Ach cha leig sinn a leas an cruinneachadh. Chaidh mise dhan "àite uaigneach" nuair a dh'fhàg mi sibh, 's rinn mi ùrnaigh dhùrachdach. An dèidh tacan 's mi ri eadar-ghuidhe, chuir an Tì as àirde sìth nach creideadh sibh nam chridhe. Agus tha cinnt agam gu bheil Catrìona gu bhith ceart gu leòr."

Làn de dh'uabhas, sheall an Dotair na shùilean. Oir cha robh tìde sam bith aigesan airson saobh-chràbhadh, mar a chanadh e, no airson gòraiche creideimh sam bith. Bha seo gun sgot!

Ach lean Aonghas air, "Tha mi ag innse dhuibh gun do dh'iarr mi air a' Chruithear a fàgail agam gus am biodh an leanabh mu dheireadh againn air an sgoil fhàgail. 'S fhuair mi freagairt. Chaidh sòlas a chur nam chridhe. Tha fios a'm gu bheil i a' dol a dh'fhàs nas fheàrr."

Thàinig rudhadh a ghruaidhean an Dotair. Ged a bha e air feuchainn ri toirt air an duine stuama seo a bhith ciallach, cha ghluaiseadh sìon e bhon bharail a bh' aige gun robh rud a' dol a thachairt a bha calg-dhìreach an aghaidh a h-uile coltas ciallach, reusanta.

Mar sin, nuair a chunnaic an Dotair nach atharraicheadh e idir inntinn an fhir seo, thog e a bhaga sgioblaichte, dh'iarr e air Mgr Caimbeul brath a thoirt dha nuair bhiodh feum air agus dh'fhàg e soraidh mhodhail aca uile. Bha e air a dhìcheall a dhèanamh. Chuir e thuige beagan e nuair a chaidh Aonghas sìos chun an dorais a-muigh leis. Ach cha robh an seo ach seann mhodh.

Air ais san t-seòmar-cadail gu h-àrd sheas an dithis òga far an robh iad, a' coimhead air cuspair an gràidh. Ach an dèidh puileag sheall iad air aodainn a chèile 's, air an socair, rinn iad às sìos an staidhre, 's a-mach a chluiche còmhla ris a' chòrr dhe na bràithrean 's dhe na peathraichean.

Thill Aonghas air ais suas an staidhre is shuidh e air stoc na leapa. An uair sin, ged nach robh e a' sùileachadh freagairt, thòisich e a' bruidhinn ri Catrìona, 's e ag innse dhi mar a thachair dha san "àite uaigneach" agus mu cho taingeil 's a bha e gun robh i a' dol a dh'fhàs na b' fheàrr.

Ach, gu dearbh cha robh a' chiad choltas oirrese gun robh i ga chluinntinn, no gun cluinneadh i gu bràth tuilleadh na bu mhò e – gun ghuth idir air freagairt a thoirt dha.

Bu neònach mar a thachair ge-tà. Oir thàinig beagan lùths air ais thuice, mean air mhean. Cha robh i ach a' fosgladh a sùilean an toiseach 's an uair sin ag ràdh facal no dhà ann an guth tioram. Ach, air taobh a-staigh ùine nach robh fada, chaidh aice air faighinn air chois a-rithist.

Mar a thuigear, thuirt Aonghas gum b' e seo a' mhìorbhail a gheall an Cruithear dha. Ach bha beachd math aig gu leòr de mhuinntir an eilein gum biodh rudan mar seo a' tachairt gu nàdarra uaireannan, 's às aonais mìorbhail sam bith a bhith a' tachairt. B' e remission a chanar ris, agus dh'fhaodadh buaidh a leithid mairsinn bliadhna... no bliadhna gu leth uaireannan.

Mar sin, dh'fheith iad.

Ach chùm Catrìona oirre a' dol am feabhas. 'S mu dheireadh thall, bha i cho lùthmhor, èasgaidh 's a bha i riamh. Cha robh duine beò air talamh tròcair a bha na bu toilichte na Aonghas. Ged a bhiodh a' bheairt aige san t-sead sàmhach aig amannan ùrnaigh, b' i a bha a' dol math aon uair eile an còrr dhen ùine!

A dh'aindeoin sin ge-tà, bha cuid ann a bha a' feitheamh air an naidheachd a thigeadh, cho cinnteach ris a' bhàs. An dotair nam measg.

Ach, còig bliadhnaichean na b' fhaide air adhart, bha a slàinte fhathast aig Catrìona. B' ann a bha i a' dol le roid a bha cunnartach, a' reic chlòithean 's a' dèanamh a h-uile gnìomh obrach eile a bh' aice ri dhèanamh, mar bhean-taighe, gach latha. B' e remission air leth a bha 'n seo!

Agus gu h-iongantach, mhair am piseach.

Gu dearbh, nam faicte son a' chiad uair i, cha chanadh duine sam bith gun robh càil a choltas air an dearbh thè gun robh i, aig aon àm, air leabaidh-bàis. Bha i cho fallainn ri fiadh nam beann. 'S bha a' chlann sona, oir bha an carraig-san gam beathachadh 's gam beannachadh a-rithist mar a rinn i riamh. 'S bha Raonaid bheag toilichte biadh blasta, nach robh air a losgadh no air a bhàthadh, ithe a h-uile latha riamh.

Ach b' ann air Aonghas a bha am plìonas a bu mhotha. Oir bha esan taingeil gun robh a charabhaidh slàn 's a chreideamh air a dhearbhadh. Ach ged a choinnich e corra uair ris an dotair, thar nam bliadhnaichean, cha tuirt e riamh ris, "Nach tuirt mi riut?" Cha b' e sin an dòigh Ghàidhealach. B' fheàrr a bhith modhail is rèite a chumail sa choimhearsnachd bheag aca.

Ach an uair sin, thachair an nì a b' iongantaiche a chualas riamh san eilean.

Air feasgar Dihaoine, barrachd air naoi bliadhna an dèidh dhi a bhith tinn, chaochail Catrìona, gu grad. Dh'fhalbh i, dìreach mar siud!

B' e seo an rud a bha iongantach mun chùis ge-tà. B' e sin an dearbh latha a dh'fhàg Raonaid bheag an sgoil!

Ged nach do shùilich Aonghas fhèin gum biodh an tachartas cho fìor mhionaideach seo, thachair e dìreach mar a thuirt e – chun an dearbh latha.

B' e sin cuideachd an latha a thòisich an Dotair a' ceasnachadh a chreideimh fhèin.

An Tè

Dìreach nuair a fhuair iad sealladh air a' chala, 's am bàt'-aiseig fhathast corra thonn bhon chidhe fhèin, chuala Anndra cainnt a thug crathadh air a chridhe.
"Bha mi a' smaoineachadh gun do dh'aithnich mi do ghuth!"
Niste, cha b' iad na briathran a bu choireach gun tug a chridhe buille às. Cha b' iad. B' e a bu choireach ach an guth fhèin. Oir a bharrachd air uaireannan na aislingean 's na chuimhneachain, cha robh e air an fhonn-labhairt ud a chluinntinn o chionn fichead bliadhna.

A dh'aindeoin na sheòl de dh'ùine a-mach air cuan tìm, thàinig an ceòl-gutha seo thuige mar a b' àbhaist, le fuaim a bha tùchail is tlachdmhor 's cha b' ann àrd is biorach.

Na shuidhe còmhla ri caraid ann an ionad-bìdh *Na h-Innse Gall*, thionndaidh e a cheann chun na làimhe clìthe. 'S thall bhuaithe, bho thaobh eile na glainne-reòithte a bha eatorra, chunnaic e cumadh ag èirigh o bhòrd. Bha an cruth sin a-nis a' tighinn a-nall thuige 's ag ràdh, "Dh'aithnichinn do ghuth-sa an àite sam bith!"

Shaoil Anndra gun robh fuaim na gutha ag aomadh ri blàths.

Nuair a stad i 's a sheas i air an taobh aigesan dhen ghlainne, sheall e oirre, le iongantas. Bha i dìreach mar a bu chuimhne leis, a cheart cho brèagha 's a bha i riamh. Cha robh piuc dhith air atharrachadh! Eu-coltach ris-san, cha robh ise air saill a chur oirre, 's bha a falt fada, dìreach fhathast cho donn 's a bha e riamh; ged a dh'fhaodadh sin a bhith air tighinn à botal. Gu fàbharach, cha robh a sùilean idir a' coimhead mì-thoilichte tuilleadh.

"Uill," fhreagair e le gàire, "tha e doirbh gun ghleadhraich mo ghuth-sa aithneachadh." Fèin-mhagadh: cleas a dh'ionnsaich e na òige airson nimh a thoirt à daoine. "'S math d' fhaicinn! Ciamar a tha thu?"

Bha e math a faicinn. Ach nach neònach nach robh e air mothachadh dhi nuair a choisich e a-steach dhan t-seòmar-bìdh? Ceart gu leòr, nuair a chuir e a chas thairis air stairsneach an ionaid sin cha robh dùil aige ri càil a bharrachd air adag, sliseagan, pònairean, sabhs tartare 's cupa teatha shearbh. Ach, fhuair e tòrr a barrachd!

An toiseach choinnich e ri "Fuaim", caraid còmhraideach à Griomasaigh. Bha esan na sheann nàbaidh èibhinn dha, bho làithean sgoile. An cuideachd a chèile fhuair iad cothrom air bleadraich a dhèanamh mun a h-uile sìon a bh' air tachairt dhaibh bhon a choinnich iad mu dheireadh. "Cuin a bha sin a-rithist? Bheil trì bhliadhna ann bhuaithe?"

Mar a nì fireannaich an-còmhnaidh, thòisich Fuaim le iomradh a thoirt air an obair aige. Ri dhreuchd sna meadhanan, thuirt e gun robh tàire air a bhith aige an tuarastal fhaighinn a bha e airidh air. 'S mar sin bha e air ceum ùr a chur roimhe – a dhol freelance. Rinn e aithris mhionaideach air a h-uile car a threòraich chun a' chrois-rathaid ùir seo e.

Fhad 's a bha a sheann nàbaidh a' cabadaich, bha Anndra cho sona ri bròg. Chòrd còmhradh eirmseach an fhir mhòir seo riamh ris.

Nuair a fhuair e fhèin a chothrom bruidhnidh ge-tà, dh'fhairich e nach robh dad inntinneach aigesan ri ràdh. Bha e fhathast ris an aon cheàird 's a bh' air a bhith aige on a bha Metùsela na bhalach – a' dèanamh obair-chrèadha 's ga reic sa bhùth bheag aige shìos am measg nan craobh aig Rubha Phòil, ri taobh cidhe Armadail, san Eilean Sgitheanach.

Cha b' urrainn dha gearain ge-tà, oir bha coigrich gu leòr air tighinn a dh'fhuireach dhan "Eilean." Bha, nan dròbhaichean. 'S bha tòrr dhiubh-san 's de luchd-siubhail ann a cheannaicheadh a stuthan. Dh'innis e do Mhurchadh mar a bhiodh e trang a' cruthachadh nam pìosan-ealain tron gheamhradh airson gum biodh gu leòr aige ri reic as t-earrach 's as t-samhradh. Mar sin, ged nach robh an dreuchd aigesan cho gleansach ri gnìomhachas an telebhisein, bha e cofhurtail agus sona. B' e sin, ma-thà, a chrac-san.

B' ann mar sin a lean an conaltradh a' dol, a-null 's a-nall.

Cha b' ann gu deireadh a' chòmhraidh ge-tà a dh'innis Fuaim dha mun phrìomh rud a bh' air tachairt. Bha esan 's a bhean air dealachadh. Cha tuirt e carson. 'S cha tug e iomradh idir air fhaireachdainnean. Dh'innis e a-mhàin dha gun robh an sgaradh air tachairt.

Gheàrr seo Anndra. B' aithne dha fhèin cràdh an dealachaidh agus mar sin bha co-fhaireachdainn aige dha.

Ach an uair sin thuirt fear Ghriomasaigh rud neònach: "Tha mi fhèin 's an tè a b' àbhaist a bhith na bean dhomh nar caraidean nas fheàrr a-nis na bha sinn sa mhòr chuid dhe na làithean mu dheireadh dhen phòsadh againn."

Cha tuirt Anndra smid mun char seo. Cha do thuig e e.

B' ann an uair sin a chuala an dithis aca guth na tèile, a' cur fàilte air Anndra 's a' coiseachd a-nall thuca.

Thug seo leisgeul do dh'Fhuaim soraidh slàn fhàgail aig Anndra. Le fiamh-ghàire 's a' gnogadh a chinn an taobh aicese, dh'fhàg e beannachd aca 's rinn e às.

"Tha mise glan," thuirt i. "Bha sinn thall aig an t-seann taigh – ga fhalmhachadh son a reic. Ciamar a tha thu fhèin?"

Bha e fhathast a' smaoineachadh air cho neònach 's a bha e nach robh e air mothachadh dhi. Oir, bha latha ann nuair a b' ise brìgh is susbaint a bhith 's a bheatha. Bha fèin-fhiosrachadh a' ghràidh a dh'fhairich e dhìse coltach ri bhith air a spìonadh suas ann an ioma-ghaoth 's air a thoirt air làimh, na b' àirde na chaidh Icarus riamh. Chuir buaidh a' ghaoil a bh' aige oirre snuadh ùr air a h-uile nì a bha na bheatha. Cha robh ithe, òl, cadal, no fiù 's anail a tharraing, mar a bha iad roimhe. Bha a smuaintean làn dhith. Nam b' e 's gun cailleadh inntinn sealladh oirre son mionaid, cha tigeadh a chridhe beò a-rithist gus am faiceadh e boillsgeadh de rud a chuireadh na chuimhne i. Ist! Taca ris a' ghaol seo, cha robh ach meas aig Somhairle air Eimhir. Sna làithean geala sin bha e làn dòchais gum b' ise a ghabhadh àite na "tè" na bheatha. Lùig e a dhol còmhla rithe gach ceum a ghabhadh i tron t-saoghal, cho fada 's a bu bheò iad.

Ach an-diugh, cha robh e fiù 's air mothachadh dhi nuair a choisich e a-steach?

"Tha gu sunndach, tapadh leat," ars esan, "ach bha mi duilich cluinntinn mud athair."

Sa bhad, leum a sùilean air falbh bhuaithe.

A' cur ceist rannsachail oirre, dh'fhaighnich e, "Thuirt thu 'sinn,' a bheil... e-um, teaghlach agad... a-nis?"

Bha nòisean air a bhith aige dhi bhon t-siathamh bliadhna san àrd-sgoil. Ach, aig an àm, cha b' urrainn dha dad a dhèanamh mu dheidhinn. Bha i a' falbh le caraid dha, gus an do dh'fhàg iad an sgoil.

Trì bliadhnaichean na b' fhaide air adhart ge-tà, agus iad san oilthigh ann an Obar Dheathain, bha Anndra a' comharrachadh a cho-là-breith, fichead 's a h-aon – san *St. Machar* san t-seann phàirt dhen bhaile. Ghabh e tè mhòr an oidhche sin. Thachair gun robh ise cuideachd an làthair.

Mar sin, aig deireadh na h-oidhche, a' trusadh a mhisneachd gu lèir, chaidh e a-null far an robh i 's dh'fhaighnich e dhith am faodadh e coiseachd dhachaigh leatha. Dh'aontaich i. 'S habair gun do rinn iad còmhradh a' dol suas rathad a bha cuartaichte le clach-ghràin. Aig deireadh na slighe, rinn e an rud a mhiannaich a chridhe. Dh'fheuch e ri pòg a thoirt dhi. Ach, tharraing i air ais bhuaithe. Dìreach mar a b' eagal dha.

"Iarr orm uaireigin eile," thuirt i, "nuair a bhios tu sòbarra."

Briathran, dìreach gus faighinn air falbh bhuam, shaoil Anndra.

Ach seachdain no dhà an dèidh sin choinnich iad a-rithist, aig pàrtaidh. An trup seo, dh'fhaighnich e, "An tigeadh tu gu biadh còmhla rium, ma-thà... uaireigin?"

Gu h-iongantach dha dh'aontaich i 's chuir iad àm is àite air bhonn. Choinnich iad air an fheasgar a shònraich iad. Fad 's a ghabh iad greim, bha an còmhradh siùbhlach, le tòrr obair lannsa is feallà-dhà a' dol eatorra. Aig deireadh na h-oidhche, choisich e dhachaigh leatha a-rithist gu taigh a peathar. Dìreach mus do dh'fhàg e i, shìn e a cheann a-null thuice, aon uair eile, gu h-iomagaineach. Ach, an trup seo, thàinig a fear-se an taobh aigesan cuideachd. Phòg iad a chèile:

smùireag dhùrachdach, shusbainteach, fhada. 'S nuair a sguir iad a phògadh thuirt ise, "Nach tuirt mi riut!"

B' ann mar sin, ma-thà, a thòisich obair na h-ioma-ghaoith.

"Tha, tha teaghlach agam. Tha mi pòsta... 's tha dithis chloinne againn: Ramòna 's Pilàr. Tha 'd a' cluich, shìos an trannsa."

Bha esan fhathast a' cuimhneachadh air na làithean a dh'fhalbh 's air cho iongantach 's a bha e gun robh an dithis acasan nan càraid aig aon àm. Oir bha ise gu math diofraichte bhuaithesan.

Eu-coltach ris-san, cha robh diù a' choin aicese dhan Ghàidhlig, no do dhualchas na Gàidhealtachd. B' fheàrr leathase an Roinn Eòrpa, gu h-àraid an Spàin. Gun fhois gun fhiaradh bhiodh i a' bruidhinn air Salobreña, Andalucia, a' cabadaich mu "na tràighean gainmhich glana 's na taighean geala a bhiodh a' deàrrsadh sa ghrèin," agus air "a' chaisteal mhòr Mhùdhrach a bha a' cuimhneachadh dhaibh cho eadar-nàiseanta 's a bha an dualchas acasan, taca ris a' Ghàidhealtachd!"

Cha robh ann ach aon rud a-mhàin a b' fhuath leatha mun Spàin: an Generalísimo, Franco! Bu lugh' oirre faisistich is deachdairean!

Fhad 's a chuimhnich e air Salobreña, shnàig aon smuain eile air ais na inntinn. Dìreach mus do thòisich iad fhèin a' suirghe, bha ise air dà bhliadhna a mhealtainn thall an sin, còmhla ri bràmair Spàinnteach. Gheàrr an smuain a chridhe às ùr.

Ach, ged a bha Anndra 's ise eadar-dhealaichte bho chèile, bha am faireachdainn a bh' aigesan dhìse cho làidir 's gun robh e an dòchas gun tàladh e a cridhe-se gu rudan Gàidhealach, beag air bheag. Mar iomadh creutair òg, bha e a' creidsinn ann an cumhachd a' ghràidh gus daoine atharrachadh!

Mu dheireadh thall, bha faireachadh an togradh cho làidir 's gun do dh'iarr e oirre a phòsadh. 'S ghabh i ri thagradh. B' e a bha ait a' cur fàinne-gealladh air a corraig 's a' dol a choinneachadh ri teaghlaichean a chèile! B' ise an "tè." Bha e cinnteach às!

"Tha dithis chloinne agaibh," ars esan, "'S a bheil sibh uile gu dòigheil?"

B' ann goirid an dèidh àm a' ghealladh-pòsaidh a dh'atharraich cùisean; gu tur.

Air sgàth buaidh charaidean san oilthigh, gu h-àraid sàr òraidiche a bha nam measg, Ronnie Sheringham, thàinig dùsgadh poilitigeach air Anndra. 'S leis, thàinig atharrachadh san dòigh san robh e a' faicinn cor na dùthcha aige. Le làn-eud an iompaiche, dh'innseadh e a bheachdan dhan a h-uile neach a dh' èisteadh ris, uaireannan ge b' oil leotha.

Cha do chòrd seo idir ri leannan. Chuir e gaoir tron fheòil aice. Dh'innis i sin dha cuideachd, ann am briathran cho soilleir 's a ghabhadh, "'S e seo an trom-laighe as miosa a b' urrainn tighinn orm, gun tigeadh tusa, a-mach às a h-uile creutair beò, gus a bhith nad Nàiseantach!" Bha i ga chiallachadh le a h-uile cridhe. Mu dheireadh, an dèidh tòrr troimh-a-chèile, dh'aidich i: "Tha mi a-nis a' coimhead ort mar nàmhaid!"

Cha b' urrainn do dh'Anndra a chreidsinn! Bha gaol a' chridhe aigesan oirrese! Dè an còrr a bha i ag iarraidh? 'S dè a b' urrainn dha a dhèanamh co-dhiù? Cha robh e air aon làimh ag iarraidh àicheadh a dhèanamh air na bha e a' creidsinn, no air an làimh eile, an gràdh a bh' aige dhìse a thrèigsinn. Dè idir a b' urrainn dha a dhèanamh?

Cha leigeadh e leas sìon a dhèanamh. Dh'innis ise dhàsan gum feumadh i làithean-saora a ghabhail, airson a ceann "a chur an òrdugh." Agus dh'fhalbh i.

Ach ma dh'fhalbh, b' e a rinn an t-ionndrainn oirre.

Dà sheachdain an dèidh dhi triall, thachair e ri a piuthar, Maureen. Thug seo tlachd dha, gus an do dh'aidich ise gun robh a piuthar òg air a dhol gu Salobreña. Dh'innis i cuideachd dha gun do dh'fhàg i an fhàinne ann an drathair sa flat nuair a dh'fhalbh i.

Bha na làithean a lean na b' fhaide na oidhcheannan geamhraidh Innis Tìle.

"Tha a h-uile duine gu math againne, 's dè mu do dheidhinn fhèin!" ars ise.

Air an latha a thill i bhon Spàin, chaidh Anndra suas chun a' flat. Nuair a choisich e a-steach bha a leannan an sin mu thràth. Ach bha coltas deagh shunnd oirre. Mhothaich e cuideachd gun robh an fhàinne air a corraig. Feumaidh gun robh a piuthar air mearachd a dhèanamh? Ach dh'ith a' cheist e. Mar sin, an dèidh dhaibh bruidhinn mun a h-uile cuspair eile fon ghrèin, chaidh iad leotha fhèin dhan t-seòmar aicese. An sin dh'fhaighnich e dhith an robh an rud a thuirt a piuthar ris fìor.

Bha. Dh'aidich i gun robh. Bha, bha.

Le fearg an eagail ag èirigh ann, dh'fhaighnich e aon fhacal dhith, "Carson?"

Cha robh freagairt aice dha.

Dh'àithn e dhi, "Geall nach dèan thu a leithid seo a nì rium gu sìorraidh tuilleadh!"

Ach, las seo corraich innte agus dhiùlt i sin a dhèanamh, "Cha gheall idir!"

"Uill," thuirt e, 's e ag iarraidh sealltainn dhi cho cudromach 's a bha e dha, "Mura h-eil thusa deònach seo a dhèanamh dhòmhsa, tha mi ag iarraidh m' fhàinne air ais!"

Spìon ise dhith an fhàinne. 'S le sgiamh àrd, biorach, thilg i air i!

Mar gum biodh e ann am film oillteil a bha a' gluasad gu slaodach, thog e an seud far an làir 's choisich e a-mach air an doras, sìos na leacan fuara 's a-mach às a' chlobhsa, dhan dìle. Sa bhad, coltach ri Icarus, thuit e!

Ach eu-coltach ri Icarus ge-tà, cha b' ann dhan mhuir a thuit Anndra, ach sìos air clach-ghràin chruaidh ghaoth-shèidte Obair Dheathain. Ann an gailleann a' Chuain a Tuath, reòth a chridhe! Is lean an deigh ris. Oir cha robh àm ann nuair a chitheadh e àite-bìdh Spàinnteach, no bratach Spàinnteach, no sgioba ball-coise Spàinnteach nach togadh gaoth fhuar a' gheamhraidh as ùr, a' reubadh tro a chuid aodaich 's a-steach dha chom.

Ged a smaoinich e ma deidhinn millean uair, agus ged a lùig e coinnicheadh rithe billean uair, cha do thachair e. Cha do choinnich an dithis seo ri chèile tuilleadh.

B' e seo – air bàt'-aiseig eadar Loch nam Madadh is Ùige – a' chiad uair a thachair iad ri chèile ann am fichead bliadhna.

"Tha mi gu math, tapadh leat, dìreach a' dèanamh air an dachaigh an dèidh dhomh m' athair fhèin a chur air ais a-null a dh'Uibhist, an dèidh nan làithean-saora aige," ars Anndra.

Fichead bliadhna na bu shine, bha a thuigse fichead bliadhna na b' abaiche a-nis cuideachd. An-diugh bha e a' tuigsinn carson nach do phòs i e.

B' e cnag na cùise gun robh a h-athair na dhuine beulach, cruaidh, 's na cheannard air a' Phartaidh Nàiseanta Leantainneach (PNL). Bha 'm meur poilitigeach cumhang seo air am Partaidh Nàiseanta fhàgail a chionn gun robh iad "air fàs ro fhlodach." Mar sin chaidh ise a thogail ann an régime theann! Chunnaic i, faisg air làimh, cho mùchdach 's a bha reachdan a' bhuidhne bhig seo. Bha tòrr toirmisgte dhaibh, mar co-chomann a bhith aca le daoine "coimheach" nach "buineadh" dhan dùthaich! Na h-òraidean a bhiodh a h-athair an-còmhnaidh a' stialladh air na "coigrich shalach ud a tha a' goid ar n-obraichean!"

Aon latha ge-tà, ghabh i truas do ghille òg Bulgairianach a chunnaic i air an t-sràid. Bha e robach 's coltas dìth a' bhìdh air. Mar sin, thug i airgead dha. Ach chunnaic "leantainneach" i ga dhèanamh. Nuair a chual' a h-athair mu dheidhinn, thug e glamhadh a' choin oirre! Thuirt e rithe, "Ma nì thu a leithid a-rithist, cuiridh mise thu fhèin a-mach air an t-sràid." Cò a chanadh a leithid ri àl? B' i seo a' bhuille mu dheireadh dhi!

Dh' fhàg i an dachaigh 's chaidh i dhan fhòghlam an Obair Dheathain. Dh'fhairich i an uair sin saorsa bho ghràin-cinnidh a' PhNL. Bha i taingeil a bhith cuidhteas dhiubh. B' e sin a dh'fhàg gun robh i air a clisgeadh nuair a thàinig an dùsgadh Nàiseantach air Anndra – air eagal 's gum fàsadh e coltach ris an athair a theab an deò a thoirt aiste.

Ach, ged a tha e furasta cuid de dhaoine òga a dhèanamh radaigeach, 's gu dearbh bha cuid de bheachdan aig Anndra "dubh is geal" an toiseach, cha do dh'fhan e fada mar sin. Air taobh a-staigh bliadhna, bha e air gluasad air falbh bhon làimh dheis.

B' e an call ge-tà, nach cuala ise riamh seo. Oir bha an dithis aca air ceumnachadh às na h-ionadan foghlaim air leth aca 's air gluasad a bhailtean eile.

Co-dhiù, thuig Anndra a h-ualach a-nis agus bha mathanas an-diugh far an robh cràdh an-dè.

Dìreach leis an smuain sin chualas guth eile, air a' ghlaodhaire. Bha am bàt'-aiseig air ruigsinn!

Sheall an dithis inbheach air a chèile. Is ghluais iad, le chèile, ceum air adhart.

"Bha e fìor mhath d' fhaicinn a-rithist," ars ise 's i a' stad, ga dhùr choimhead.

Thug iad an uair sin crùb bhlàth dha chèile.

Leig cridhe Anndra breab eile às. "Bha," ars esan, "bha e math d' fhaicinn-sa cuideachd. 'S tha mi duilich... gun robh mi nam amadan... nam òige."

A' cur a làmh air a bhus thuirt i, "Bha mise òg cuideachd, 'ille. Na gabh dragh."

Is, le gàire, thionndaidh iad air falbh bho chèile a-rithist – an trup seo, slànaichte.

Agus, na b' fheàrr buileach, bha Anndra a' tilleadh chun na fìor "Thè."

An t-Eilean

Le ghàirdeanan caola sguab Ailean a h-uile piuc far uachdar-obrach a' chidsin – sìos chun an làir. Habair gleadhraich! Bha an linò a-nis còmhdaichte le pocannan plastaig 's le uidheaman-còcaireachd – an dà chuid, slàn is briste. Ach cha robh dragh a' choin aig Ailean.

Le sùil aithghearr ormsa 's tè chlis eile gu chùl, thionndaidh e a dhruim ris an uachdar-obrach fhuar, faisg air an t-sinc. Chuir e a dhà làimh air an oir aige, thog e a thòin suas air, agus shlaod e e fhèin gu a chùl. Aon uair 's gun robh e shuas air a spiris, tharraing e a chasan suas thuige fhèin fo a smiogaid 's a shàilean gu oir na h-oire. An uair sin shuidh e, na sheòrsa de bhall, agus thug e sùil dhùrachdach ormsa.

Mhothaich mi gun robh sgròbaidhean air a ghàirdeanan 's air a mhalaidh, le patan gorma ag èirigh timcheall orra. Chunna' mi cuideachd an t-sèid a bha na làimh chlì.

"Tapadh leat," thòisich e, "no am bu chòir dhomh 'leibh' a ràdh. Tapadh 'leibh' airson tighinn."

Bha mabadh na dibhe na ghuth.

"Tha 'n deoch orm! 'S cha deachaidh but dhìom a chlasaichean an-diugh."

Bha fios a'm, agus, dh'fhaodainn cur ris a seo, gun robh e cuideachd a-nis air mise a thoirt a-mach à coinneamh le oileanach le trioblaidean airgid. Cha tuirt mi guth ge-tà, ach, "Ailein. Dè thachair?"

"Dè thachair? Innsidh mise 'dhuibhse' dè thachair," thuirt e. "Ishi! Sin dè thachair! Ishi!"

An dèidh sùil aithghearr a thoirt air a dhòrn chlì, thòisich e dha-rìribh.

"Innsidh mise dhuibhse dè thachair. 'S mise... fhuair an taigh seo dhuinn, 's mise a phàigh am màl, 's mise a chuir a' Wifi ann, 's mise a phàigh an dealan, 's mise a cheannaich am biadh, 's mise bha gar dràibheadh dhan a h-uile h-àite... 's mise bha a' dèanamh a h-uile càil riamh! Mise! Mise! Mise! 'S cha mhòr an taing a fhuair mi air a shon!"

Tharraing e anail.

"An toiseach bha a h-uile càil dòigheil. Bha gràdh againn dha chèile, 's bha sinn ga shealltainn. Bha a h-uile càil math. Bha. Thuirt sinne fiù 's na ceithir faclan mòra ri chèile. U-huh! Bha a h-uile càil math... an toiseach. Ach, o chionn ghoirid, a h-uile h-uair a dheigheadh an dithis againn a-mach – mise 's ise – bhiodh iadsan ann cuideachd, na caraidean aice. Cha robh e gu diofar càit an deigheamaid. Bha iadsan timcheall oirre mar chuileagan, ga cuairteachadh. Agus ro dheireadh na h-oidhche, chan fhaighinn-sa faisg oirre. Och, bha a' mhòr- chuid dhiubh òcaidh, tha mi creidsinn. 'S toigh leam a' mhòr-chuid dhiubh... ach Amanda. Cha toigh leam an spideag bheag phuinnseant' ud idir!"

Cheasnaich a shùilean mi 's dh'fhaighnich e, "A bheil sibh a' smaoineachadh gur e droch dhuine a th' annamsa son 'spideag bheag phuinnseanta' a ghabhail air cuideigin? A bheil?"

"Tha mise dìreach an seo mar charaid."

Feumaidh mi aideachadh gun cuala mi beagan mun dol-a-mach seo bho Lorraine, aon dhe na h-oileanaich eile a bha a' tighinn thugam 's mi ri obair Co-òrdanaiche Sheirbhisean Oileanach. B' ise a dh'innis dhomh an-diugh cuideachd gun robh Ailean ga dhalladh, ann an droch staid 's gam iarraidh, aig an taigh a bh' aige air mhàl. Ach a dh'aindeoin na dh'innis ise dhomh mu Amanda, b' fheàrr sìth a shireadh. Mar sin dh'fhaighnich mi, "A bheil thu cinnteach gum b' e sin a bha fa-near dhi?"

"Tha. Cinnteach às. Dh'innis Lorraine dhomh. Thuirt i gun tuirt Amanda ri Ishi gun robh cus smachd agamsa thairis oirre – gun robh mi ga 'cuingealachadh.' Thuirt i gun robh mi a' toirt oirre mo riaghailtean-sa a leantainn 's gun robh mi a' mùchadh a pearsa fhèin. Smaoinich! An speireag!"

Bha crith san dùine òg, phiullach, chaol seo.

"'S bha an sgreagag shlìogach sin cuideachd ag ràdh gu bheil Ishi òg is brèagha, 's gum bu chòir dhi a bhith saor, 's chan ann ceangailte ri aon fhear! Thuirt i gum bu chòir dhi – aig a h-aois-se – saorsa a mhealtainn; oir bidh fad a beatha aice fhathast son a bhith na caillich phòsta! Sin... a thuirt Amanda phuinnseanta, na mallachd!" 'S choimhead e air falbh bhuam gu a làimh chlì.

Fhad 's a bha an eas de bhriathran seo a' dòrtadh a-mach às, bha ceann Ailein 's a làmhan a' dol mar mhuileann-gaoithe. Bha a ghlùinean a' gluasad a-mach 's a-steach mar bhocsa-ciùil cuideachd. Bha a chom gu lèir an sàs san iomairt-mhìneachaidh aige.

"B' e an rud a bu mhiosa ge-tà, gum falbhadh Ishi còmhla rithe! 'S bhithinn-sa air m' fhàgail leam fhèin, nam ghloic!" dh'èigh e. "Bha mi nam dhearg amadan aice! An dèidh na rinn mi dhi! 'S mise a phàigh am màl, 's a h-uile càil eile." Stad e. "Uill, cha bu mhise, a phàigh e, ach mo 'Phapaidh' còir."

Chaidh "mo Phapaidh" a ràdh ann an guth fuar, magail nach do chòrd rium.

"Thug mi a h-uile càil a bh' agam dhìse, 's thilg i nam aodann e! Bheil sin ceart? A bheil? An canadh 'sibhse' gu bheil sin ceart?" ars esan gu nimheil.

Ged a bha e a' fàs cas, bha fios agam gum b' ann à cràdh a dh'èirich seo. Mar sin, chuir mi snaidhm air mo bheul. Oir, nam chomhairliche dhaibh uile, cha b' urrainn dhòmhsa taobh sam bith a ghabhail, no oileanach sam bith a chàineadh – tè a bhriseadh cridhe, no fear a bha eangarra. "Tha mi duilich gun deachaidh do leòn, Ailein. Nach innis thu dhomh dè a thug cùisean chun na h-ìre sa?"

Cha b' e sin a bha esan ag iarraidh ge-tà, ach a riochd fhèin a chur air an sgeul. Mar sin thug e air chuairt mi, ag èigheach mun oidhche roimhe 's "am blidseir" a ghabh iad. Thuirt e gun robh ise, an dèidh dhaibh mòran òil a dhèanamh, air cantainn ris nach bu toigh leatha idir e – nuair a ghabhadh e dramaichean. Bhiodh e ga fàgail fo eagal.

Mar sin dh'fhaighnich Ailean an robh i ag iarraidh gun sguireadh e a dhòl? Bha, thuirt i. Dh'aontaich e sin a dhèanamh, air a son-se. An uair sin dh'innis e fhèin dhìse nach bu toigh leis-san idir mar a bha ise le dramaichean, a' falbh le bana-charaidean, gun ghuth airsan – gu h-àraid nuair nach tilleadh i gu feasgar an ath latha. Air an adhbhar sin, dh'iarr esan oirrese sgur a dhòl cuideachd. Ach, dhiùlt ise sin a dhèanamh! Cha "ghèilleadh" i dha tuilleadh, thuirt i, "a-muigh no a-mach!"

Dh'èigh e, "Bheil sin cothromach? An canadh 'sibhse' gu bheil sin cothromach? A bheil?"

B' e a ghlac m' aire ge-tà, ach gun robh a dhruim ris an uinneig thana, ghlainne. Cha robh seo sàbhailte. Oir bha a chorp a' turraman, 's cha toireadh e cus dha a dhol tron ghlainne. Ach shaoil mi nach b' fheàrr dhomh òrdugh a thoirt dha gluasad, mus cuireadh sin an caothach buileach air. Chumainn sùil gheur air. "'S bochd nach robh i deònach do choinneachadh sa mheadhan," arsa mise.

"Sa mheadhan?" ars esan, "Cha robh i deònach mo choinneachadh an àite sam bith! Bha agamsa ri bhith a' ruith às a dèidh-se fad na h-ùine 's ise a' stàireachd mun cuairt; còmhla ri Amanda an donais!"

"'S càit a bheil i 'n-dràsta?"

"Cò?" dh'fhaighnich e.

"Ishi."

"Chan eil fhios a'm." ars esan, "Dh'fhalbh i… "

"Cuin? 'S càite?"

"Chan eil càil a dh'fhios a'm, thuirt mi!"

"Idir?"

"Chan eil!" ghlamh e gu h-amh, "Dè an uair a th' e co-dhiù?"

"Trì uairean feasgar. Cuin a chaidil thu?"

Sheall e orm, gun ghog aige.

"An… do chaidil thu – a-raoir?"

"Cha do chaidil. Bha mi 'g òl fad na h-oidhche!" Thuirt e gu dùbhlanach. Sheall e an uair sin sìos a-rithist gu ceann clì na spiris aige. San oisean, bha botal Vodka, falamh; còig botail WKd, falamh; agus dà chrogan Red Bull, san aon staid.

"An toir thu ... 'sibh' ... suas chun na bùthadh mi?" dh'fhaighnich Ailean. "Tha feum agam air rudeigin."

Bha beachd math agam fhèin dè. "Cha toir," fhreagair mi.

"Cha b' e deoch a bha mi ag iarraidh."

"Cò thuirt gun robh thu ag iarraidh deoch?" arsa mise, a' cur car nam cheann 's a' togail mo mhalaidhean.

"Òcaidh, òcaidh ghlac thu mi," thuirt e, leis a' chiad fhiamh-ghàire a chunnaic mise o nochd mi.

"Dè thachras a-nis?" dh'fhaighnich mi. "Dè a nì thu?"

"Chan eil fhios a'm. Chan eil mi ag iarraidh a faicinn tuilleadh. Thèid mi dhachaigh."

"Am fòn mi gud phàrantan, ach an tig iad gad iarraidh?"

"Chan fhòn! Chan eil mi gan iarraidh-san idir! Cuiridh mi a h-uile càil dhan chàr 's dràibhidh mi fhèin dhachaigh."

"San staid sin? Cha dhràibh gu dearbh, Ailein!" thuirt mi gu làidir. "Càit a bheil na h-iuchraichean?"

"Och, ist thu! Chan eil mi cho gòrach sin! Cuiridh mi mo stuth dhan chàr an-diugh 's dràibhidh mi dhachaigh a-màireach. Thèid mi dhachaigh a-màireach! Ach na fòn thuca idir, air chor sam bith. Chan eil mi gan iarraidh-san idir."

"Òcaidh. Ach mus dèan thu dad, feumaidh tu a dhol dhan ospadal a shealltainn air do làimh. Tha droch shèid innte 's dh'fhaodadh gu bheil rudeigin briste."

"Tha rudeigin briste ceart gu leòr ... ach chan e mo bhois a th' ann!"

"Dè a thachair dhad cheann 's dhad ghàirdean? Tha iad làn phatan 's sgròbaidhean."

Sheall e sìos air na gearraidhean a bh' air 's thog e a mheuran fada, caola gu cheann. "Thalla a-mach air an doras sin mud choinneamh, 's chì thu," thuirt e, le lasadh na shùilean.

Dh'èirich mise nam sheasamh 's chaidh mi chun an dorais. Dh'fhosgail mi e 's sheall mi a-mach air. Sa bhad, chunna mi e. Shìos an trannsa bhuam, bha doras, 's e air a spadadh às a chèile. Bha am plaidh air gach aghaidh briste 's am bòrd-cairt sa mheadhan – a bh' aig aon àm mar chìrean-meala – na ribeagan. Bha e mar gun deachaidh caolainn an dorais a reubadh às agus gun robh iad a-nis crochte ris. Thionndaidh mi air ais a-steach dhan chidsin, 's ged a bha an deagh bheachd agam dè am freagairt a gheibhinn dh'fhaighnich mi co-dhiù, "Cò fo ghrian a rinn siud?"

"Mise, Ailean Dòmhnallach," ars esan. "Chuir mise an doras na spealagan!"

"Ailein," fhreagair mi, "an robh Ishi san t-seòmar aig an àm?"

"Cha robh. Cha do bhuin mi dhìse. Ghabh i an t-eagal ge-tà, nuair a thill i 's a chunnaic i e." An uair a thuirt e na trì faclan mu dheireadh sin, dh'atharraich coltas feargach a shùilean gu tur. Lìon a shùilean le deòir, chrom e a cheann is thuirt e, "Tha mi duilich... Bha mi dìreach ag iarraidh sealltainn dhi mar a leòn i mi. Chan eil càil san t-saoghal cho goirt rim chridhe-sa an-dràsta." Agus thòisich e air caoineadh; gu goirt.

Bu chràiteach èisteachd ris. "Tha mi duilich, 'ille. Cha lùiginn an cràdh sin idir dhut; idir, idir."

Stad e 's sheall e orm, "Dè an t-eòlas a th' agads' air cràdh? Tha do bheatha-sa coileanta: bean bhrèagha, clann shnoga, deagh obair. Tha a h-uile càil agadsa. Tha a h-uile càil a dh'iarradh duine sam bith san t-saoghal agadsa! Chan eil càil agamsa! Sò... dè an donas an t-eòlas a th' agadsa air mo chràdh-sa?"

Gu ìre, bha e ceart. Bha bean bhrèagha, dithis chloinne àlainn, agus obair sgoinneil agam. Ach shaoil mi, "Tad ort, 'ille, cha robh mise ceathrad bliadhn' a dh'aois nuair a rugadh mi. B' fheudar dhòmhsa a bhith fichead cuideachd, aon uair. Mar sin, 's math a thuigeas mi cràdh do chridhe, agus, nan innsinn e, cràdh do dhùirn cuideachd. 'Bha latha eile aig fear buain na mònadh', 's gu dearbh cha tillinn thuige." Ach dh'fhanadh am fiosrachadh sin nam chlaigeann. An-dràsta b' fheàrr dhàsan bruidhinn, gun duine a' toirt breith air. Mar sin dh'fhaighnich mi, "Am b' ann nuair a chunnaic i an doras a dh'fhalbh i?"

"B' ann. Tha mi nis nam aonar. Agus bidh."

"Chan eil thu nad aonar, Ailein. Tha mis' agad, tha caraidean agad, 's, tha do phàrantan agad."

Thog e a cheann, "Chan eil mo phàrantan agam," ars esan, 's choimhead e orm.

"Tha iad. Choinnich mi riutha air an Latha Fhosgailte. 'S bidh iadsan agad fhad 's as beò sibh."

"Chan eil, tha mi 'g innse dhut. Chan iadsan idir mo phàrantan-sa."

Chuir siud stad orm.

"Tha mise... ag innse dhut-sa... nach iadsan... mo phàrantan-sa... idir."

"Ciamar?"

"O chionn bhliadhna, dh'innis iad dhomh gun do dh'uchd-mhacaich iad mi – nuair a bha mi trì mìosan a dh'aois." Gam choimhead fo shùil, thuirt e, "Eil thu tuigsinn a-nis? Cha robh mo phàrantan fhèin gam iarraidh. Shad iadsan air falbh bhuapa mi cuideachd."

"Ach..." thuislich mi, "chan eil càil a dh'fhios againne ciamar a bha cùisean dhaibhsan. 'S dòcha gun robh gainne airgid orra, 's gum b' fheudar dhaibh do thoirt do chuideigin a bheireadh beatha na b' fheàrr dhut. Chan eil càil a dh'fhios againn dè an suidheachadh a bh' aig... do chiad phàrantan."

Ged a bha fiaradh na dibhe fhathast na fhradharc, sheall Ailean orm cho geur 's a b' urrainn dha. "Nach buidhe dhut cho sìmplidh 's a tha do shaoghal!" ars esan, "Tha a h-uile càil cho sìmplidh dhutsa 's tu cho 'snog.' Ach cha tuig thusa mo shuidheachadh-sa, gu pearsanta, idir! Chan eil càil a dh'fhios agadsa cò ris a tha toll mòr an diùltaidh coltach; agus cha shàsaich freagairtean sìmplidh aonranachd. Na searmonaich riumsa mu rudan air nach eil a' chiad fhios agad!"

Bha e ceart. Is lean e air.

"Chan e Ailean bu chòir do dhaoine a ghabhail ormsa idir ach, Eilean. Eilean, rud na aonar ann an cuan mòr, farsaing, fuar! Na aonar. 'S co-dhiù, carson nach do dh'uchd-mhacaich mo 'phàrantan ùra' leanabh eile – son a bhith còmhla rium? Tha mis' air a bhith leam fhèin fad mo bheatha!"

"Och, chan eil ge-tà. Thuirt thu fhèin gu bheil d' athair air coimhead às do dhèidh – a' pàigheadh màl an taighe... 's nach do cheannaich e càr snog dhut nuair a thòisich thu an-uiridh?"

"Ò, tha 'm bancair mòr math air airgead agus rudan a thoirt dhomh. Tha. Ach chan fhuirich e fhèin fada gu leòr còmhla rium, on a tha e ro thrang a' dèanamh barrachd airgid son barrachd rudan a cheannach. Ach, daingead, chan e airgead a tha a dhìth orm! Cha cheannaich airgead caraidean is càirdeas. 'S a-nis chaill mi an aon chompanach a bh' agam. Eil thu 'tuigsinn? Bha mi 'n dùil gum biodh sinn còmhla gu bràth. Bha sinn cho ceart dha chèile."

"'S dè a thachair, ma-thà? Carson a rinn thu siud ris an doras aice? Carson a thug thu oirre teiche?"

"Innsidh mise dhutsa carson. Fhad 's a bha mise air falbh air greis-gnìomhachais, thug ise fear eile air ais dhan t-seòmar bheag shalach ud aice." Stad e 's choimhead e orm le measgachadh de dh'fhearg 's de chràdh. "Seadh! Cha robh mi math gu leòr dhìse na bu mhotha. Dhiùlt ise cuideachd mi. Coltach ris a h-uile duine eile. Dhiùlt ise cuideachd mi! Bheil thu tuigsinn?"

Thaom na deòir às. Shuas air uachdar-obrach fhuar, phlastaig, bha an t-oileanach òg, comasach, leòinte seo a' caoineadh mar phàiste. Agus thionndaidh an caoineadh gu donnalaich. Bha an ràn cho goirt 's gum b' fheudar dhomh greim a ghabhail air a làimh. Dhòirt e a chràdh a-mach airson deagh threis mus do thòisich e air socrachadh. An uair sin chithinn, lem dhà shùil fhèin, an sgìths a' sìneadh air mar chuibhrig. Chuala mi fannadh a' tighinn na chòmhradh. Mu dheireadh, leig e a cheann sìos air a ghlùinean. Bha iad stòlta a-nis, ach fhathast air an tarraing dlùth dha chom le dhà ghàirdean, mar gun robh an t-eagal air dad sam bith eile dheth fhèin a chall.

Dh'fhàs an sgìths gu tur na bu làidire na a chuid feirg agus, gun dùil ris, chaidh e na shìneadh air a chliathaich – shuas air an spiris chugallach ud. Bha e fhathast a' caoineadh gu socair. Ach a-nis bha fuaimneachadh a bhriathran neo-shoilleir. Mu dheireadh, tharraing e coileir a lèine suas seachad air a cheann. Saoil am falaicheadh sin saoghal a bh' air a dhiùltadh?

Bha an t-àm air tighinn, 's thuirt mi, "Sin thu, Ailein. Trobhad a-nis is gabh norrag bheag san leabaidh agad fhèin. 'S fheàirrde tu sin agus fairichidh tu nas fheàrr nuair a dhùisgeas tu." Dubh-bhreug, ach dh'fheumainn rudeigin a ràdh.

A dh'aindeoin faoineas mo gheallaidh, thàinig e còmhla rium, mar an t-uan. Stiùir e sinn gu doras slàn a bha ri taobh an dorais reubte. Nuair a fhuair sinn a-steach dhan t-seòmar dhorcha, threòraich mi e chun na leapa, gu faiceallach. Ach a dh'aindeoin m' fhaicill, leig esan e fhèin às air an leabaidh, le trost! Shuidh mi an uair sin sa chathair ri taobh na leaba, ga choimhead gus an robh e na shuain.

Chuimhnich mise air m' òige fhèin 's air aonranas.

An dèidh dà uair a thìde, nuair a bha mi sàsaichte nach robh e ann an cunnart tuilleadh, thog mi às. Cha do chòrd e rium fhàgail na aonar, sa chuan. Ach, bha tìm air teagasg dhomh gun tèid cabhsairean maireannach a thogail eadar eileanan a bha, aig aon àm, nan aonar. Dh'fhèin-fhiosraich mi fhèin e. Is thill mi gu m' eilean 's ar dà chabhsair.

Breab, Breab, Breab

Cha b' urrainn do Chaoimhin cadal. Bha a chridhe na bu truime na bàta-cogaidh 's a cheann fo chùram. Air an adhbhar sin, dh'èirich e 's rinn e a shlighe sìos an staidhre air a shocair; gu h-urramach, cha mhòr.

Fhad 's a chaidh e sìos, dh'fhairich e greim fuar san adhar.

Aig a' bhonn, thionndaidh e chun na làimhe clìthe is chuir e a mheuran air làmhachan an dorais. Chuir e car ann, phut e am fiodh is choisich e tron toll.

A-staigh san t-seòmar-suidhe bha fathann de bhlàths air fhàgail, cagar, a dh'èirich bhon teine a bha a-nis gus a dhol às. Bha beagan a bharrachd blàiths a-staigh an sin na bha san trannsa.

San dorchadas, rinn e a-mach gun robh comharraidhean deàrrsach a' chloc a bh' air a' bhreus ag ràdh uair sa mhadainn. 'S iadsan a bha coma dè an uair a bha e.

Stad Caoimhin airson diog is leig e osna às. Ach cha robh e air tighinn a-nuas an staidhre airson suidhe an seo ge-tà. San dubhar, b' ann a bha e ag amas air doras a' chidsin. Shìn e a-mach a chorragan chun an dorais is thionndaidh e an làmhachan aigesan cuideachd, na bu shlaodaiche an trup seo, agus chaidh e a-steach; na bu shàmhaiche buileach.

Agus, aon uair eile, stad e.

An dèidh diog a ghabhail gus roghainn a dhèanamh, chuir e air an solas.

Iuchd! Bha an diofar eadar an dorchadas 's an solas cho mòr is gun do theab e an eanchainn a chur às! Ach nuair a shocraich dubh nan sùilean aige, choimhead e mun cuairt.

An sin ma choinneamh bha an sealladh a bu tiamhaidh a chunnaic e riamh. Ise!

Bha Blincaidh na laighe an sin air a' phlaide. Cha do thog i a ceann idir ach chuir i an fhàilte a bu bhlàithe a b' urrainn dhi air.

Breab, breab, breab... le a h-earball air an làr.

On a bha i na laighe air a cliathaich sheall i suas air le a leth-shùil.

"Ò, mo ghràdh ort, a Bhlincaidh. Ciamar a tha thu?"

Breab, breab, breab.

Chaidh e a-null thuice agus mhothaich e sa bhad gun robh lionn fliuch ri taobh a beòil. Bha i air a bhith tinn a-rithist. Fhuair e clobhda às a' phreas agus sgùr e an tilgeadh aice air falbh bhuaipe – dhan mhèis – le uisge blàth is Dettol.

"Sin thu, a ghràidh. Tha siud nas fheàrr, nach eil?"

Thabhainn e an uair sin beagan uisge dhi bhon bhobhla, ach bha seo caran gòrach oir cha b' urrainn dhi a ceann a thogail. Mar sin chaidh e dhan drathair is thog e às an stealladair a fhuair iad on lighiche-sprèidh. Lìon e sin le uisge 's, gu faiceallach, thog e a ceann beagan is chuir e drùdhag na beul. Chòrd seo rithe, dh'aithnich e.

Ged nach robh Blincaidh ach dìreach seachd bliadhna a dh'aois, bha aillse oirre, 's cha robh càil air thalamh a dhèanadh slàn a rithist i – fiù 's gràdh mòr a chridhe-san. 'S cha robh ann ach trì làithean bhon a thàinig i chun na h-ìre muladaich seo nuair nach togadh i a ceann.

Thòisich esan an uair sin, gun fhiosta dha fhèin cha mhòr, a' cnuasachadh air a' bhàs agus air cho coma 's a tha e mun chràdh a tha e a' fàgail na rotal. Ist! Bha an nàmhaid salach seo coma aig an àm seo fhèin – fiù 's mus tigeadh e thuca – gun ghuth idir air nuair a thachradh e. Oir, ged nach aidicheadh duine sam bith aca fhathast e, bha iad uile ga shùileachadh. Bha Blincaidh a' bàsachadh. "Daingeat!"

An-dràsta ge-tà bha i na sìneadh air a' phlaide thiugh a dh'fhigh "Mamaidh" dhi agus mar sin bha Caoimhin sona gun robh i cho cofhurtail 's a b' urrainn dhi a bhith.

Ach bha e a' miannachadh na b' fheàrr air a son, agus an oidhche cho nimheil fuar. Mar sin, fhuair e plaide eile às a' phreas fon staidhre, airson a chur thairis oirre. Cha robh e ceart gum biodh i fuar, oir bha 'n tinneas fhèin dona gu leòr... ged nach robh ise a' gearan mu dheidhinn.

Chaidh e sìos na chrùban ri a taobh 's thòisich e a' sanais na cluais. "Cuimhnich air a' chiad latha a choinnich sinn?" Stad e 's sheall e oirre mar gum biodh e a' toirt cothrom smaoineachaidh is freagairt dhi. "Thug Papaidh mise fad na slighe sìos mu dheas sa chàr, chun an tuathanais 's gun dad a dh'fhios a'm dè a bha romham. Cha tuirt e facal rium mu dè a bha a' dol a thachairt. Cha tuirt e càil, ach gun robh rudeigin aige ri shealltainn dhomh a chòrdadh rium. B' ann aige a bh' an fhìrinn!

"Mu dheireadh thall ràinig sinn an tuathanas, thàinig sinn às a' chàr 's gun ghuth a ràdh ri chèile, chaidh sinn suas chun an dorais. Ghnog e air 's nochd an tuathanach. Nuair a thuig esan cò a bh' aige, thionndaidh e air a shàilean 's dh'fhalbh e a-steach air ais. Ach thill e sa bhad – leatsa na ghàirdeannan. Ò bha thu cho beag 's cho brèagha ri rud sam bith a chunna' mise riamh. Sheall mi air Papaidh 's thuirt e, le gàire, "Siuthad, 'ille! 'S ann leatsa a tha i." Choisich mise chun an tuathanaich is shìn esan a làmhan a-mach, leatsa annta. 'S cuimhnich dè a thachair an uair sin? Dh'imlich thu m' aodann! Thug thu pòg dhomh! Seadh. Nach tug? An uair sin, phàigh Papaidh an duine 's thill sinn dhan chàr. 'S mise a bha toilichte do thoirt dhachaigh. Agus ged a chuir thu a-mach rim thaobh sa chùl – dà thrup – cha robh dragh agam, oir bha thu cho beag, coileanta. Sin a bhiodh Mamaidh ag ràdh, nach b' e? 'Ò, tha i dìreach coileanta.' Bha i cho ceart 's a ghabhas. Bha thu riamh coileanta."

Stad Caoimhin is sheall e oirre le sùilean a bha an dà chuid làn gràidh agus cràidh.

Air a son-se dheth, bhreab ise a h-earball trì tursan, gu tabhartach, air an làr.

Thug e fhèin pòg bheag dhìse a-nis, eadar a cluas 's a sùil, mar a rinn e iomadh turas thairis air na seachd bliadhnaichean goirid on a fhuair e i.

'S an dèidh treiseag, lean e air, "Cuimhnich air na làithean a chuir sinn seachad a-muigh sa mhòine – mar a bhiodh e a' còrdadh riut a bhith a' ruith às dèidh iseanan? Cuimhnich? Chan fhaiceamaid ach boillsgidhean dhed chluasan 's dhed earball an siud 's an seo san fhraoch. Bhiodh Mamaidh 's Papaidh 's mise a' gàireachdraich a chionn 's gun robh e na b' àirde na thu fhèin. Tha mi duilich a-nis gum bithinn a' gàireachdraich. Cha b' ann a' magadh ort a bha mi. Bha e dìreach a' coimhead èibhinn, 'fhios agad?"

Breab, breab, breab.

Bha e mar gun robh ise a' feuchainn ris a' chràdh aigesan a lùghdachadh. Oir cha b' ann an aon rathad a bha an gràdh a' dol idir. Bha gràdh aicese airsan cuideachd. 'S maithte gun robh i a' toirt mathanas dha cuideachd airson a bhith a' gàireachdraich mu cho goirid 's a bha i sna casan?

"'S cuimhnich mar a bhiomaid a' toirt nan gartan asad nuair a thigeamaid dhachaigh? Bhiodh na salacharan beaga sin a' feitheamh ort, nan dròbhaichean, aig Loch Langabhat, nach biodh? Rèisimeidean dhiubh! Ach, 's e nach biodh a' còrdadh riut fhèin nuair a ghabhadh fear greim faisg air do shùilean no faisg air do shròin. Cuimhnich? Thionndaidheadh tu do cheann air falbh bhuainn, 's dh'fheuchadh tu ri teicheadh. Cuimhnich? Tha mi duilich ma bha e mì-chàilear an toirt asad." Sguir e a bhruidhinn is sheall e oirre san t-sùil.

Breab, breab, breab.

An uair sin, shìn e sìos ri a taobh air an làr agus ged nach bu chofhurtail seo, bha e tlachdmhor dha a bhith a' faireachdainn a blàiths... gun robh i fhathast blàth.

Is thòisich e a' cniadachadh cùl a cinn 's a droma. Na cheann beag fhèin bha e an dòchas gum fairicheadh i an gràdh a bh' aige dhi tro a làmhan 's e ga slìobadh gu socair 's gu ruitheamach, mar mhantra cha mhòr. Gu socair 's gu ruitheamach, mar mhantra...

'S leis a sin, beag air bheag, thàinig sgàile a' chadail thairis air an dà chorp bhlàth air an làr. Is chaidil iad.

Cha robh càil a' cur dragh orra a-nis.

Mu thrì uairean sa mhadainn, thàinig Caoimhin às a shuain agus thuige fhèin. Dhùisg am fuachd e 's bha an corp aige mì-chofhurtail, bhon a bha e air a bhith na shìneadh gun chluasag, air a chliathaich. Bha e air tuiteam na chadal air a' phlaide còmhla rithe ... 's a' phlaide eile fhathast air an làr rin taobh!

Nuair a thog e a cheann, ghabh e sùil oirre. Ach cha do charaich i fhèin. Cha do ghluais i. Nuair a sheall e na bu dlùithe, chunnaic e nach robh sèid no tarraing na sgamhain. Mar sin chuir e a làmh oirre. Bha an corp aicese na b' fhuaire na am fear aige fhèin.

Dhrùidh an fhìrinn uabhasach a-steach air.

Uaireigin, eadar beagan às dèidh uair agus trì uairean sa mhadainn, fhad 's a bha i na laighe na cadal ri thaobh, bha i air fhàgail.

Nuair a thuig e seo, thaom na deòir às a shùilean, nan tuiltean saillte. Air a ghlùinean air an làr, bha a ghuailnean a' buiceil suas is sìos 's a cheann a' dubadaich. Mu dheireadh, dh'fhàs an cràdh cho mòr is gun robh a h-uile pàirt dhe chorp a' rànaich. An cràdh! Ò, an cràdh!

Dh'fhan e air a ghlùinean air an làr chruaidh, an-iochdmhor seo, gus an do dh'fhàs e ro mhì-chofhurtail dha. An uair sin, shìn e sìos a-rithist, 's a cheann fhèin aig cùl a cinn-se. Thug e pòg bheag eile dhi agus chuir e a làmh air a brù neo-ghluasadach.

Ò mar a lùigeadh e gun toireadh am beagan blàiths a bh' aigesan na làimh teas air ais dhan chorp bheag phrìseil aig "Cuilean na Mònadh." 'S airson an fhìrinn innse, dh'fheith e diog a dh'fhaicinn am b' urrainn seo tachairt. Dh'fheith e a dh'fhaicinn an robh a leithid de rud ri draoidheachd dha-rìribh ann. Ach cha robh.

Bha i marbh!

Mar sin ruith e suas an staidhre a' rànaich, gu seòmar-cadail a phàrantan, gan dùsgadh. Nuair a thàinig iadsan thuca fhèin 's a thuig iad dè a bh' air tachairt, chuir a mhàthair a dà ghàirdean timcheall air. Is leig i leis an fhear bheag an cràdh aige a dhòrtadh a-mach air a h-uchd.

Nuair a bha a dheòir air tiormachadh beagan, dh'innis Caoimhin dhaibh mu mar a chaidh e sìos còmhla rithe 's mar a chuir i fàilte air – le trì breaban a h-earbaill. Nuair a bha e air a shocrachadh fhèin, ghabh an dithis acasan sìos an staidhre còmhla ris.

Ach nuair a chunnaic a mhàthair Blincaidh, an siud, air an làr fhuar, gun deò, gu neo-ghluasadach, thuirt i fhèin, "Mo ghaol 's mo ghràdh ort." Agus shil iad aistese cuideachd.

'S chaidh am fear beag na phìosan buileach: a' burralaich 's a' bùirich. B' e seo a' chiad choinneachadh aigesan, aig aon bhliadhn' deug, ri sgrios a' bhàis.

An dèidh an steall ud uile a leigeil aiste, thuirt a mhàthair, "Siuthad a-nis a ghaoil, na bi gad chur fhèin troimh-a-chèile... Chan eil mì-chofhurtachd sam bith fa-near do Bhlincaidh bheag tuilleadh. Chan eil cràdh sam bith oirre a-nis."

Dh'innis Caoimhinn dhaibh an uair sin, an dàrna h-uair, mar a chaidh e sìos thuice 's mar a chuir i fàilte air. "Cha b' urrainn dhi fiù 's a ceann a thogail, oir bha i cho tinn," arsa esan, "ach a dh'aindeoin sin, bhreab i a h-earball rium a' cur fàilte orm – breab, breab, breab. Smaoinichibh!" Agus sheall e orra le sùilean mòra.

"Ach chan eil sin na iongnadh sam bith dhuinne," ars a mhàthair, "bha gaol a cridhe aice ortsa, a ghràidh!"

Fad na h-ùine, dh'fhan athair sàmhach, le cheann air a chromadh beagan 's air a thionndadh air falbh bhuapa. An dèidh treis, rinn e casad is thuirt e, "'S aithne dhòmhsa an t-àite as fheàrr dhi."

Mar sin, às dèidh dha mhàthair Caoimhin a chur dhan leabaidh agus sìneadh còmhla ris gus an deigheadh e air ais a chadal, thuit am fear beag na shuain.

Nuair a dhùisg e a-rithist, b' ise, Blincaidh, a' chiad smuain a bh' aige. Ach, bha i fhathast marbh! Cha b' e droch bhruadar idir a bh' air a bhith ann.

Cha robh càil aige airson a bhracaist. Mar sin chaidh iad uile mar theaghlach dhan chàr. Ghabh iad an uair sin a-mach an rathad cùil. Bha an triùir aca balbh. Dh'fhairich Caoimhin an t-slighe uabhasach fada. Oir bha an giùlan prìseil sa chùl – fuar, gun deò 's air a suaineadh sa phlaide aice.

A-muigh Rathad na Mònadh, aig Loch Langabhat, ràinig iad an t-àite: am poll mònadh aca fhèin. Seo far am biodh ise an-còmhnaidh san t-sunnd a b' fheàrr 's i a' ruith gus faighinn a-mach às a' chàr. Ach b' ann gu sòlaimte, slaodach a thàinig iad uile a-mach às a' chàr an-diugh.

Chaidh athair Chaoimhin chun a' chùil. Is dh'fhosgail e an doras. Gun fhacal, thug e an spaid dha bhean. Thog e an uair sin ise a-mach às an àite-glèidhidh agus thòisich e a' gabhail ceum gu mullach a' phuill. Choisich an dithis eile gu trom-chasach às a dhèidh.

Gun tuisleadh, ràinig iad an ceann-uidhe aca. An sin, beagan os cionn a' phuill-mhònadh, sheas an triùir. An uair sin, chuir athair ise sìos gu cùramach air an fhraoch.

Is rùisg e an talamh fuar. Nuair a chaidh aige air sia sgrathan matha a thogail a-mach às, trì is trì, thog e a corp beag-se gu cùramach. Chuir e na sìneadh an sin i; rinn e casad eile, agus sheas e air ais, a' tionndadh a chinn air falbh. Sheall iad uile sìos air an t-sealladh a bu bhrònaiche ann am beul na h-uaighe; air latha an-ait Langabhait.

B' ann gu socair, faiceallach a shìn e an uair sin na sia sgrathan air ais sìos air a corp.

Chan fhuilingeadh am fear beag cho trom 's a bhiodh iad oirre. Ach cha tuirt e smid. Dè am feum a dhèanadh faclan a-nis? Sheas iad uile. Nan tost.

Ach an dèidh treis thuirt Caoimhin òg, "Bu chòir dhuinn facal ùrnaigh a ràdh mus falbh sinn. Bidh iad an-còmhnaidh ag ùrnaigh aig tiodhlacaidhean. Nach bi?"

Thòisich athair, "Ò, cha bhi sinn idir ag ùrnaigh aig tiodhlacaidhean bheath…"

Ach chuir a bhean a làmh air a ghàirdean, 's sheall i air le sùilean mòra san robh lasadh. 'S an dearbh dhiog chiùinich iad is thug i sùil chun an fhir bhig. "Tha thu ceart a ghaoil," ars ise, "bu chòir dhuinn facal a ràdh." Sheall i air ais air an duine aice, ghnog i a ceann ris is sheas iad uile gu sàmhach aon uair eile, a' feitheamh.

Ach cha do dh'èirich facal às.

Mu dheireadh, b' fheudar dhi fhèin tòiseachadh, "A Thì ghràsmhoir tha sinn ag iarraidh Do mholadh airson caraid cho dìleas a thoirt dhuinn 's a bh' againn ann am Blincaidh chòir. Taing Dhutsa, Aoin bheannaichte, airson gach gàire a rinn sinn leatha 's airson a h-uile latha spòrsail a chuir sinn seachad còmhla rithe. Agus buidheachas Dhut cuideachd gun d' fhuair Caoimhin an t-sochair a bu mhotha againn uile – nuair a thagh Thu esan airson a dhol còmhla rithe air an turas mu dheireadh aice, cho fada ri doras a' bhàis. Tha sinn taingeil nach b' ann leatha fhèin a shiubhail i. Nad thròcair, slànaich ar cridheachan goirt. Ann an ainm… an Leòmhainn as e an t-Uan. Amen."

B' annasach e, ach, tron chràdh chuala Caoimhin fuaim a dh'aithnich e na chridhe: breab, breab, breab.

A' Cuimhneachadh

B' e seo an latha-sgoile mu dheireadh aig Bambi, ach chuir e dearg iongnadh air fhèin. Bha e brònach. Aig crìoch nan clasaichean bha e air soraidh fhàgail aig a charaidean grinn le pasgaidhean blàtha 's le bhith a' sgrìobhadh ainm air leabhraichean-sgoile is lèintean-T.

B' e seo e ma-thà. Dè a dhèanadh e a-nis?

Uill, an toiseach bha e a' dol a ghabhail cuairt fhada, thiamhaidh, air slighe a b' aithne dha mar chùl a làimhe.

Thòisich an giullan àrd, caol aig àite aithnichte eile, Ionad Ripley, Steòrnabhagh – far an robh e air a bhith a' fuireach fad dà bhliadhna – agus shnìomh e slighe, air a shocair, tro shràidean a' bhaile. Ged a bha gu leòr a' tachairt timcheall air, b' e glè bheag de mhothachadh a bh' aigesan air cus dheth. Bha inntinn air gnothaichean na bu chudromaiche: air cuimhneachain phrìseil.

An dèidh treis mhath a' sràidearachd na smuaintean, thàinig e thuige fhèin. Bha e air Rathad a' Ghlinne a ruigsinn. Fo na craobhan seilich, a bha cho àrd ris fhèin, chum e air, 's e a' dèanamh air Cnoc nan Uan, shuas Rathad a' Charraigh-Chuimhne – a cheann-uidhe.

B' iomadh uair, o chionn ghoirid, a thug a chridhe an seo e. Ach, an-diugh, bha e ag amas air, airson an trup mu dheireadh.

Nuair a ràinig e a' charragh-chuimhne, leig òigear Bharbhais a chuideam sìos ri taobh a' chrois Cheiltich, air a' bhalla-cloiche fhuar. 'S chuimhnich e ... air Ròs-Muire.

Aig an àm ud, tràth sna 1980an, dh'fheumadh clann nan Eilean Siar a dhol a dh'Àrd-sgoil MhicNeacail, an Steòrnabhagh, airson bliadhnaichean còig is sia. Bha rud ùr a' tachairt. Bha na Caitligich bho na h-eileanan mu dheas 's na Pròstanaich bho na h-eileanan mu thuath uile cruinn còmhla san aon ionad-ionnsachaidh. Mar sin, dh'fheumadh iadsan a bha dealaichte gu h-àbhaisteach eòlas ceart a chur air a chèile tro dhlùth-chòmhnaidh.

B' e sin a dh'fhàg Siarach àrd, bàn agus bana-Bharrach àlainn, bhòidheach san aon àite, air a' mhadainn shònraichte ud nuair a leag e a shùil oirre son a' chiad uair.

San àm ud cuideachd, bha rud eile a' dol – nach robh cho tlachdmhor. Bha na sgoileirean ùra a bhuineadh dhan "dùthaich" a-nis san aon sgoil ri clann a' 'Bhaile.' 'S feumar a ràdh nach b' e fàilte chridheil, an-còmhnaidh, a bheireadh cuid de dh'òigridh an àite dhaibh. Oir bha feadhainn dhiubhsan dhen bharail gum b' e coigrich a bha fiù 's anntasan a thigeadh à sgìrean eile de Leòdhas, mar Nis is Barbhas. B' e 'n duan:

"Yous maws comin' here, to steal our women. Clear off home to your crofts!"

Mar sin, air a' chiad latha, bha cuid dhen chloinn bhon dùthaich caran mì-chinnteach. Air taobh a-staigh dorsan mòra na sgoile, a' clàradh airson nan clasaichean ùra san talla-cruinneachaidh, dh'fhan iad dlùth riuthasan a thàinig còmhla riutha às na sgoiltean beaga.

Bha Bambi fhèin a' faireachdainn an-fhoiseil air a' chiad latha. Cha b' e a-mhàin nach robh esan riamh air a bhith san sgoil mhòr seo, ach, bha rud eile ag obair air cuideachd; am far-ainm aige. A chionn gun robh esan àrd, le casan fada, caola – coltach ri laogh-fèidh Walt Disney – chaidh Bambi a ghabhail air. Ach ged nach bu toigh leis an t-ainm, cha robh ainm creutair a bha mì-chinnteach air a chasan fada bhon fhìrinn.

Ach dhìochuimhnich e mu dheidhinn nuair a mhothaich e do Ròs-Muire. Bha i san oisean còmhla ri triùir dhe na bana-charaidean aice à Barraigh. Niste, do bhalach à Barbhas, bha na Barraich caran exotic. Bu toigh le tòrr dhiubhsan an ceòl ris an cante nuadh-romansach, ceòl bha ùr aig an àm is fasanta sna bailtean mòra.

Gun cheist, ghlac Ròs-Muire aire Bhambi sa chiad diog, dhen chiad mhionaid, dhen chiad latha a chunnaic e i. Mar as àbhaist, b' e coltas na cailin a thug a' chiad bhuaidh air. Le falt dubh 's sùilean liath-ghorm, bha Ròs-Muire na b' àille na tè sam bith a chunnaic e riamh. 'S an cruth a bh' oirre! Bha tàladh sa h-uile cam is lùb aice! Bha a craiceann brèagha cuideachd 's nuair a bhiodh i a' conaltradh ri caraidean bhiodh gàire bhlàth daonnan air a h-aghaidh. Taca ri na h-ighnean a b' aithne dha on a bha e na ghrioban, a' ruith 's a' ruagail air mòintich Bharbhais, bha ise air leth. Fada mus d' fhuair e cothrom, no misneachd, airson facal a ràdh rithe, shaoil e gun robh i coileanta.

Bha gràdh aige oirre rè an dà bhliadhna a bha a-nis air triall – mar nach robh annta ach seachdainnean.

A' coiseachd, chuimhnich e air a' chiad uair a bhruidhinn e rithe. Aig an àm, air an deireadh-sheachdain, bha fasan aig a' chloinn a bha a' fuireach sna h-ostailean a bhith a' dol a-mach a dh'àite, air iomall a' bhaile, ris an canadh iad An Gearradh Cruaidh. Àite craobhach le cas-cheumannan matha ann, chuireadh iad ùine seachad an sin ri dibhearsain. Bha an tuath fhathast gan tarraing.

Niste, air an Disathairn' a bha seo, goirid às dèidh dhaibh tòiseachadh san Nicaidh, chaidh Bambi 's na balaich suas an taobh eile ge-tà, a choimhead air a' charragh-chuimhne. An sin shuidh iad a' bruidhinn mun t-saoghal ùr aca 's mu na daoine nuadha a bha a' lìonadh am fèin-fhiosrachaidhean. Fhad 's a bha iad trang a' bleadraich le guthan àrda, chual' iad fuaimean-coise. Cò a nochd ach Teresa, Màiri Claire agus… Ròs-Muire.

Theab Bambi greim-cridhe a ghabhail! Bha eagal air gum biodh na faireachdainnean a bh' aige dhi follaiseach. Mar sin, fhad 's a bha iad a' bruidhinn, dh'fheuch e ri coimhead air an dithis chaileag eile na bu trice 's na b' fhaide na sheall e oirrese. Bha sin doirbh dha, ach chiùinich a chridhe beagan an dèidh treis – nuair a chaidh aige air gàire a thoirt orra uile, uair no dhà no trì. Habair gun robh feasgar ait aca!

Cha b' urrainn dha na balaich na caileagan seo a thuigsinn ge-tà. Ged a bha iad uile brèagha, a dh'aindeoin sin, bha iad furasta bruidhinn riutha. Bòidheach agus làn spòrsa?

Cha b' fhada gus an robh dlùth-chàirdeas aca leotha. Choinnicheadh iad aig amannan-foise san sgoil 's aig deireadh na seachdain sa bhaile – aig dannsaichean no air "bush-walks" a-muigh sa Ghearradh Chruaidh. Nuair a bhiodh iad ris an obair sin bhiodh na balaich gu h-àraid a' coiseachd air bhàrr phreasan mòra a bha a' fàs am measg nan craobhan: ag èigheach, a' tuiteam, 's a' dèanamh dearg amadain dhiubh fhèin! 'S iadsan a' smaoineachadh gun robh iad a' sealltainn cho gaisgeil, treun 's a bha iad.

Bhiodh Bambi a' dèanamh fiughair ris a h-uile deireadh-sheachdain. Oir dh'ionnsaich e tòrr mu Ròs-Muire sna h-amannan sin: ma teaghlach 's ma dachaigh – ann an Eòlaigearraidh, "an taobh thall bho Thràigh Eais, an tràigh as àille san t-saoghal". Bu tric a mhiannaich e a dhol ann, dìreach airson gum faodadh e a ràdh gum b' ionmhainn leis-san cuideachd e. Dh'fhoghlaim e gun èisteadh ise ris a' cheòl a bu toigh leatha fhèin, a dh'aindeoin dè a bha san fhasan aig a co-aoisean. Ceòl nuadh-romansach ann no às, bha meas aicese air Chris de Burgh 's na h-òrain gaoil aige. Nuair a choinnicheadh Bambi rithe, bu tric a dh'èisteadh i ris. Chòrd e glan ri balach Bharbhais gun robh a h-inntinn fhèin aice.

An dèidh aon bhliadhna sgoile agus samhradh fada, thàinig an t-siathamh bliadhna.

Aig an ìre sin, nuair nach biodh clasaichean aca, bha e ceadaichte dhaibh a dhol dhan 'Bhothan' a bh' air àrainn na sgoile. A-staigh an seo, bhruidhinneadh iad, shadadh cuid gathan air a' bhòrd-ghathan agus dh'èisteadh feadhainn eile ri ceòl bho na còmhlain-ciùil a b' fheàrr leotha, mar bu trice roc, no nuadh-romansach: AC/DC, Led Zeppelin is Motorhead no ABC, Duran Duran is Spandau Ballet. Ach nuair a bhiodh ise ann, dh'èireadh Bambi 's chuireadh e air, "Don't pay the ferryman," "A spaceman came travelling," no am fear a b' fheàrr leis fhèin, "High on Emotion." Bhuineadh iad seo uile do de Burgh. Cò eile? Cha robh de mhisneachd aige ge-tà, a dh'innseadh dhi cho dona 's a bha e leis.

Mu dheireadh thall, chaill e an cothrom.

Aon fheasgar Disathairne, thòisich cùisean air a dhol drol. Air bushwalk sa Ghearradh Chruaidh le buidheann bhalach, ghabh Bambi tè no dhà 's cha b' fhada gus an do thuislich a h-uile faiceall dhan dìg. Aig aon phuing thuit e à pris àrd 's le gàire, dh'èigh e, "Breitheanas! Son a bhith ann an gaol le tè àlainn Chaitligeach." Cha robh fa-near dha ach dà rud a dhèanamh: innse mar a bha e a' faireachdainn 's gàire a thoirt air na balaich. Ach chaidh a bhriathran a thogail le fear dhe na balaich, 's nuair a chaidh aithris uair no dhà le diofar dhaoine – 's earball a chur air – b' e a chualas ach gun tuirt e, "Thig breitheanas air neach sam bith a ghràdhaicheas Pàpanaich!"

Nuair a chualas seo, bha cuid mhath dhen chloinn air an leòn. 'S cha robh iad nan aonar. Oir nuair a chuala Bambi fhèin gun robh an ceòl seo air a dhol air feadh na fidhle, bha e air a thàmailteachadh gun creideadh daoine gun canadh e a leithid. Cha robh dalm-bheachd riamh ann am piuc dhe bhodhaig. Ach bha e ann an cruaidh-chàs. Cha leigeadh an t-eagal leis aithris dè, dha-rìribh, a thuirt e. Oir dh'fheumadh e an uair sin aideachadh gun robh gaol aige air Ròs-Muire. 'S bha e deimhinnte, nan cluinneadh i sin, gun cailleadh e i.

Bha ceannach aige air a shàmhchair ge-tà. Oir nuair a choinnich e ri Ròs-Muire, Màiri Claire, 's Teresa, bha iad na bu diùide na 'n àbhaist. Leugh esan an inntinnean agus thòisich e a' faireachdainn mì-chofhurtail nam measg. Bha ceannach na bu daoire buileach fhathast aige air.

Oir, aig cuirm na Waterboys, an Talla a' Bhaile, b' fheudar dha fear eile a choimhead a' buannachadh Ròs-Muire: Adam Strang.

Ged a b' ann à Glaschu a bha a phàrantan, thogadh Strang an Steòrnabhagh. Deich bliadhna na bu shine na Bambi, bha deagh obair, deagh thuarastal, deagh thaigh agus deagh chàr aige. 'S cha robh Strang gealtach, air chor sam bith.

Theab an tàmailt Bambi a thachdadh 's e ga faicinn-se a' falbh air làimh le fear eile. Bha e gonail cuideachd, gun robh e air cluinntinn – fiù 's mus do dh'fhosgail e a ghob an latha ud sa Ghearradh Chruaidh – gun robh Strang às dèidh Ròs-Muire. Ach a dh'aindeoin an rofhiosrachaidh, cha leigeadh eagal an diùltaidh le Bambi an fhìrinn innse dhìse.

Dh'fhàs gnothaichean na bu mhiosa buileach air oidhche dhorcha eile, aig cuirm-chiùil Run Rig sa Hanger aig a' phort-adhair. Le na solais sìos, sheas Bambi ag òl pinnt 's a' sealltainn le gràdh air Ròs-Muire a' dannsa. Ach ghlac Strang e ga dhèanamh 's mar choileach-peucaig, thàinig e a-nall chun an t-Siaraich, le plìonas magail air aodann.

"Na seall oirre fiù 's, 'ille! Cha choimheadadh i air do leithid," ars esan. "Chan eil sìon agadsa a bheireadh tu dhi. Carson a shealladh i ortsa co-dhiù, le aodach a cheannaich do Mhamaidh 's do Phapaidh dhut? Tha mise nam fhireannach 's chan ann nam bhalach. Tha mi an ceann mo chosnaidh! Cùm do shùil aiste, no gheibh thu pronnadh nach dìochuimhnich thu! Eil thu 'tuigsinn? Bristidh mi do pheirceall, a shalchair Phròstanaich!"

Cha robh smid aig Bambi. Thàinig rudhadh na ghruaidhean 's a' cromadh a chinn, choisich e air falbh, mar chuilean air a shlaiseadh. Oir, gu ìre mhòr, bha e ag aontachadh ri Strang. Cha robh e airidh oirre, bha i fada ro mhath dha.

Laigh na làithean a lean gu trom air.

Ach, thòisich e air fathann a chluinntinn, nach robh Strang airidh oirre na bu mhotha. Chaidh innse dha nach robh an duine mòr seo idir math dhan charabhaidh mu dheireadh a bh' aige agus gum biodh a shùil a' dol air seachrain gu math tric. Ciamar a b' urrainn do Bhambi seo innse do Ròs-Muire ge-tà, gun choltas an fharmaid a bhith air fhèin?

Mar sin, dh'fheuch e ri a chridhe a mhùchadh 's astar a chumail eadar e fhèin 's i fhèin san sgoil. Cha do chuidich sin e air chor sam bith. Oir bha e ga h-ionndrainn gu h-uabhasach. Thuit an tòin às an t-saoghal aige agus b' ann dòrainneach a bha na seachdainnean a lean.

Dìreach mus do shuidh iad na deuchainnean deireannach, choinnich e rithe san trannsair. Bha i leatha fhèin. Cha robh i idir neònach ris ge-ta. Chan innseadh briathran cho toilichte 's a bha e a faicinn... gus an do dh'innis i a naidheachd dha.

Às dèidh dhi na deuchainnean aice a shuidhe, bha i a' dol a dhèanamh às a Chanada! Fhuair Mary Belle, piuthar a h-athar, obair dhi ann am Brockville, Ontario. Dh'fhuiricheadh i còmhla rithese an sin. Le sunnd, dh'innis i dha nach robh Brockville fiù 's cho mòr ri Inbhir Nis, ach gun lorgadh daoine bùithtean sgoinneil mar Dairy Queen, Tim Hortons is Walmart ann. "Gheibh thu rud sam bith ann an Walmart!" ars ise, gu sona.

Ged a bha e toilichte dhìse, bha seo mar bhuille-bàis dha fhèin. Cha b' e a-mhàin gun robh e air a call nuair a ghlac Strang na ribe i, ach a-nis bha i a' dol a dh'fhàgail na dùthcha cuideachd! Chan fhaiceadh e idir i! Chuir a chridhe caran dheth. Mar a thuirt aon dhe na h-òrain a b' fheàrr leatha fhèin, "Oh my heart is spinning like a wheel."

Cha robh e ann an sunnd sam bith airson deuchainnean a dhèanamh. Ach shuidh e iad. Chuir sin crìoch air cùisean sgoile. Bha e a-nis saor, bhon sgoil co-dhiù.

Sin, ma-thà, na rudan a dh'fhàg e a' falbh leis fhèin suas an rathad chun na carragh-cuimhne. Bha esan a' cuimhneachadh air a' chall a dh'fhuiling e fhèin.

Dh'èirich e gu slaodach airson a dhol air ais dhan ostail, gus a bhaga fhaighinn 's a dhol dhan stèisean-bhusaichean. Bha obair-samhraidh roimhe ann an Taigh-òsta Chrois, ann an Nis – rudeigin a chumadh a' dol e. Ach, cha robh càil aige do nì sam bith tuilleadh.

Mar sin, cha do shaoil e cus dheth nuair a chual' e cas-cheum a' tighinn a thaobh-san. Theab e faomadh ge-tà nuair a sheall e 's a chunnaic e cò a bh' ann – i fhèin, leatha fhèin!

Nuair a dhlùthaich i ris, mhothaich e gun robh a sùilean dearg.

"Dè tha ceàrr?" dh'fhaighnich e.

"Dh'fhàs mi amharasach, o chionn ghoirid, air sgàth nach robh Adam ag iarraidh a bhith còmhla rium cho tric 's a b' àbhaist dha. 'S nuair a bhruidhinn mi ris mu dheidhinn... 's mu Chanada, thuirt e, 'Chan eil thusa dha-rìribh a' sùileachadh gu bheil mise a' dol a dh'fheitheamh bliadhna air do shon-sa, gus an till thu! A bheil? Co-dhiù, choinnich mi ri tèile!'" Sheall i air Bambi le deòir na sùilean: "Shad e air an t-sitig mi!"

Thilg ise an uair sin a dà ghàirdean timcheall air amhaich Bhambi. Agus ged a chòrd e ris gun robh greim aice air mar seo, cha b' urrainn dha a bhith toilicte gun robh a cridhe briste. Oir, an gràdh a bh' aige dhi, bha e fìor.

An dèidh treis, dh'fhaighnich e, "Carson a thàinig thu chun na carragh-cuimhne?"

Caran mì-chinnteach, thuirt i, "B' e seo ... a' chiad àite san do bhruidhinn mi riutsa." Stad i, 's lean i oirre. "Uill, on a tha mi a' fàgail a-màireach, innsidh mi dhut. Bu tusa an caraid a b' fheàrr a bh' agamsa tron dà bhliadhna a dh'fhalbh... 's cha bhiodh tu riamh air an rud a rinn Adam orm a dhèanamh. 'S chan eil but dhìomsa a' creidsinn gu bheil gràin agad do Chaitligich, oir nan robh, bhiodh tu air a dhèanamh follaiseach o chionn fhada."

"Tha thu ceart. Cha robh riamh," fhreagair esan le faothachadh na ghuth. An uair sin tharraing e anail mhòr sgairteil a-steach dha sgamhain, "Ach tha rud agam ri innse dhut. Seo e. Tha gaol air a bhith agam ort on a' chiad latha a chunnaic mi thu, ach cha do shaoil mi riamh gum falbhadh tu leam, air sgàth nach eil mi math gu leòr air do shon."

Rinn i gàire, "A m' eudail ort, b' ann a dh'fhàs mise sgìth a dh'fheitheamh ort – 's mi 'n dùil nach robh thu a' coimhead orm ach mar charaid. Bha thusa cho èibhinn 's bha na h-uimhir de chaileagan an-còmhnaidh mun cuairt ort a' gàireachdainn 's nach robh mi a' smaoineachadh gum biodh tu air mo shon, san dòigh sin."

'S gann gun creideadh e a chluasan. Sheall e na sùilean àlainn liath-ghorm.

"Daiseat!" ars ise, "bhcil thu nis ag ràdh riumsa gun do chaill mi 'n cothrom ... nuair a dh'fhaodainn a bhith a' falbh leat airson dà bhliadhna?"

"Cha do chaill," ars esan. 'S gun chaomhnadh, shìn an damh fèidh a cheann thuice 's phòg e i.

Agus ... phòg ise esan!

"Oh my heart is spinning like a wheel,
Only she can see the way that I feel ..."

Deàrrsadh san Deàrrsaich

An dèidh dhi a h-ùrnaigh a dhèanamh, chaidh Eifeag dhan leabaidh is chaidil i. 'S gu socair, suaimhneach, shnàig oidhche Haoine a-steach do mhadainn Dhisathairne.

Eu-coltach ris an àbhaist ge-tà, cha do shìn an cadal aice a-mach gu madainn. Oir, tron oidhche, chaidh Eifeag a dhùsgadh, le trost! A-nis, air an taobh aicese dhen leabaidh, bha a cridhe a' plosgartaich, bha fuil a' ruith tro cuislean, 's bha a stamag a' tionndadh mar inneal-nigheadaireachd. Air chrith, thug i upag sna h-asnaichean dhan duine aice. "A Ruairidh, a Ruairidh ... dùisg! Dùisg a Ruairidh, dùisg! dùisg!"

Bha Ruairidh bochd na shuain ri a taobh, a' snàmh gu sona shìos ann an doimhneachd aislingean. Ach, air sgàth na h-uinnleig a thug i dha, cha do dh'fhan e mar sin. A-nis bha a chridhe-san cuideachd na bheul. Agus gu dearbh cha b' ann "gu suilbhir ait" a mhosgail e!

"Eh! Dè th' ann!"

"Èirich, a Ruairidh!"

"Dè tha ceàrr ort?"

"Chuala mi sgreuch bhreigichean. Chaidh càr tron fheansa, aig ceann na cruite."

"Eh? ... Dè an càr?"

"Chaidh càr tron fheansa 's dhan tràigh! Tha call air a bhith ann! Siuthad a ghràidh, èirich 's faic cò a th' ann... Siuthad!"

San dorchadas, sheall Ruairidh an taobh a bh' an cathair fhiodha a bha ri taobh na leaba. Na sheasamh air, bha seann chloc cruinn, trìcasach. Ach nuair a sheall esan tro na sùilean tiorma aige cha do chòrd na chunnaic e idir ris. Bha na comharraidhean lainnireach uaine ag innse dha gun robh a bhean air a chrathadh às a shuain aig meadhan-oidhche!

Gu dearbh cha b' ann aig àm mì-nàdarra mar seo a dh'iarradh e dùsgadh. Gu h-àraid nuair a bha beachd mhath aige nach robh a' cur oirre ach gum feumadh i a dhol dhan taigh-bheag a mhùn 's, mar sin, gun do dhùisg a h-inntinn i le droch bhruadar gus sin a dhèanamh. Leig Ruairidh osna mhòr às. Ach, air sgàth na staid san robh ise, thòisich e a' rùraich san dorchadas.

Thionndaidh Eifeag solas air, 's fhuair e greim air a bhriogais is tharraing e air i. Làimhsich e an uair sin an geansaidh mòr trom bobain a bh' air na bu tràithe. Fhuair e toll na h-amhaich 's shlaod e sin sìos seachad air a chluasan mòra, air an crochadh tu dà dheise. Aig an doras a-muigh, shad e a chasan – gun stocainnean – dha bhòtannan fuara Argyle. 'S a' cur a sheacaid air, rinn e às.

Dhèanadh Ruairidh tòrr airson Eifeag a thoileachadh, fiù 's a dhol a-mach air oidhche ghrod a bha cho robach 's nach cuireadh tu cù a-mach innte. Oidhche gheamhraidh àbhaisteach sna Hearadh! 'S a-mach gun d' ghabh e, dhan dubhar, leis an uisge 's a' ghaoth a' gabhail dha gu dubh 's gu salach.

A-muigh an sin san doinnean, le shùilean air an spleuchdadh, dh'fheuch e air sealltainn roimhe. Gu fortanach dhàsan bha am biùgan na làimh a' gearradh tron dorchadas mar sgian-cutaidh tro sgadan. Chrom e sìos an aghaidh an deàrrsaich uisge a bha a' taomadh a-nuas air, 's rinn e air an tràigh, le ghuailnean suas teann mu amhaich. Cha robh seo faisg air a bhith tlachdmhor, gu h-àraid nuair a bha e cinnteach nach bu choireach ach droch-aisling na dileig.

Dh'fheumadh e a bhith faiceallach san dorchadas – 's e a' stàireachd sìos tro na feannagan – nach deigheadh a chasan dha na claisean a bha eatorra!

Co-dhiù, rinn e às sìos chun na feansa 's an sin sheòl e solas a' bhiùcain a-null dhan gheodha a bh' aig bonn na croite, eadar ise 's oir an rathaid air an taobh thall. Sheall e sear is siar shìos ri iomall na mara; ach chan fhaca e càil annasach. Mar sin ghabh e sìnteag thairis air an fheansa 's an uair sin, gu slaodach, chaidh e na b' fhaisge air oir na geodha. Chaidh e sìos cho fada 's a bu dùraigeadh dha. Thug e suaip a-null 's a-nall leis an t-solas a-rithist. Cha robh càil san tràigh ge-tà, ach creagan, feamainn, maorach, uidheaman plastaig is sàl. An àbhaist. Dìreach mar a shaoil e: trom-laighe bu choireach!

Thionndaidh e air ais chun an taighe 's e a-nis air a ghonadh gun deachaidh a chur a-mach air oidhche cho fiadhaich, gun adhbhar.

Sa bhad a thill dhan t-seòmar-cadail, dh'fhaighnich Eifeag dha, "Cò a bh' ann? Cò bu leis 'n càr?"

"Cha robh duine... no càr... ann... Eifeag!" 'S thòisich e air a' bhriogais fhliuch a thoirt dheth.

"Dè?"

"Cha robh duine, no càr, ann thuirt mi... Sheall mi thall 's a bhos 's cha robh càil ann!"

"Bheil thu cinnteach, a Ruairidh? Tha fios a'm dè chuala mi."

"Tha mi cinnteach! Chaidh mi fiù 's sìos thar na feansa 's cha robh sgath ann."

"Cha robh sgath idir ann?"

"Cha robh, idir!"

"Ach mhionnaichinn gun cuala mi an rud a chuala mi."

Tharraing e anail a-steach agus, a dh'aon ghnothaich, leig e às a rithist i, air a shocair. Air sàillibh an gnè duine a bh' ann, cha mhaireadh an droch nàdar aige fada. "Tha fios a'm a ghaoil. Na gabh dragh. Dìreach sìn. Dùin do shùilean 's... cadail. Cadail a-rithist."

Thilg Ruairidh an geansaidh a-null air an t-seithear is leum e dhan leabaidh. Leig e osna dhùrachdach eile às agus cha b' fhada gus an robh srann fiadhaich aige, às ùr.

Thug Eifeag puile mhath mus deachaidh ise thairis ge-tà. Bha an rud a shaoil i a chual' i air a bhith cho fìor, dhìse. Bha i air a bhith cho cinnteach às – mar gun cual' i gu domhain e, na h-anam.

Co-dhiù, air an t-Sàbaid an dèidh sin chaidh i fhèin 's e fhèin dhan Eaglais mar bu dual dhaibh. Fhuair iad deagh shearmon 's an dèidh na seirbheis chaidh iad gu taigh Sheocain airson barrachd co-chomainn, agus airson teatha 's rudan milis a ghabhail. An cleachdadh. Às dèidh dhaibh am bodhaigean a shàsachadh, chaidh an còmhradh am meud is iad a' gluasad eadar an t-sìde 's tachartasan na seachdain 's rudan spioradail. Is lean iad orra.

An deis mheadhan ghnothaichean, thuirt Seocan ri Ciorstag, a bhean, gum bu chòir dhi innse mun rud a thachair dhìse san sgoil.

Ach, airson adhbhar air choireigin, cha robh Ciorstag ro dheònach sin a dhèanamh. A-nis, uaireannan, sna h-eileanan, bhiodh rud mar seo na phàirt dhen dràma, airson miann a thoirt air daoine an sgeul a chluinntinn – gus an dèanamh pàiteach. Ach cha b' e sin an seòrsa creutair a bh' inntese idir. Cha bhiodh Ciorstag ri cleasachd aig àm sam bith. Mar a thachair ge-tà, an dèidh barrachd coiteachaidh, fhuair i misneachd. Is thòisich an t-seann bhan-teagaisg air a naidheachd innse.

B' e sgeul a bh' ann dhen t-seòrsa a bhuineadh do dhualchas àrsaidh, spioradail beul-aithris nan Gàidheal. Sgeul os-nàdarra.

Mar sin, thòisich i air aithris dhaibh mun latha sgoile seo a thòisich gu h-àbhaisteach. Ann an guth socair, tarraingeach, dh'innis i dhaibh mar a bha i air a bhith a' teagasg mar bu dual dhi, agus rinn i soilleir nach do shònraich nì sam bith an latha mar fhear a bhiodh eadar-dhealaichte bhon chòrr dhiubh. B' ann mar seo a lean e air cuideachd, airson treis. Bha seo gus an do leugh i pìos sgrìobhaidh dhan chloinn sa chlas cràbhaidh choitcheann. B' e cuibhreann às a' Bhìoball a bh' aice an latha sin.

Thuirt i gun do dh'èist a' chlann rithe gu dùrachdach, modhail. Dè eile a dhèanadh Hearaich òga? Ach fhad 's a rinn iadsan sin, thàinig mothachadh thuice gun do thòisich a h-àrainneachd air atharrachadh. Bha ise an siud a' leughadh dhaibh le a guth 's le a h-inntinn, ach, bha a spiorad air a bheothachadh 's air àrdachadh air mhodh iongantach. Thuirt i gun robh an t-àile "làn de dh'èireachdas" agus gun do thòisich a h-anam a' faireachdainn "lùths neo-àbhaisteach" oir, arsa ise, bha "cumhachd glan" ga cuartachadh 's ga lìonadh. A thuilleadh air a seo, thuirt i cuideachd gun robh e a' faireachdainn cho tlachdmhor 's gun do chaill i suim air an uair. Agus, lean i oirre a' leughadh.

Chìte air aghaidhean nam muinntir a bha ag èisteachd rithe san taigh gun robh iad leatha. Bha a h-uile mac màthar dhiubh air am beò-ghlacadh!

"An ath rud," arsa ise, "chunna' mi siomal an t-seòmair ga fhosgladh – mar gum b' eadh – 's air a tharraing air ais na dhà leth. Agus, bho gu h-àrd, thòisich solas a' dòrtadh a-nuas dhan t-seòmar. Solas soilleir, geal, fìor-ghlan. Ò bha e àlainn."

Fhad 's a dh'aithris i seo, bha a h-aghaidh fhèin a' deàrrsadh 's cha robh smid aig duine beò eile san t-seòmar.

"'S a-mach às a' bhuidhinn chloinne a bha an sin, dheàrrs an solas air aonan dhiubh."

Bha iad beò-ghlacte.

"Shònraich e aon leanabh."

Dh'fheith iad.

'S ann an cagar shocair thuirt Ciorstag, "Shònraich e Calum Greumach."

Sheall aon no dithis dhiubh air a chèile.

Gille laghach a bh' ann an Calum: gràdhaichte le Ciorstag 's càirdeach do dh'Eifeag.

Lean an seann tidsear oirre. "Aon uair 's gun do thachair sin, thòisich mullach an t-seòmair a' dùnadh a-rithist. 'S mu dheireadh, dhùin e. Dh'fhalbh an solas, dh'fhalbh an cumhachd, 's thàinig mise air ais thugam fhèin. Bha an uair air fad air ruith oirnn, ach cha do dh'fhairich e ach mar dhiog no dhà dhòmhsa."

Bha e follaiseach gun robh Ciorstag dhen bheachd gun robh an solas a thuirt ise a chunnaic i, a' buntainn dhan t-saoghal eile – dhan taobh thall.

A rèir coltas nam muinntir a bha san t-seòmar-suidhe, bha iadsan dhen aon bharail. Chòrd an sgeul glan riutha, oir bha sgeulachdan os-nàdarra bitheanta am measg nan Gàidheal thar linntean. 'S bha iad fhathast tarraingeach dha na tùsanaich bheòtha seo.

Mar sin, nuair a dh'fhàg iad an t-àite-còmhnaidh aig Seocan 's aig Ciorstag, bha a' mhòr-chuid dhiubh a' faireachdainn gun robh iad air beannachd fhaighinn, boillsgeadh de shaoghal a bha na bu leatha na chitheadh an t-sùil nàdarra.

Dhràibh Ruairidh is Eifeag dhachaigh 's iad air am misneachadh. Bha seo a dhìth, oir thug e smuaintean Eifeig air falbh bho thachartas na h-oidhch' eile, a bha fhathast ag obair oirre gu fada shìos, an aigeann a h-inntinn.

Uair no dhà thar nan còig làithean-obrach a lean, dh'èirich cùram mu oidhche Haoine. Oir leòn e i nach robh Ruairidh ga creidsinn agus gun do shaoil e gun do rinn i seòrsa de dh'òinseach dhi fhèin. Ciamar a bha i air a bhith cho ceàrr, nuair a bha i cho cinnteach gun robh i cho ceart? Gu fortanach dhìse, ghlac iarrtasan na h-obrach làitheil a h-aire a-rithist, 's fhuair i fois-inntinn às ùr. Is dh'obraich i gu cruaidh.

Mar sin, aig toiseach an deireadh-sheachdain, b' ann sgìth is deiseil air a son a chaidh i fhèin 's Ruairidh dhan leabaidh aon uair eile. 'S an dèidh dhaibh an Leabhar a ghabhail agus facal ùrnaigh a dhèanamh, cha b' fhada gus an deachaidh an treòrachadh, le chèile, a-steach do shuaimhneas a' chadail. Taing do shealbh airson fois deireadh na seachdain! Cha do mhair e ge-tà.

Oir, gu h-obann, ann am marbh na h-oidhche, chaidh Eifeag a dhùsgadh a-rithist. Chual' i am fuaim oillteil ud aon uair eile. Theab i uinnleag a thoirt do Ruairidh sa bhad, ach an trup seo, a' cluinntinn an t-srann a bh' aige, 's a' cuimhneachadh air mar a thachair an t-seachdain roimhe sin, chuir i stad oirre fhèin… airson treiseag. Ach mu dheireadh ghreimich uallach oirre gu ìre ro làidir. Mar sin, an aghaidh a càil, gu ìre, phut i a-rithist a companach-beatha.

"A Ruairidh a ghràidh, tha mi duilich, ach chuala mi am fuaim ud a-rithist."

"… Eh?"

"Chuala mi fuaim bhreigichean 's càr a' dol dhan tràigh."

"Och, ist thu! Chan eil ann ach trom-laighe. Cadail! Siuthad!" Cha robh but dheth ann an sunnd gluasaid.

Ged a bha fead aig a' ghaoith, rinn Eifeag a h-inntinn an-àird. "Mura tèid thusa ann," thuirt i gu deimhinnte, "thèid mi fhèin ann!" 'S chuir i air an solas.

Nuair a chuala Ruairidh ise ag èirigh, leum e air a bhonnan gu trom, 's thuirt e gu h-amh, "Fan a sin! Thèid mi fhèin ann!" 'S, le cabhaig mhì-fhoighidneach, lean e an dearbh phàtran èididh 's a bh' aige an t-seachdain roimhe sin.

Nuair a bha aodach uile air, chaidh e a-mach dhan deàrrsaich, aon uair eile, 's dhan ghèile nach robh na bu lugha, air chor sam bith, na fear na seachdain roimhe sin.

Dh'fhan Eifeag air a cois, a' stràibheicearachd mun cuairt an t-seòmair gu h-an-fhoiseil 's a cridhe a' breabadaich. Bha a sùilean a' leum air feadh an t-seòmair. Le cho troimh-a-chèile 's a bha i, thòisich a h-inntinn a' ruith leatha. An dèidh treis, ghabh i 'n t-eagal gun robh Ruairidh a-muigh airson ùine ro fhada. Dè ma dh'adhbhraich i calldachd dhàsan?

Cha robh e a-muigh ro fhada ge-tà. Cha robh ann ach nach robh ise math air feitheamh (airson fìreanachaidh). Bha i cinnteach gun cual' i na chual' i.

Mionaidean an dèidh sin nochd Ruairidh, le anail na uchd. "Fòn gu na poilis! Sa bhad!" ars esan. 'S dh'innis e dhi carson.

"Nuair a chaidh mi a-mach 's a lean mi orm, sìos gu bonn na cruite, chunnaic mi dà sholas a' deàrrsadh san deàrrsaich, thall am measg nan creagan. Nuair a ràinig mi 'n fheansa, leig mi cruinn-leum asam, thairis oirre, is theann mi na b' fhaisge air na solais. Bha càr an sin, le a shròn san t-sàl. Bha e air a dhol le fàl an rathaid, air bristeadh tron fheansa, is air a dhol sìos dhan tràigh."

"Chaidh mi a-null chun a' chàir," ars esan, "far am faca mi nì nach iarrainn fhaicinn gu bràth." Tharraing e anail mhòr a-steach. "Thadhail am bàs air ar n-eilean a-nochd!"

"Ist!"

"Bha dithis sa chàr, ach chaill am fear òg a bheatha."

"Cò bh' ann, a ghaoil?" dh'fhaighnich Eifeag.

"Tha fios agad mu thràth cò a bh' ann!"

"Ò, na can rium?" thuirt i gu dùrachdach.

"B' e a ghràidh. B' esan a bh' ann."

Sheall i air a chloc. Bha e a' fàgail meadhan-oidhche.

Dubadh

"Chan eil e èibhinn!" dh'èigh e, le sgreuch cho biorach ri tè starraig. Na sheasamh an sin, bog-fliuch bho bhun gu bàrr, bha Brianan beag. Le mhalaidhean air an tarraing sìos gu bhrògan, stamp am pleaban beag a chas!

Air taobh eile fearg mhòr a' bhalaich bhig, bha a mhàthair Màiri, 's a piuthar, Mòrag. Ach eu-coltach ris-san air an robh stuirt, bha iadsan a' gàireachdraich. 'S air cùl a làimhe thuirt Mòrag ri piuthar, "Seall, seall, tha cuid dhe na cnapan beaga cruinn fhathast a' crochadh ris!" Is spreadh mothart eile a-mach às an dithis aca.

Chuir sin an caothach buileach airsan! Is dh'àrdaich e e fhèin – esan nach bu mhotha na druid – suas gu tomhas a làn ìre. A-nis a' togail a mhalaidhean suas cho àrd 's a dheigheadh iad, 's a' dèanamh a shùilean cho cruinn ri sàsaran, leig e sgiamh na bu gheura buileach às, "Chan eil e idir èibhinn – idir, idir-uh!"

An uair sin, phaisg e a dha ghàirdean gu teann 's tharraing e a mhalaidhean air ais sìos gu h-ìosal. Is sheas e, gan dùr choimhead.

Ach a dh'aindeoin a chorraich, chùm an dithis inbheach orra a' cireaslaich air cùl an làmhan.

Nise, mus can mi 'n còrr, feumaidh mi aideachadh – mar sheanair a' bhragairnich bhig seo – nach robh annas sam bith san teasaich aige. Oir b' e balachan beag le sradag a bh' ann. Air sgàth nach robh ann ach Brianan fhèin, bhiodh e a' faighinn tòrr aire bhon teaghlach: cus, 's dòcha. Bhitheamaid uile ga mhilleadh. Agus ged nach robh e ach còig, b' esan an seòrsa – nuair a dheigheadh faighneachd dha dè an aois a bha e, a chanadh, "Cha mhòr nach eil mi sia." An seòrsa sin.

A thuilleadh air a seo, bhon diog a thòisich e a' màgaran, bha e a' cosg a làithean a' cur a mhàthar glan dearg às a rian, 's i a' ruith às a dhèidh gun fhois 's gun fhiaradh. B' ann na bu mhiosa buileach a dh'fhàs e aon uair 's gun do sheas e air a chasan. Nuair a thachair sin, bhiodh e trang a' dèanamh an nì a leanadh ris fad làithean òige – a' leum dhan a h-uile h-allt, pollag is sàl air an tachradh e. Cha robh càil san t-saoghal mhòr fharsaing a b' fheàrr leis na bhith a' pluitrigeadh an àiteachan fliucha. 'S bha e ris a h-uile mionaid dùsgaidh a bh' aige!

A-nis, tha an deagh fhios agamsa, aig m' aois is mo latha, nach eil seo neo-àbhaisteach do bhalachan, air dhòigh sam bith. Ach, bha e sàraichte air Màiri, a mhàthair bhochd. Oir, a h-uile trup a thilleadh esan dhachaigh le fàsgadh às 's e cho salach ris a' mhuc, b' ann aicese a bhiodh an dleastanas a h-uile sìon a nighe.

Chunna' mi fhèin gu leòr dhen obair seo nuair a bha ise 's an ceathrar chloinne eile agam beag. Oir, air sgàth gun robh Peigidh, mo bhean, air an leabaidh 's i tinn, b' ann agamsa a bha ri bhith gam frithealadh uile, fad na h-ùine. Mar sin tha cuimhn' a'm, nuair a lorgainn ultach aodaich fhliucha air a shadail na chnap air an làr, gum biodh rud ann, uaireannan, nach robh san altachadh! 'S a-nis, bha cùisean mar sin cuideachd dham nighean chòir!

Ach nuair a dhèanadh i trod ri Brianan, cha tuigeadh esan idir dè a bha "ceàrr" oirre. Ghearaineadh e nach robh annta ach "tubaistean" no "tuiteamasan" a bha "dìreach a' tachairt!" Is bhiodh e a' brunndail riumsa 's ag ràdh gun robh i a' fàs fiadhaich ris "gun adhbhar." An uair sin dh'fhaighnicheadh e dhomh dè idir a bha a' cur oirre?

Dà dhiofar shaoghal, a thaobh tuigse!

Ach cuin riamh a bha cùisean air a' chaochladh eadar clann 's am pàrantan? Mar a thubhairt mi – 's mi a bha thall 's a chunnaic!

Sin agaibh ma-thà an cùl-raon.

Dìreach an latha ron drùdhadh a dh'ainmich mi aig toiseach mo sgeòil, bha Brianan air a dhol gu tur a-mach à sealladh. Ach nuair a thuig sinne seo, sheall sinn dha na h-àiteachan-falaich àbhaisteach:

dhan lobhta, dhan t-sealastair ri taobh an taighe, dhan bhàthaich air cùl an taighe agus dhan fhuaran fon bhàthaich. Ach cha robh sgeul air!

An uair sin thàinig dorchnachadh air sùilean Màiri.

Mar sin, rinn mise às sa chàr dhan ath bhaile, suas a Bheàrnabhagh. Bha mi a' dol a dh'fhaighinn greim air na maoir-chladaich! Ghabh mi seachad air taigh Chaluim Mhìcheil 's mi a' dèanamh air drochaid Abhainn 'ain Bhig!

Ach, dìreach nuair a bha mi a' cuimse air an droicheid, chuala mi sgreuch 's theab mi cron a dhèanamh air mo sheann ghlùinean a' feuchainn ri stad a chur air a' chàr. Nuair a sheall mi chun na làimhe deise, cò bha sin, a charaid, ach Brianan 's e a' sgiamhail aig àird a chlaiginn on eilean-tràghaidh am beul na mara! Bha e soilleir gun robh mo chuf air coiseachd a-mach thuige is gun robh a' mhuir air tighinn a-steach air, gun fhiosta dha.

A dh'aindeoin diomb, chaidh mi fhèin a-null air a thòir. Leum mi a-steach – suas gum mheadhan dhan t-sàl! Aig m' aois! 'S habair gun robh an làn a' lìonadh gu luath 's gu làidir. Bha. B' e seo an rud a bu mhiosa ge-tà, ged nach robh an t-astar fhèin fada bhon eilean chun an taoibh eile, bha an sàl fuar, uabhasach fuar. Cha robh sin idir càilear air na seann shliasaidean. Ach bhiodh e na bu mhiosa buileach air feadhainn òga, chaola!

Ged a bha beachd math agam dè a bh' air tachairt, nuair a ràinig mi an t-eilean dh'fhaighnich mi dha gu cas, dè idir an aon saoghal a bha e ris? Agus, leis an eagal na shùilean, dh'aidich e dè bh' air tachairt.

Bha e air a bhith air a shlighe suas a Bheàrnabhagh a chèilidh air Crìsdean, a charaid-sgoile, 's iad a' dol a chluiche còmhla. Ach, nuair a ràinig e drochaid Abhainn 'ain Bhig, chunnaic e rud a' deàrrsadh sa ghrèin, air an eilean. Sa bhad, bha aon smuain aige. Ionmhas! Dè eile? Bhon a bha an làn air a dhol a-mach, b' urrainn dha coiseachd chun an eilein bhig gun strì sam bith. 'S b' e sin a rinn e. Balachan air tòir an ionmhais. Tha an sgeul cho aosta ri ceò nam beann.

Ach, agus nach fheum "ach" an-còmhnaidh a bhith ann le balaich bheaga, nuair a ràinig e an t-àite, chunnacas nach robh ann ach pìos glainne às an robh gleans na grèine!

Aon uair 's gun robh e an air an eilean ge-tà, dh'fheumadh e fhèin 's a "charaidean" an t-eilean a dhìon bho na spùinneadairean tàireasach ud a bhiodh gam buaireadh gun sgur. Nochdadh "iadsan" a h-uile latha a bhiodh e a' cluiche leis fhèin!

Ach mus robh fios aige air, bha an làn air tionndadh 's air an t-eilean a sgaradh bhon bhaile. Cha b' urrainn dha tilleadh! Sin ma-thà mar a thachair.

Ged a sheall mise air gu dùrachdach, gus trod a thoirt dha, b' fheudar dhomh gàire a dhèanamh nuair a sheall e suas nam shùilean 's a thuirt e, "Cha robh ann, ach tuiteamas... a sheanair, 'ille!"

An uair sin, lem bhriogais mu thràth bog fliuch, suas gum dhrathairs, thog mi Brianan air mo dhruim, is ghiùlain mi air ais a-null gu talamh tioram tròcair e. Uill, tha mi a' creidsinn gun robh esan an dòchas gum b' ann gu talamh tròcair a bha e a' tilleadh co-dhiù! Ach aig an aon àm, bhiodh eagal air gun robh creutair a' feitheamh air aig an taigh – uilebheist a bha na b' eagalaiche na spùinneadairean mòra sam bith fon ghrèin: a mhàthair!

Nuair a nochd mi leis, bha ise fhathast ga lorg, thall aig an tobar, 's coltas air a h-aghaidh gun robh a cridhe am bonnan a brògan. Uill, nuair a chunnaic e i, 's a dh'innis mi dhi dè a thachair, fhuair e a mhì-shealbh!

An dèidh làimh cha tuirt e ach, "Tha i an-còmhnaidh mì-reusanta."

B' ann an uair sin a shaoil mi fhèin gun robh cruaidh fheum aig Màiri air cuideachadh. Bha feum aice air gliocas domhain bho sheann ghnàths nan daoine againn.

Mar sin, nuair a bha i air socrachadh, chaidh mi thuice 's dh'innis mi dhi gun robh teadhair àrsaidh agamsa a chuireadh bacadh air pluitrigeadh an fhir bhig.

"Seadh?" arsa ise, le ceist na sùilean.

"Peallaidh!" arsa mise, "Bu chòir dhut Peallaidh a mhaoidheadh air."

A-nis, ann an eachdraidh nan Ceilteach, an Alba, b' e a bh' ann am Peallaidh ach an creutair os-nàdarra, eagallach ris an canar ùruisg. B' e a bha feumail do phàrant sam bith – a bha ag iarraidh àl a chumail bho chunnart a bhàthaidh – gun robh Peallaidh grànda a' fuireach ann an sruthan 's ann an easan. Mar sin, ma bha clann bheaga ag iarraidh am beatha a ghlèidheadh, bha e riatanach dhaibh àiteachan boga, fliucha a sheachnadh!

'S cha b' e sin a-mhàin, oir bha, agus tha fhathast, barrachd air aon ùruisg ann. Ò tha. Nam measg, tha caractaran gu math mì-thlachdmhor mar: Peallaidh an Spùit fhèin, Stochdail a' Chùirt agus Brùnaidh an Easain. 'S a thuilleadh air sin... chuir "bodach as aithne dhomh fhèin" feadhainn eile riuthasan, mar: Amhasg nan Allt, Gurùcam nan Geobha agus Sgreuch nan Sgeir. Uill, chan urrainn dhut cus ùruisgean a bhith agad ann an sgìre!

Chan e na h-àiteachan-còmhnaidh aca a-mhàin a bu chòir do dhaoine beaga a sheachnadh nas motha. Oir, bidh àrd-sheanaidhean aig a' ghràisg ghrànda sin cuideachd, coinneamhan mòra gus cuilbheartan nan ùruisg a dheasbad. Is càit' am bi iad a' coinneachadh airson a leithid a dhèanamh? Shìos air an oirthir! Seadh! Bidh iad a' coinneachadh gu sònraichte ann an àiteachan creagach far am bi tuiltean a' taomadh a-steach mu thimcheall orra. Tha ionadan mar seo air leth feumail dhaibh, airson fuaim nan guthan aca a ghiùlan air falbh bho chluasan beaga sam bith a bhiodh airson farchluais a dhèanamh orra.

Mar sin ma bha thusa beag is ciallach, sheachnadh tu na h-àiteachan còmhnaidh 's na h-àiteachan coinneachaidh fliucha acasan, air do bheatha!

Dh'aithnich mi air Màiri gun do chòrd seann sheòltachd ar daoine rithe. Bha mi air Peallaidh a mhaoidheadh oirrese 's air a piuthar 's air a bràithrean nuair a bha iadsan beag. 'S bha e air buaidh a thoirt orra uile! Ach, tro thìm, bha e air a dhol a-mach às a cuimhne. Nuair a thug mi aithris air a-rithist ge-tà, thuig i cho feumail 's a bhiodh Peallaidh. Oir bha mac-meanmhainn beò aig Brianan òg!

Mar sin, aig àm leapa, nuair a bha e cofhurtail san leabaidh, thug i dha na sgeòil aig Peallaidh – gu lèir, nan uile lànachd – eadar an dà shùil shàsaireil aige! 'S tha ise math air sgeulachdan innse! Uill, cha b' e a cheannach a rinn i air.

Nuair a thàinig i a-mach às an t-seòmar-cadail aige 's a thill i dhan t-seòmar-suidhe, bha i lag a' gàireachdraich. Oir thuirt i gun do theab a shùilean leum glan a-mach às na slocan aca, le cho mòr 's a dh'fhàs iad 's e a' cluinntinn mun ghràisg mhosach sin a bha cho measail air àiteachan uisgeach.

Tha sin uile a-nis gar toirt air ais chun an toisich: Brianan na sheasamh mu choinneamh a mhàthar 's a piuthar 's iadsan a' cireaslaich, agus esan bog fliuch, fiadhaich. Aon uair eile, bha mise ri thaobh – ach le muilichinnean fliucha an trup seo, 's cha b' e briogais fhliuch!

Seo mar a thachair ma-thà.

Beagan an dèidh dhan bhalachan èirigh sa mhadainn, an dèidh sgeul nan ùruisgean a chluinntinn, bha mi air fhaicinn a' dèanamh a shlighe a-null chun na fainge a bha faisg oirnn. Air sgàth gun robh e a' coimhead mun cuairt air fhèin fad na h-ùine, bha amharas agam gun dòcha gum b' e rudeigin toirmisgte a bha fa-near dha. Mar sin, lean mi e. 'S bho oisean a' chnuic a bha eadarainn, sheas mi 's chùm mi mo shùilean air.

Chunnaic mi gun robh Brianan a' cluiche, a' cleasachd 's a' bruidhinn ri daoine (a chanadh cuid nach robh ann), faisg air an fhaing! Reusanta gu leòr 's dòcha.

Ach fhad 's a bha mi a' fàireasaich air, mhothaich mi gun do sheall e a-null, uair no dhà, an taobh a bha am bogsa-dubaidh. Cha b' e comharra math a bha an seo idir. Ged a choimhead Brianan air an amar ge-tà, cha deach e faisg air. Mar sin bha dòchas agam gun robh sgeul Pheallaidh air feum a dhèanamh dha!

Ach, treis bheag an dèidh sin ge-tà, dh'fhàs e follaiseach nach robh an rùn aige làidir gu leòr airson buaireadh a' phluitrigidh a sheachnadh. Agus rinn e a shlighe – gu socair 's gu mì-chinnteach an toiseach – a-null na b' fhaisge air an amar. Ceum air cheum.

Thug e sùil no dhà eile mun cuairt air, ach chan fhac' e am fear-faire idir.

An dèidh treiseag eile a' cluiche làimh ris an amar, 's e a' coimhead an siud 's an seo, dh'fhàs an tàladh uile gu lèir ro làidir dha. An ath rud, nach do choisich e a-null thuige. 'S an dèidh coimhead a-steach ann, shreap e suas air a chliathaich.

An uair sin chualas e ag iarraidh air feachd de shaighdearan tighinn às a dhèidh. Bha esan a' dol a-null air an oir choncrete seo agus dh'fheumadh iadsan an caiptean aca a leantainn! Saoileam gun robh iadsan deònach sin a dhèanamh.

Mhothaich mi gun robh am bocsa-dubaidh làn de dh'uisge ge-tà, air sgàth na dhòirt às na siantan a-steach ann, bhon a chaidh a chleachdadh mu dheireadh. Mar sin bha m' anail nam uchd! Am bu chòir dhomh stad a chur air? Airson adhbhar nach do thuig mi fhèin buileach, roghnaich mi dìreach leigeil leis.

Uill, chuir e a chasan air an oir chaoil agus rinn esan às a-null le sùrd 's iadsan uile às a dhèidh! A rèir coltais chaidh aca uile air an t-slighe a dhèanamh a-null gu sàbhailte. "Bingò malingò" mar a chanadh e fhèin. 'S mi bha taingeil gun robh e sàbhailte!

Ach, feumaidh gun do chuir a' chiad sgrìob a-null air a' bhalla chaol seo dànadas na chridhe. Oir bha an coltas air gun robh e a-nis deiseil airson a dhèanamh a-rithist. Agus bha. An dara h-uair, ghabh e a-null na dhearg chabhaig. Soirbheachas aon uair eile! Rinn e fhèin seo corra uair, ach chan eil rian nach biodh luairean ann an cinn a luchd-leantainn!

Mu dheireadh ge-tà, air aon slighe cus, nach do dh'fhalbh a chasan leis!

'S le plub, thuit e a-steach a dh'uisge salach an amair. Thachair rud an uair sin air nach do smaoinich mise na bu tràithe. Bha an t-amar fada ro dhomhain dhàsan seasamh ann. Ged a bha e bragail, cha robh ann ach am balachan beag. Mar sin cha b' urrainn dha a chasan a chur air grunnd, idir. A' slugadh an uisge ghrànda, neo-ghluasadach seo thòisich e a' casadaich, 's chithinn gun robh e ann an cunnart!

Mar sin ruith mi a-null, 's ghabh mi sìnteag thairis air an fheansa gus faighinn thuige. 'S air sgàth nach robh esan an comas air seasamh air a chasan le cho sleamhainn 's a bha e, b' fheudar dhomh mo dhà ghàirdean a shìneadh a-mach thuige 's a thogail às an amar – le greim agam air tòin a bhriogais agus air fhalt!"

Nuair a fhuair mi air ais chun an taighe e, dh'innis mi seo uile do Mhàiri 's do Mhòrag.

"Taing do shealbh nach do sgolt e a cheann air an oir!" arsa piuthar a mhàthar.

"Taing do shealbh dha-rìribh," arsa Màiri. "'S dè a rinn esan nuair a thog thu e?"

"Bha e a' sgreuchail 's ag èigheach nan creach rium," fhreagair mi, "air sgàth gun robh greim agam air fhalt air 's gun do bhìd mo làmh craiceann a thòineadh ga thogail. Ach dh'fheumainn greim fhaighinn air rudeigin gus a shàbhaladh."

Ged nach b' e sin a thuirt sùilean a' bhalaich bhig, bha fios againn uile gum b' e seo a bu choireach gun robh e fhathast beò – bog fliuch, ceart gu leòr, ach a dh'aindeoin sin, beò!

B' e sin, ma-thà, a dh'fhàg Brianain a' coimhead èibhinn, le coltas a' chait bhàite air. Seo, cuideachd, a dh'adhbhraich a' ghàireachdraich. Agus bha cnapan beaga, cruinn, donna, a dh'aithnich sinne mar thiodhlacan nan caorach, fhathast air an tàthadh ri aodach. B' iadsan a thug an dara lasgan air Mòrag 's air Màiri... 's a dh'fhàg an dearg chaothach air mo chuf!

An dèidh ùine, dh'fhuaraich a' chorraich aige. 'S mu dheireadh thall thuirt e ann an guth beag, sèimh, "Ach cha bu mhise idir a bu choireach ge-tà."

"Òhò?" arsa mise, a' sealltainn air le aon mhala air a togail.

"Cha bu mhì. Nuair a bha mi a' coiseachd air oir an àite-dubaidh," arsa esan, "cò a ghreimich air mo chas ach Peallaidh! B' esan a thug orm tuiteam!"

Agus sheall e oirnn uile gu dùrachdach.

"Mar sin cha b' e mo choire-sa a bh' ann. Bha Mamaidh ceart mun bhlaigeird ùruisg ud. 'S cha tèid mise faisg air uisge leam fhèin a chaoidh tuilleadh."

"'S math, a ghaoil, gun do dh'ionnsaich thu do leasan," ars a mhàthair. 'S a' toirt pasgadh blàth dha, stiùir mo nighean donn a-steach dhan taigh e gu aodach glan, tioram – aon uair eile.

"Beannaichte gun robh Peallaidh" arsa mise rium fhèin, "ach 's math mar a mhaireas."

Èist thusa Riumsa!

Sheall Seòna air a h-uaireadair a-rithist. Bha "Calvin Knox," am ministear ùr, sa chùbaid – a' cur às a chorp le cop ma fhiaclan! Tro thruimead a suain chual' i, "... tha cead againne a dhol an aghaidh a' chultair a tha gar cuairteachadh..."

"Aidh, 's bho àm an Ath-leasachaidh," ars ise rithe fhèin, "an do rinn sibh dad ach sin!"

B' i an fhìrinn nach robh an fheallsanachd aicese 's an diadhachd aigesan idir a' co-chòrdadh. Cha motha a b' urrainn dhaibh na beachd-se, oir bha ise air foghlam fhaighinn, agus bha am Ministear an-abaich seo fada ro chumhang na bheachdan.

"Tha saorsa againne a dhol an aghaidh ar cultair, mar bhradan a shnàmhas gu cumhachdach an aghaidh na srutha," arsa esan 's a ghuth a' seinn. "'S am faca sibh riamh bradan a' leum a-mach às an t-sruth, 's a' sgèith tron àile mar urchair eireachdail? Am facas nì cho àlainn sa chruinne-cè – nì cho làidir, nì cho dealasach, nì cho daingeann?"

"Chunnaic," shaoil Seòna, "fear dhiubh air truinnsear!"

Lean e air, "Tha buidheann làidir san dùthaich againne a' moladh do bhoireannaich òga cur às do leanabain nach eil iad ag iarraidh, sa bhrù. Ach cha dèan sinne sin. Cha dèan! Snàmhaidh sinne an aghaidh na srutha gu h-ealamh – coltach ris a' bhradan! Bidh Crìosdaidhean a' coimhead às dèidh an cuid chloinne!"

San diog a thuirt e sin, las fearg ann an Seòna a leithid nach do dhèirich innte o chionn bhliadhnaichean! Ghabh i 'n caothach dearg, le adhbhar.

Nuair a bha Seòna na boireannach òg, bha i air foghlam 's air trèanadh cho math fhaighinn is gun deach i fad na slighe suas gus a bhith na speisealaiche-cridhe san Royal Brompton an deis-meadhan Lunnainn: Chelsea, SW3. Ann an latha nuair nach robh mnathan a' faighinn àite, no fàilte, san dreuchd aice, choisinn ise cliù dhi fhèin. Thar nam bliadhnaichean, tro obair dhìleas, chruaidh, b' fheudar dhan chò-luchd-obrach aice spèis a thoirt dhi, fear air an fhear. Ge b' oil leotha!

An dèidh mòran strì, dh'fhàs i cleachdte ri dotairean òga, a bha a' dol tron oideachadh, a bhith a' coimhead suas rithe – mar eòlaiche cliùiteach. Bhiodh na boireannaich gu sònraichte a' toirt ùmhlachd dhi, air sgàth na rinn ise 's a leithid, airson cor nam ban thar nam bliadhnaichean.

Ach, canaidh cuid gum bi a h-uile nì math san t-saoghal seo a' tighinn gu crìch. Agus a-nis, an dèidh faisg air ceathrad bliadhna frithealaidh, bha i air uallach na h-obrach a leigeil dhith. Còmhla ris, bha i cuideachd air a cliù bharraichte fhàgail air chùl. Oir, a-mach à cearcall an ospadail, cha robh innte a-nis ach cailleach eile.

Fada mus do leig i dhith a dreuchd bha Seòna air roghnachadh gun gluaiseadh i a-mach à Lunnainn. B' iongantach seo dha a caraidean. Cha b' ann a-mhàin air sgàth gun robh iad a' smaoineachadh gun robh an t-àite a thagh i, "air taobh thall na gealaich," ach cuideachd air sgàth gum biodh a' mhòr-chuid acasan a ruigeadh a h-aois a' smaoineachadh air an laigse a thig na lùib. Mar sin thaghadh iadsan bailtean mòra, airson a bhith faisg air goireasan ospadail is eile.

Ach, mar bu dual dhi, thagh ise slighe eadar-dhealaichte. Bha ise a' tilleadh gu croit a cuideachd, ann an àite beag "iomallach, neo-ghoireasach" ris an canar Àrd nam Murchan. Ged nach b' aithne dhi cus dhaoine ann an-diugh, bha sloinneadh aice san àite, air an dà thaobh. B' ann air a' chroit ud a bha ise air ciad làithean sona a h-òige a chur seachad.

On a thill i dhan iar-thuath, chuir i mìosan seachad a' dèanamh obair ghasta a' leasachadh an taighe. Chuir i dreach ealanta air, dìreach mar a mhiannaich i na h-aislingean o chionn bhliadhnaichean. A-nis bha i air gluasad a-steach ann, agus b' i a bha cofhurtail.

Ach gu ìre mhòr b' i an roghainn-tillidh aice a dh'fhàg ise mì-chofhurtail ann an eaglais Chille Chòmhghain, 's i ag èisteachd ris an "damh balaich ud a' bleadraigeadh 's a' blabhdaireachd." Cha robh e idir tlachdmhor dhi a bhith ag èisteachd ris. B' e sin a dh'fhàg an suidheachadh fhèin cho annasach. Oir carson a dhèanadh ise, le ceann a bha a cheart cho làidir 's a bh' aig a h-athair 's a màthair, dad an aghaidh a càile? Carson a dh'èisteadh i ris, mura feumadh i?

Uill, bha adhbhar ann.

Na h-òige b' e croitear eudmhor, èasgaidh a bh' air a bhith na h-athair. Cha robh cus ann a b' fheàrr leis-san na spaid na làimh 's talamh bog a dh'fheumadh e a dhrèanadh. Bha e cuideachd na dhuine rag agus fada na cheann fhèin. Nuair a gheibheadh esan rud na cheann, cha chuireadh dad ach am bàs stad air.

Agus a màthair? B' e boireannach beachdail, fuaimneach a bh' air a bhith inntese. Fìor bhean-taighe, bha an dachaigh aice cho glan ris an daoimean 's am fear-pòsta 's an nighean aice air an deagh bhiadhadh 's air an deagh sgeadachadh a h-uile latha.

A bharrachd air seo bha a h-athair 's a màthair nan Clèirich, feadhainn dhìleas. B' i an Eaglais am beatha. Bhiodh a h-athair a' searmonachadh. Mar sin chaidh Seòna a thogail gus a bhith "innte"' dà uair gach Sàbaid (aon uair deug is sia uairean feasgar), agus, san Sgoil-shàbaid (trì uairean feasgar). A thuileadh air a sin, gach latha, a mhadainn 's a dh'oidhche, bhiodh iad, "a' gabhail an Leabhair" – 's e sin: a' leughadh a' Bhìobaill, a' seinn Salm agus ag ùrnaigh còmhla. Bha cràbhachd na beatha-làitheil o ghlùin a màthar.

B' e dìlseachd a pàrantan a dh'atharraich a saoghal-se gu tur. Oir, an dèidh bhliadhnaichean a' dèanamh tòrr san Eaglais, aon latha thuirt a h-athair gun robh rudeigin cudromach aige ri innse dha na càirdean. Habair gun deachaidh iongnadh a chur orra nuair a dh'innis e dhaibh dè a bh' ann. Bha iad gu bhith nam miseanaraidhean!

Niste, cha robh sin gu tur an-àbhaisteach 's dòcha, oir aig an àm ud bha gu leòr daoine dhen leithidean ag obair airson "Bòrd Mhiseanan na Dachaigh" mar a bh' ac' air.

Ach cha b' e sin idir a thuirt a h-athair ge-tà, ach, "... ann an Corea a-Deas!"

Thug e treis mus do ghabh an teaghlach ris an fhiosrachadh, 's an uair sin treis mhath eile mus do lean bodhaigean a pàrantan an cridheachan. Oir dh'fheumadh iad a dhol dhan oideachadh an toiseach, do cholaiste na buidhne-misein a bha gan cur a-null thairis.

Bh' aca ri Àrd nam Murchan fhàgail agus dèanamh às, fada gu deas, gu Buckinghamshire. On a bha Seòna òg aig an àm, shaoil a pàrantan nach do mhothaich ise cus dhan eadar-dhealachadh. Ach mhothaich, agus rinn i ionndrainn mhòr air Ìsa, piuthar a màthar, a bha cho còir ri na faoileagan agus air Seòras cuideachd, bràthair a màthar, a bha na shàr eòlaiche air cluiche 's air sìthichean a lorg 's air tìde a thoirt dhi. Ach, aig deireadh an latha, bha a màthair 's a h-athair aice, agus b' iadsan an fheadhainn a bu chudromaiche dhi san t-saoghal.

Mar sin, an dèidh trì bliadhnaichean trèanaidh, bha na h-ainmean Bulstrode Park, Beaconsfield, Chalfont St. Peter agus Gerrards Cross, cho aithnichte dhi ri Àth Tharracail, a' Mhorbhairn, Mùideart agus Sàilean. 'S mu dheireadh thall, dh'fhàg iad Sasainn, làn dòchais.

Rinn iad às, ann an itealan mòr air astar uabhasach gu sear. Ann am beachd na h-ighne bige, shìn an ùine-siubhail a-mach cho fada ri ùrnaighean sheann daoine. Agus le cho an-fhoiseil 's a bha ise, chuir i thuige a pàrantan. Bha an turas tàireil dhaibh uile.

Ach, aig a' cheann thall, chaidh an toirt on phort-adhair mu dheireadh san do stad iad, ann an càr le àileadh ùr às, chun an taighe ùir ann am baile biastail mòr ris an canar Busan, san Earra-dheas.

Bha iad a-nis am measg dhaoine a bha gu math eadar-dhealaichte bhon fheadhainn a dh'fhàg i. Bha diofar chànan, diofar chur-seachadan agus fiù 's diofar bhiadh aca. Cha robh tòrr dhen chloinn a' tuigsinn smid dhe na bha i ag ràdh. B' i an tul-fhìrinn, nach do dh'fhairich i riamh cho aonranach 's a dh'fhairich i, thar mhìosan, sa bhaile mhòr ud. Bha Sasainn fhèin na b' fheàrr na seo! Ach, mar a chaidh a ràdh, bha a màthair 's a h-athair aice.

An dèidh beagan ùine, ge-tà, thuig an dithis acasan nach robh uairean a thìde gu leòr aca fhèin gach latha airson cànain ùra is dòighean ùra ionnsachadh; airson coitheanail mòr a fhrithealadh; airson stuthan-teagaisg ullachadh; agus, airson tìde a thoirt dhan tè bheag cuideachd. "Dh'fheumadh" iad an obair a choileanadh a bha iadsan an dùil a thugadh dhaibh bho gu h-àrd. Mar sin, bha iad ann an staing.

Ach, aon oidhche 's i san leabaidh aice, chuala Seòna bheag còmhradh a pàrantan tron bhalla thana. Ged nach do chreid i an toiseach a cluasan, chual' i a h-athair a' dèanamh roghainn a bheireadh a' bhuaidh a bu mhotha riamh air a beatha. Agus nuair a chuala, rinn i ball beag cruinn dhith fhèin, mar leanabh sa bhrù is thaom na deòir aiste.

Air an ath latha dh'innis a h-athair dhi mun cho-dhùnadh aige. Agus ged a ghuidh i gu dùrachdach air an dithis aca – le deòir a' ruith mar aibhnichean sìos air Beinn na Seilg – chan èisteadh iad rithe. Bhiodh cuimhne aice gu bràth air briathran a h-athar, "Èist thusa riumsa! 'S mise d' athair 's tha fios agamsa dè as fheàrr dhut. Agus 's e seo as fheàrr!"

Mar a b' àbhaist, rinn esan mar a chuir e roimhe a dhèanamh. Chuir e air ais i dhan àite ris an canadh na miseanaraidhean "UK." Is thill iad fhèin chun an "dleastanais" aca.

B' oillteil sin dhi oir, cha b' ann fiù 's a dh'Àrd nam Murchan a chuir iad i, còmhla ri Ìsa 's Seòras, ach a sgoil-chòmhnaidh faisg air Bulstrode! Air sgàth gun robh ceangal aig an ionad-fhoghlaim ud ris a' bhuidheann mhiseanaraidheach aca, b' e glè bheag a bh' aig a pàrantan ri phàigheadh airson a cur ann. Ach bu daor an ceannach a bh' aicese air!

Bhon a' chiad latha a ràinig i an sgoil, a bha cho mòr ri Caisteil Tioram, bha an cianalas ga h-ithe chun na smior. Cha b' fhada gus an d' fhuair na burraidhean àileadh an eagail nan cuinnlean. An uair sin, chaidh iad air a tòir! Leanadh buaidh an aonranais a dh'fhairich i an seo rithe fad bhliadhnaichean a beatha. Cha b' e sin a-mhàin, oir dheigheadh a' mhòr-chuid dhen chloinn eile dhachaigh aig àm nan làithean-saora. Ach, air sgàth gun robh a pàrantan-se cho fad' air falbh agus siubhal cho daor, dh'fheumadh ise fantainn san àite mhòr fhalamh ud, leatha fhèin.

A dh'aindeoin cho grod 's a bha làithean na sgoile, rinn iad aon rud feumail: chuir iad stàilinn innte. B' ann air sgàth gun robh i ga faicinn fhèin mar chuideigin air an iomall – a' strì leatha fhèin 's air a son fhèin – a dh'fhàg gun do rinn i barrachd dìchill sna clasaichean na rinn tòrr dhen chòrr dhiubh. Oir b' e caileag chomasach a bh' innte. Bha sgilean-cuimhne sgoinneil aice agus bha i sònraichte math air gnothaichean saidheansail. Mar sin, mus do dh'fhàg i an sgoil bha gu leòr aice airson a dhol a-steach airson na dotaireachd. Agus b' e sin a rinn i.

B' iad seo, ma-thà, na tachartasan a dh'fhàg i a-nis far an robh i, agus, mar a bha i.

Ged a bha dìlseachd a pàrantan rin "dleastanas" air a fèin-thuigse a spadadh, bha obair cràbhachd na fhasan aice gu ìre cho mòr 's nach b' urrainn dhi a sheachnadh. B' e sin a dh'fhàg san eaglais fhuaraidh ud i, ag èisteachd ri fear nach bu toigh leatha idir, ged nach robh e air a bhith sa pharaist ach mìos.

Ach nuair a chual' i e ag ràdh, "Bidh Crìosdaidhean a' coimhead às dèidh an cuid chloinne!" theab a sgòrnan sgaoileadh! Às dèidh na dh'fhulaing ise air sgàth dleastanas cràbhaidh! Chùm i smachd air a cuid feirg ge-tà, gus an d' fhuair i chun an dorais aig deireadh na seirbheis. An uair sin thug i dha e – eadar an dà shùil!

"Èist thusa riumsa, a bhalaich!" dh'èigh i, "Chan eil a' chiad fhios agadsa cò air a tha thu a-mach! Chuir mise seachad bliadhnaichean nam bliadhnaichean nam dhotair ann an Lunnainn, 's mar sin, bruidhinnidh mi le fios is le cinnt. Dà fhichead bliadhna air ais b' e do leithid-sa, daoine bragail – naomh nam beachd fhèin – a bha ag adhbhrachadh gun robh caileagan òga a' dol gu cùl-shràidean salach nam bailtean mòra gus stad a chur air an giùlan. Dh'fheumadh iad seo a dhèanamh a chionn gun robh fireannaich coltach riutsa gam fuathachadh, 's ag ràdh gun robh iad "peacach". 'S air sgàth ur leithid – seadh, do leithid-sa, a phleabain bhig bhragail 's b' e sin thusa – bha iad air an sgrios sna h-àiteachan grànda dìomhair ud 's a' dòrtadh fala. 'S carson? Bha air sgàth Talaban na h-eaglaise. Do leithid-sa! Mar sin, 'ille, na biodh de dh'aghaidh ortsa a chanadh riumsa gum bi Crìosdaidhean a' coimhead às dèidh an cuid chloinne!"

Nuair a bha i air sin uile a spùtadh a-mach, bha a h-anail na h-uchd! Ach gu dearbh thug e faothachadh dhi an "searmonaiche mòr" a chur na àite fhèin.

Sheas esan ge-tà, mar gum buaileadh crith-thalmhainn e. Bha spriotagan beaga de smugaid air a speuclairean, 's tromhpa, bha e dìreach a' dùr-amharc air an fhearg a bh' air a shnaidheadh ann am fèithean a h-aghaidh.

Cha b' e sin a shùilich e air a' cheathramh Sàbaid aige!

Habair gun robh an coitheanal, a bha ag iarraidh faighinn gu ròst na Sàbaid, air deagh ròstadh fhaicinn! Bha iad uile ga choimhead-san a-nis ... 's a' feitheamh.

Sheas e airson tiotan, fhathast gun smid aige. An uair sin, air a shocair, shìn e a cheann a-null gu Seòna. Chuir e a bheul air taobh an rathaid dhith, faisg air a cluais dheis. Is thòisich e a' sanais, "Tha sibh ceart nuair a tha sibh ag ràdh gun do rinn cuid de mhinistearan dìmeas air mnathan thar nan linntean. 'S tha mi fhèin gu math duilich mun fhìrinn nàrach sin. Gu math duilich. 'S mar sin dh'iarrainn mathanas airson a leithid."

Cha b' e seo a shùilich Seòna. Ach cha tuirt i guth.

"Ach," arsa esan, "tha sibh ceàrr nuair a tha sibh ag ràdh gu bheil mi aineolach mun chuspair a bh' agam. Oir 's aithne dhòmhsa, gu pearsanta, tè a fhuair comhairle a tha fillte ris. Cha robh i ach sia bliadhn' deug nuair a dh'fhàs i trom, 's cha robh i pòsta. 'S air sgàth gun deach a togail ann an àite cumhang, cràbhach bha eagal a beatha oirre. Mhol caraidean dhi a giùlan a stad, gus beatha a thoirt dhi fhèin. On a bha i òg, reusanaich iad gum biodh ùine gun leòr roimhpe airson clann a bhith aice. Dh'fhaodadh i a dhol gu baile mòr còmhla ri "antaidh" 's cha bhiodh fios aig duine air càil."

Bha a ghuth ciùin, le beagan de chrith ann.

"Ach, a dh'aindeoin eagal a mhaslaidh, roghnaich a' chailin òg nach dèanadh i idir na chaidh a mholadh dhi," ars esan. "'S chùm i an leanabh..." Is sheall e oirre. "'S bidh gaol agamsa gu sìorraidh air mo mhàthair airson sin a dhèanamh."

Fhathast ga dhùr-amharc, shocraich Seòna.

"Oir, cheadaich i beatha dhòmhsa," arsa esan, "Cha do thrèig i riamh mi. Bidh i dìleas gu bàs. 'S tha gaol mo chridhe agam oirrese," ars an t-aoghaire òg. "Mar sin, tha beagan tuigse agam air an t-suidheachadh."

Chiùinich Seòna beagan a bharrachd.

"Ach bu toigh leam seo a ràdh, ma tha sibhse ag iarraidh bruidhinn rium mun fhìor nì a th' air cùl ur feirg – agus mar as trice 's e cràdh no eagal a dh' adhbhraicheas a leithid – bhithinn toilichte èisteachd ribh; uair sam bith a fhreagras oirb' fhèin. An fhìrinn a th' agam."

Leis a sin shìn e a bhus a-null gu a bus-se, dìreach airson diog, 's às dèidh sin stiùir e, gu socair, chun an dorais i.

B' ann briste a bha 'n cadal aice an oidhche sin. Cha b' ann air sgàth cogais, oir bha i a' ciallachadh a h-uile facal a thubhairt i. B' e rud eile a bha ag obair oirre. Seann chlisgeadh. Bhiodh iad uile na h-aghaidh a-nis 's bhiodh i na h-aonar a-rithist. Ghabh an smuain seo còmhnaidh na ceann. Mar sin, rinn i ball beag, cruinn dhith fhèin san leabaidh.

Ach a dh'aindeoin eagal an diùltaidh, dheigheadh i dhan eaglais an ath Shàbaid, ge b' oil leotha uile.

Nuair a dh'èirich an latha sin, ged a dh'fheuch i ri bhith làidir, ragaich a fèithean 's leig a cridhe buillean mì-chofhurtail às, fada mus d' ràinig i an doras.

Gu h-iongantach ge-tà, a dh'aindeoin beagan eagail nan aghaidhean, bha a h-uile duine còir rithe. Agus, aig deireadh na seirbheis, nach do chuir "Calvin Knox" fhèin fàilt' oirre aig an doras ud. Cha b' e sin uil' e; oir, thuirt e cuideachd gum bu toigh leis tadhal oirre.

Thuirt ise gum faodadh e sin a dhèanamh. Agus, iongantas nan iongantasan, thàinig e a chèilidh.

A dh'aindeoin mì-chinnt 's an dèidh treis am blàths na cagailt, nochd e gun robh an dithis aca measail air ealain. Chòrd àilleachd an taighe ris, thuirt e. Dh'innis ise dhà mu na cnapan-starra a bha an luib an ùrachadh-taighe. Shaoil i gun do dh'èist e.

Dh'innis i cuideachd dha mun t-srì a bh' aice mar bhoireannach, thar nam bliadhnaichean, agus, mar a thug i buaidh! Thuirt esan gun robh cnàimh-droma innte. A rèir coltais, cha robh cabhaig-fàgail sam bith air na bu mhotha.

Mu dheireadh thall, agus gu h-iongantach, bha ise cho cofhurtail leis-san 's gun do dh'innis i dha mar a bha an "searmonaiche mòr" eile a bh' aicese na h-òige air saltairt air faireachdainnean 's air feumalachdan an aon leanaibh a bh' aige. Dh'fheumadh i seo aithris, oir cha tuigeadh e gu bràth cò a bh' innte air chor sam bith eile. Mar sin, mhìnich i dha gu mionaideach mar a dh'fhàg a h-athair lot na cridhe a shil gus an latha sin fhèin.

Nuair a bha i deiseil, dh'aidich esan gun robh a chridhe goirt a' smaoineachadh air mar a chaidh a làimhseachadh ann an dòigh cho beag mothaich. "Bha an deagh adhbhar agaibh a bhith feargach," ars esan. "Chaidh ana-ceartas a dhèanamh. Chaidh ur trèigsinn."

Cha robh pearsa-eaglais riamh air a taobh-se dhen chùis a ghabhail.

Dh'innis e an uair sin do Sheòna gun robh e a' sealltainn oirre mar chist'-ionmhais bheò, coltach ri mhàthair – tè a thuig cràdh an diùltaidh. Mar sin dh'fhaighnich e dhith am biodh i deònach a chuideachadh gus daoine brùite na sgìre a chuideachadh. "Cò as fheàrr na sib' fhèin airson an tuigsinn," ars esan. "Bidh an dà chuid fàilte 's àite agaibh leinne."

Dhùisg cuireadh an Urr. Cailein Rois èibhleag ann an Seòna.

Bu mhòr an leigheas a rinn gràs na h-èisteachd.

Feum

"A Ruai-ridh I-ain Dix-on! Am-a-dain bal-aich! Cha bhi feum annad gu bràth!"

Siud agad Miss Muir a' toirt bhuillean ruitheamach dhomh an cùl mo chinn, le rùdan cruaidh a' ghunna fhada. Sgleog, sgleog, sgleog!

Niste, chan àichinn-sa idir gum b' e pian a bh' annam. Bha mi airidh air trod. Cha robh mi ach ag iarraidh aire ge-tà, 's cha robh e gu diofar dhòmhsa dè an seòrsa a gheibhinn: math no dona.

Uaireannan, nuair a dheigheadh i a-mach son lethbhreacan a thogail bhon oifis, leumainn a-mach air uinneig a' chlas is shreapainn suas gu mullach na sgoile, air an taobh thall. An uair sin shìninn ri taobh a' vent 's mi a' smèideadh air na culaidhean-thruais a bha glaiste ann an dòrainn matamataig, no truaighe air choireigin eile dhe leithid. 'S iad nach biodh toilichte leam ge-tà nuair a dheigheadh an cumail a-staigh, mura h-innseadh iad càit' an robh mi air a dhol. Ach bha fios ac', nan canadh iad guth, gum faigheadh iad e.

Fiù 's mus robh dà àireamh nam aois, bha làn fhios a'm nach b' e àite sàbhailte a bha nam fhàrdaich fhèin. Cha bhiodh cùisean idir seasgair san taigh: oidhche Haoine, oidhche Shathairne 's fad Latha na Sàbaid. Dìochuimhnich mun t-sràic, b' e latha na sabaid a bhiodh ann!

M' athair bu mhiosa. Dreòs ghoirid, nàdar eangarra, spreathaidhean feirge. Cha robh càil a dh'fhios aig gin againn cuin a thòisicheadh e. Bhiodh cùisean meadhanach dòigheil 's an uair sin, suas leis, mar am fùdar! Cha bhiodh bun no bàrr ri na h-argamaidean aige na bu mhotha. Ach cha robh sin gu diofar, oir cha leigeadh e le anam beò "buannachadh" na aghaidh co-dhiù – fiù 's ged a bhiodh iad ceart. 'S nam biodh duine sam bith cho gòrach 's gun cumadh e air ag argamaid ris, bu mhairg dha!

"Cha robh a leithid de rud ri daoine gèidh ann nuair a bha mise òg!" ghlamh e, aon latha.

"Eee-um, tha mi a' smaoineachadh gun robh," fhreagair mo bhràthair mòr, Tormod.

"Dè... thuirt... thu?" dh'fhaighnich ar n-athair, 's e a' tionndadh a chinn thuige, gu slaodach. "Bheil cuideigin, fom chabair-sa, a' feuchainn ri duine mòr a dhèanamh dheth fhèin?"

"Chan eil, a Phapaidh," thuirt Tormod. "Leugh sinn ann an Eachdraidh e... gun robh iad ann."

Cha leigeadh an t-eagal leis a' chòrr againn ar n-anail a tharraing.

Tharraing e a mhailghean sìos gu cruaidh nan triantan am meadhan a mhalaidh. Shèid a chuinnleanan. Dhorchnaich a shùilean. Cha tèid an sgrios a bh' annta às mo chuimhne gu bràth. "Dùin... thusa... do chraos bhragail... a shalchair bhig leis an diabhal!" Ghlaodh ar ceannard, "'S na gabh ort fhèin, gu bràth, feuchainn ri amadan a dhèanamh dhìomsa; no spadaidh mi thu! 'Eil thu tuigsinn?"

Chrom Tormod a cheann.

"'Eil thu tuigsinn, thuirt mi!"

Fhreagair mo bhràthair gu sàmhach, "Tha." 'S fo anail thuirt e, "Ach bha iad ann, fiù 's ri linn nan Greugach."

PAIS!

Thuit mo bhràthair na chlod chun an làir 's a làmh chlì ri bhus.

"Tha thusa, 'ille, a' dol ro dhomhain ann an cùisean!" thuirt an leac a bha a' tilgeil sgàile dhorcha thairis air na bha foidhpe.

A thaobh aois, bha mo phiuthar Màiri Sìne 's mo bhràthair Ali, eadar mise 's Tormod. Bha mu dhà bhliadhna eadar gach aon dhen triùir acasan. Mise a b' òige; ceithir bliadhnaichan air chùl air Màiri Sìne.

Dh'fheumamaid uile a bhith faireil. Nuair a bhiodh an caothach air ar n-athair, b' fheàrr a sheachnadh. Mar sin, le ar cinn sìos, 's cho sàmhach ri luch fo spòig a' chait, dhèanamaid air a' chidsin luim 's a-mach cùl an taighe, chun na seada. Teàrmann sgoinneil.

Bha e sàbhailte an sin an-còmhnaidh. Uill, an-còmhnaidh, cha mhòr. Ach, aon latha – nuair a chuir ar n-athair dearg eagal a craicinn air Màiri Sìne, 's e ag èigheach, "Air do bheatha na leig Ruairidh a-mach às an t-sead! No gheibh thu bhuams' e!" Ghabh ise uimhir de dh'eagal mu na dhèanadh e rithe nam faighinn-sa air teiche 's gun do chuir i tarrang trom làimh le òrd. 'N fhìrinn a th' agam! Tarrang trom chraiceann! Eadar m' òrdag 's mo sgealbag. Chun a sin, cha robh mi air cràdh bodhaig coltach ris fhaireachdainn riamh!

Cha do ghabh mi diomb rithe ge-tà. Idir. Oir thuig mi gun cuireadh esan uimhir de chlisgeadh oirnn uile is gun deigheadh ar n-eanchainnean triullainn. 'S mòr an cron a nì an t-eagal.

Lorg mise modh-glèidhidh sgoinneil ge-tà, gus cumail a-mach às a rathad: ball-coise. B' e sin a rinn sàbhaladh ormsa. Shìos air raon-cluiche mì-chòmhnard ris an canamaid An Stuaigh – cho fad 's a bhiodh solas an latha ann, bhithinn-sa a' dòrtadh a-mach mo lùths air. An sin shìos, ri oir na mara, bhithinn sàbhailte bho stuaighean mòra sam bith a splaidseadh a-steach mo thaobh-sa. Ged a shadadh tonnan copach diofar sheòrsaichean fleòdraich air An Stuaigh, bha an raon uaine fhèin sàbhailte bhon sgudal a dh'fheumadh stad air na creagan. B' fheàrr leamsa, fada fichead, a bhith shìos an siud a' cluiche ball-coise, o mhoch gu dubh, na tilleadh dhachaigh. Ist, b' fheàrr leam a bhith a' sabaid ri na balaich a bha nan co-aoisich dhomh, fiù 's gu dòrtadh fala, na tilleadh chun an taighe. Cha mharbhadh gin dhen chloinn mi.

Aig an aois ud bha mi cho beag 's le cho beag comas mi fhèin a dhìon bho fhòirneart inbhich, is gun robh an t-eagal, cha mhòr, gam bhàthadh. Uaireannan, gu litireil, cha mhòr. Aidichidh mi a-nis, ged nach dèanainn aig an àm e, gum biodh eagal cho brùideil ormsa air an oidhche 's gum fliuchinn mo leabaidh uaireannan. Nuair a dh'fhairichinn am mì-chofhurtachd ud nam aotroman, cha bhiodh pòr dhìom ag iarraidh èirigh, air eagal 's gun dùisginn esan 's gun toireadh e ionnsaigh orm. Mar sin, bhithinn an dòchas gun deigheadh agam air mo dhileag a chumail a-staigh gu madainn. Ach bu tric nach deach aig mo chorp air a dhèanamh. Nuair a dhùisginn, dh'fhairichinn am fliche fodham: m' aodach-leapa, aodach na leapa 's am bobhstair – bog fliuch. Air mo nàrachadh, dh'fhàs mi math air rudan fhalach.

Dh'fhàs mi cuideachd math air ruith. Bu tric a ruithinn nam dheann tron chidsin 's mi a' dèanamh air an doras-cùil. San dol seachad, ghreimichinn air làn-dùirn bìdh: Corn Flakes, mar bu trice, 's theichinn a-mach gu sàbhailteachd. Seadh, bha sàbhailteachd air taobh a-muigh an taighe. 'S cha sguireadh mo chèabardan mòra gus am bithinn fada gu leòr air falbh bhon taigh airson mo dhinnear ithe gun e a bhith air a spìonadh bhuam, 's gun sgleog eile fhaighinn.

'S a' bruidhinn air a leithid, sin rud eile a bu lugh orm. Airson beagan spòrs, nuair nach robh dùil agam ris, bheireadh m' athair breab aon chorraig dhomh air cùl mo chluaise. "Siud a' chuileag. Marbh a-nis," chanadh e le lasgan magail. B' e sin an taisbeanadh a bu ghràdhaiche a bh' aige dhuinn uile. Bhiomaid an-còmhnaidh air ar clisgeadh 's sinn faisg air.

Ach air ais gu biadh. Cha robh cus bìdh ann, oir bha esan gu tric "ga òl 's ga mhùn ris a' bhalla" mar a chanadh Mam. Mam bhochd. 'S iomadh uair a chuir ise biadh seachad air a beul fhèin airson dèanamh cinnteach gun robh rudeigin againne. Mu dheireadh thall ge-tà theich i le Sandy a' Bhalgair. Ged a bha Mam fhèin ag òl tòrr cuideachd, bha miann agamsa a dhol còmhla rithe. Gheibhinn tròcair air choireigin bhuaipe-se. Ach, cha robh Sandy gam iarraidh; cha robh Sandy ag iarraidh gin againn. Sgeul ar beatha.

Mar sin, chaidh an ceathrar againn fhàgail san taigh lom ud còmhla ris-san. Nuair a dh'fhalbh i, bha sinn ga h-ionndrainn. Ach bhiodh an dachaigh meadhanach sìtheil, tron t-seachdain. Bhiodh argamaidean fhathast a' dol, ach gu sealbhach cha bhiodh uimhir de bhuillean a' tighinn bhuaithe-san.

Bha aon oidhche ann ge-tà nuair a chaidh m' athair na b' ìsle na brù seilcheig. Bha an dearg chaothach air am feasgar sin, a chionn 's do dh'fhan mi a-muigh gus an robh i dorcha agus gun robh m' aodach salach, fuilteach nuair a thill mi. Seo a rinn e.

"Alasdair! Cùm an cnap salchair sin na shìneadh air an làr!" Dh'èigh e. "Suidh! Suidh air a chom 'son nach tèid aige air a ghàirdeanan a ghluasad!" An uair sin dh'àithn e do Thormod mo bhualadh san aodann, le dhùirn, mar pheanas. Deich tursan. "A-rithist, a bhalaich! A-rithist, a-rithist! Nas cruaidhe! A-rithist! Nas cruaidhe thuirt mi..." Dhòmhsa dheth, bha e dona gu leòr e fhèin a bhith gam bhualadh, ach a bhith a' toirt orrasan sin a dhèanamh air a shon-san – salachaireachd!

Le mar a bha cùisean, cha robh but dhìomsa ag iarraidh ùghdarras sam bith os mo chionn. Mar sin, cha deachaidh mi dhan sgoil cus bhon àm a bha mi dà dheug gus an robh mi sia bliadhn' deug, nuair nach fheumainn a dhol innte tuilleadh. Agus, am beagan uaireanan a chaidh mi innte, gheibhinn trod co-dhiù. Bha tidsearan ann a bha ro dheiseil mo pheanasachadh, son an rud bu lugha.

"Am-a-dain bal-aich, cha bhi feum sam bith ann-ad gu bràth!"

Ach bha feum annam. Mun àm a bha mi sia bliadhn' deug bha mi fìor chomasach lem dhùirn. Bha mo bhodhaig a' fàs neartmhor 's bha mise a' tòiseachadh air tuigsinn gum b' urrainn dhomh mi fhèin a ghiùlain gu gleusta ann an còmhstri. Nuair a thigeadh bragairneach gam fheuchainn cha robh leisg sam bith orm sealltainn dha dè dìreach cho math 's a bha mi air cruth-atharrachadh a dhèanamh. Aidichidh mi gun do chòrd e rium eagal fhaicinn ann an aghaidhean fuilteach mo nàimhdean, 's iad air an clisgeadh fom sgàile-sa, air an làr.

Bha mise deiseil is deònach. Dh'fhàs an dreòs agam goirid, mo nàdar eangarra 's mo spreathaidhean feirge cumanta. B' e sin a-nis mise. Cha robh a dhìth orm ach drama no dhà. Dhèanainn sabaid sna taighean-seinnse, sna clubaichean, 's air sràidean a' bhaile. Agus cha robh cràdh a' ciallachadh càil dhomh, fhad 's a bhuanaichinn. An dèidh treis cha robh fiù 's buannachadh gu diofar. Coltach ri spòrs sam bith eile, b' e "a bhith a' gabhail pàirt" a bha cudromach! Taing dham athair. Oir 's seo an rud: às dèidh dhut a bhith air do dhochann led fhuil 's led fheòil fhèin, chan eil e gu diofar cò eile nì e. Thèid lotan athar nas doimhne na feadhainn sam bith eile san t-saoghal. Fada fichead!

Aon oidhche, às dèidh do dh'aon amadan mo phutadh mu choinneamh càr air prìomh shràid a' bhaile, chuir mise riochd ùr air aodann. An uair sin, mar a thachradh, nochd còignear dhe na caraidean aige 's chaidh iad uile an sàs annam. Habair buzz! Bha e sgoinneil. Dhòirt breaban coise 's buillean dhòrn orm bhon a h-uile h-àird. Ach goirt, geàirrte 's mar a bha mi, bu mhise a chaidh dhachaigh sàsaichte, oir chaidh dithis dhiubhsan dhachaigh le asnaichean briste.

B' ann mun àm seo, 's mi fhathast nam dheugaire, a thòisich na h-ùghdarrasan air mothachadh dhomh. Shaoil iadsan gun robh mi caran ro bheòthail airson sràidean a' bhaile mhòir. Chleachd iad rabhaidhean-beòil an toiseach. Na toir gàir' orm! Cò an t-òganach riamh – dhem leithid-sa – a dh'èist ris a leithid? Aon uair 's gum fac' iad nach robh sin ag obrachadh, bhiodh iad gam thoirt dhachaigh sa chàr chumhachdach aca 's a' bruidhinn rim athair mum "ghiùlan". Ghealladh esan gu dùrachdach gun cumadh e sùil orm 's nach tachradh e a-rithist. Aon uair 's gum fàgadh iad ceann an rathaid againn, spadadh e mi. 'S, cho luath 's a b' urrainn dhomh, dhèanainn a-rithist e! Bha m' eagal a lùghdachadh is m' fhearg a' fàs.

Tha deagh chuimhn' a'm fhathast air a' chiad oidhche riamh a chaidh mo chur an grèim. Na bu tràithe air an oidhche bha mi a' sabaid ri Mac a' Strachain an deis-mheadhan a' bhaile, mu choinneamh a' Chemist. Bha mi ann an sunnd caothaich an oidhch' ud agus thug iadsan treis mus do ràinig iad. "Air mhisg 's ann an eas-òrdugh," dh'èigh aon oifigear mòr tapaidh 's iad gam shadail an cùl bhan Phoileas na h-Alba. Bha iad ag iarraidh mo chuingealachadh ann an cealla gus an sòbarraichinn. Nuair a fhuair mi a-mach, bha cuid dhe na balaich a' smaoineachadh gum b' e duine mòr a bh' annam. "Glaiste sna ceallan rè na h-oidhche?" Bha daoine a' bruidhinn mum dheidhinn 's ghlacainn an sùilean gam choimhead. Uaireannan, chithinn eagal annta cuideachd. Glan fhèin! Chòrd an cliù rium

Ghabh mi ceum eile nuair a thòisich mi air ùine a chur seachad ann an Ionadan Tèarainte Òigridh. Sin far an sadadh iad mi nuair nach nochdainn sa chùirt mar bu chòir dhomh. A-nis bha iad ag iarraidh mo chumail fo ghlas airson ùineachan na b' fhaide. Habair spòrs! Bha seo ùr, annasach an toiseach cuideachd; ged a dh'fhàs e caran àbhaisteach an dèidh treis.

Aon latha ge-tà thuirt Adam Hart, an Comhairliche còir a bh' againn san Ionad, "A Ruairidh Iain, na tilg do bheatha air an t-sitig. Tha thu comasach. Na bi nad amadan!"

An oidhche sin, nam leabaidh chruaidh, chuala mi guth eile: "A Ruai-ridh I-ain Dix-on! Am-a-dain bal-aich, cha bhi feum sam bith ann-ad gu bràth!"

Ach bha ainm agam a-nis agus nuair a gheibhinn a-mach às a' bhocsa, bhiodh na balaich threuna ag iarraidh iad fhèin àrdachadh nam aghaidh. Cha robh aonan dhiubh ann a chuireadh a' chiad eagal orm 'tà. Bha mi ro luath 's ro lùthmhor dhaibh uile, 's bha fios a'm air!

Bha aon sabaid ann nach dèanainn idir ge-tà. Ged a chuirte gunna rim chlaigeann cha deidhinn an sàs ann am boireannach air mo bheatha – fiù 's an tè, aig dannsa, a thug stilletto dhomh mun cheann 's mi ga sàbhaladh bhon fhear aice, a bha ga dochann. Habair taing! Uh-uh, cha bhuininn do bhoireannach idir. Cha robh aig fireannach ri dhèanamh ge-tà ach coimhead orm fon t-sùil 's thuiteadh an ceò dearg. Ach aig deireadh na h-oidhche bhiodh guth a' magadh orm: "Am-a-dain bal-aich, cha bhi feum sam bith ann-ad gu bràth!"

Sin ma-thà a' mhòr-chuid dhen eachdraidh a tha gam fhàgail-sa sa phrìosan an-diugh, nam shuidhe ann an seòmar lom far am faic mi na breigichean cruaidh sa bhalla (ged a dh'fheuch cuideigin rim falach fo pheant soilleir pinc). Tha an àirneis lom 's tha oifigear prìosain – a tha uimhir ri beinn – na sheasamh aig an doras, gam amharc le ceann lom cuideachd. A h-uile càil lom, aon uair eile.

Tha fear a' tighinn a-steach, agus sa bhad tha e air a stiùireadh gu suidheachan aig mo bhòrd-sa. Tha coltas air nach eil e idir cofhurtail suidhe mum choinneamh. Saoil an cual e mum dheidhinn? Saoil a bheil an t-eagal air? Chan eil coltas an eagail na shùilean. Tha mise a' cur ceist air, "Innis dhomh mud dheidhinn fhèin."

"Carson a dh'innsinn-sa càil dhutsa?" ars esan.

"Carson nach innseadh?"

"Duine bog sa mheadhan chlas! Dè 'm fios a bhiodh aig do sheòrsa-sa air mo shuidheachadh-sa."

"Sa mheadhan chlas? Carson a thuirt thu sin?" arsa mise.

"Aodach spaideil, brògan gleansach agus sròn a bhrist thu a' cluiche rugbaidh còmhla ri balaich bheairteach na sgoile phrìobhaidich agad, tha mi creids'. Sin carson! Dè an t-eòlas a th' agadsa air dìth 's air fòirneart, nad aodach bhog?"

Cha robh fios aigesan air an treòrachadh fhoigidneach a fhuair mise bho Adam Hart, san Ionad. Cha robh fios aige air an obair chruaidh a rinn mi son foghlam fhaighinn – gus cuideachadh a thoirt do dh'fheadhainn eile coltach riumsa, gus iad fhèin a lorg.

"Tha thu ceàrr, 'ille. Oir bha latha ann nuair a bha mise air an taobh sin dhen bhòrd. Ach tha mi an seo an-diugh airson innse dhutsa nach e amadan sam bith a th' annad agus gun urrainn dhut feum mòr a dhèanamh san t-saoghal seo."

B' e sin a thuirt Ruairidh Iain Dixon BA, PsychD. Duine feumail.

Mo Chinneadh?

cinneadh f.
¹ còmhlan theaghlaichean aig a bheil, mar as trice, an aon shinnsireachd; fine.
² clann; sliochd. ³ treubh; còmhlan. ⁴ sloinneadh; ainm deireannach.

A' suidhe leam fhèin a-rithist, nam sheòmar, tha solas an sgàilein geasach. Tha mo shùilean sgìth 's iad a' sireadh barrachd mìneachaidh. Chan e idir nach eil mi ag aontachadh ri faclan an t-solais. Tha iad ceart... cho fada 's a thèid 'ad. Ach, ann an doimhneachd mo chridhe, tha fios agam gu bheil barrachd ri cinneadh na dh'aithris am faclair.

Dhòmhsa, tha cinneadh cuideachd a' ciallachadh sgeulachdan teaghlaich, fèin-aithne 's fèin-thuigse. Tha e gu sònraichte a' ciallachadh eachdraidh, nì a tha do-sheachainnte airson slàint'-inntinn.

'S e pàirt dhen adhbhar a tha mise dhen bheachd seo, gu bheil ainm deireannach neo-àbhaisteach ormsa: de la Bédoyère, fear nach eil air teaghlach eile san eilean agam. B' e sin ainm athair mo mhàthar, ann t-arc-eòlaiche Terence de la Bédoyère, a thàinig à Sheffield a Bharraigh a rannsachadh làraichean àrsaidh an eilein. Rinn e obair mhòr an sin agus mar a nì mòran dhaoine a thig dhan àite seo, dh'fhuirich e.

Cha do dh'fhairich mi gum faodainn barrachd foghlaim mum eachdraidh gus an do chaochail mo mhàthair. Oir, nuair a bha ise beò cha robh i idir airson bruidhinn mum dhualchas choileanta; dìreach an taobh aicese dhen teaghlach. Ach bhon a dh'eug ise, Amanda, bha saors' agam barrachd ionnsachadh.

An toiseach bha mo rannsachadh tàireil. Air-loidhne, air *Sir na Sinnsirean*, bha a h-uile càil ùr dhomh: uimhir de dh'fhiosrachadh 's gun sgot agam càit an tòisichinn. An dèidh beagan stiùiridh ge-tà, bho Jill Dawson, sinnsir-eòlaiche ar sgìre, dh'fhàs m' obair na b' fhasa. Bha ise cuideachail agus chan eil *Dàimh*, an t-ionad-obrach aice san t-seann taigh-sgoile ann am Bàgh a' Chaisteil, ach astar goirid om dhachaigh. (Uill, chan eil àite sam bith san eilean ach astar goirid uaithe. Trì mìle deug timcheall air cearcall-rathaid an eilein.)

Leis a' chleachdadh, dh'fhàs mi na b' eòlaiche a thaobh ciamar a lorgainn teisteanasan-breith, teisteanasan-pòsaidh, 's teisteanasan-bàis. Nuair a thigeadh e gu ainmean, dh'ionnsaich mi gum feumainn m' inntinn a chumail fosgailte 's nach b' fhiach a bhith ceangailte ri riochdan. Dh'fhaodadh ainmean-cinnidh a bhith air an litreachadh an dòighean eadar-dhealaichte, mar a thachair le tòrr fhògarraich a leithid MacDonald, MacDonny, McDonnell, McDonaill, McDonall, McDaniel agus… Donaldson.

Le cinnt nam chomasan, thòisich an rannasachadh air còrdadh rium.

Bha seo gu h-àraid fìor nuair a dh'fhiosraich mi gun robh aon fhear ann an loidhne-teaghlaich mo mhàthar aig Waterloo, ann an 1815! B' esan Charles de la Bédoyère, General de Brigade agus aide-de-camp do Napoleon. B' esan fear dhe na daoine mu dheireadh a dh'fhàg am blàr-catha. Smaoinich! Gaisgeach san teaghlach. Ach fear a bh' air an taobh a chaill!

Mar sin, nam strì gus fèin aithne fhaotainn, an canainn gum b' e Frangach a bh' annam?

Uill, bha meas agam air ìomhagh nam Frangach. Sna filmichean, bhiodh na mnathan an còmhnaidh très élégant, mar gun do thogadh iad uile ann an sgoil eireachdais; no bohemian, no avant-garde. Bhiodh na fir debonair. Rim linn-sa, bhiodh fiù 's an fheadhainn a chluicheadh rugbaidh dhan dùthaich aca a' cluiche ann an dòigh a bha ealanta, sgileil. Bha iad stampail. Agus a thaobh bìdh, bha iad gun choimeas – 's am biadh aca an dà chuid délicieux agus délicieuse!

Ach, cha do thogadh but dhìomsa san Fhraing. Leis an fhìrinn innse, bha seòrsa de nàir' orm nach robh Frangais agam. Oir, bha i a' beantainn dham fhuil, gu follaiseach, nam ainm. A thuilleadh air a sin, nam leanabachd, dh'adhbhraich mo chinneadh gun robh mi nam aonar. Mar a thuirt mi, cha robh e air daoine eile nam choimhearsnachd agus nar n-òige, chan eil dad nas miosa na bhith diofraichte. Chan eil àite ann a tha nas aonranaiche na an t-iomall.

Mar sin, cha shàsaicheadh e idir mo chridhe-sa 'Frangach' a ghabhail orm fhèin.

Cha robh sin na dhragh ge-tà, oir cha b' e Gaulaich a-mhàin a bha nam shinnsireachd. Fhuair mi a-mach gun robh measgachadh de dh'fhuil nam chuislean. Thar an dà cheud bliadhna a dh'fhalbh, bha tòrr dhen stuth dhearg nam chorp Sasannach agus Angla-Èireannach!

Mar sin, am faodainn cantainn gum b' e fear dhiubhsan a bh' annam?

Feumaidh mi aideachadh gun do chuir e iongnadh orm uaislean mòra Sasannach fhaicinn an geugan mo chraoibhe. Gu h-àraid Tighearnan Shiorrachd Lincoln, Diùcan ann am Manchester 's Iarlan ann an Salisbury. Urracha mòra! Ach, am b' e duine uasal a bh' annamsa? Hud! Thalla! Bhuininn-sa dhan chlas a bhiodh ag obair airson bith-beò a dhèanamh. Gu poilitigeach, bha cogais shòisealta agam.

Dè, ma-thà, a bha annam? Feumaidh duine a bhith na rudeigin. Nach fheum? Feumaidh e a bhith na chuideigin. Dè bh' air fhàgail?

Angla-Èireannach? Às dèidh na freagairt mu dheireadh, fàgaidh mi an 'Angla-' far a bheil e.

Èireannach, ma-thà? Ar leam gun robh sin na b' fheàrr! Tha meas aig a h-uile duine, air feadh an t-saoghail, air na h-Èireannaich. A' fuireach mar a tha mi am Barraigh, tha dàimh-cridhe cumhachdach againne riuthasan. Tha fiù 's an t-àite far an tàinig an Naomh Brianan air tìr sòraichte dhuinne chun an latha 'n-diugh. Air a' mhachair ris an can sinn an Sligeanaich, làimh ri Gob Bhuirgh, tha làrach gheamannan an eilein.

Ach, 's nach fheumadh fear dhiubh sin a bhith ann, cha do chuir mi seachad aon latha dhem bheatha a' còmhnaidh san tìr àlainn acasan na bu mhotha. Mar sin, ged a bha barrachd air meas agam orra, cha robh m' fhuil a' faireachdainn 'uaine.'

Air an adhbhar sin dh'fhan a' cheist: dè no cò a bha annam?

Uill, air taobh mo mhàthar, air aon gheug, bha duilleag air nach tug mi iomradh. Na Dòmhnallaich! Bha Dòmhnallaich ann, à Gleann Comhann. A-niste, bha iadsan ainmeil.

Leugh mi gun deach an stèidheachadh le fear Iain Fraoch Dòmhnallach, am mac a b' òige aig Aonghas Òg Ìle, còigeamh ceann-cinnidh Chloinn Dòmhnaill. Chathaich Aonghas Òg ri gualainn A' Bhrusaich, aig Blàr Allt a' Bhonnaich ann an 1314! Niste, b' e siud an eachdraidh!

Nuair a phòs mac Iain Fraoch nighean MhicEanruig, ceannard Ghlinne Comhann, fhuair e an talamh. Ach 's dòcha gun do rinn a shliochd aithreachas gun d' fhuair e riamh seilbh air Gleann Comhainn. Oir, tràth sa mhadainn, 13 Gearran, 1692, thuit dòrainn air na Dòmhnallaich an sin. Air latha an uilc, an dèidh dhaibh aoigheachd a thoirt do shaighdearan fo smachd Raibeirt Chaimbeul, Ghlinn Lìobhainn, chuir na dearbh shaighdearan sin trithead 's a h-ochd dhe na Dòmhnallaich chòir, a bha gun armachd, gu bàs. An uair sin, chuir na Caimbeulaich na taighean aca nan teine. Latha dubh do dh'Alba; masladh sìorraidh dha na Caimbeulaich! Nuair a leugh mi seo, bha m' fhuil a' goil agus thuig mi gun robh mi a' faireachdainn na b' fhaisge air an eachdraidh seo na bha mi air fear sam bith eile. Dh'aontaich mo chridhe nuair a leugh mi gun robh sanas air doras Taigh-òil na Clachaig, an Gleann Comhann, a bha ag ràdh, "No Hawkers or Campbells."

Thogadh mise ri taobh na Tràighe Mòire an eilean Bharraigh 's chuir mi seachad mo bheatha ann. Bha Alba na bu dlùithe rim chridhe, ach bha tòrr fhathast a dhìth air m' fhèin-thuigse.

B' e pàirt dhen adhbhar, nach robh athair agam. Uill, bha athair agam. Tha athair aig a h-uile duine. Ach, 's e seo a tha mi a' ciallachadh: nach deachaidh mo thogail cuide ris. Mar sin, nam leanabh cha robh athair agam gus m' eachdraidh choileanta a theagasg dhomh. Agus bha an t-adhbhar a dh' fhàg seo mar a bha e na dhìomhaireachd dhomh, gu tur. Ged a bhragainn, fhad 's a bu bheò i, cha toireadh mo mhàthair fiosrachadh sam bith dhomh ma dheidhinn. 'S cha dèanadh i idir a-nist e.

Cha b' e nach do dh'fheuch mi ri fhaighinn bhuaipe. Nuair a bha mi dhà dheug – nuair a thòisich na ceistean mum fhèin-aithne air m' ithe – dh'fhaighinich mi dhith ma dheidhinn. Ach chaidh Amanda sàmhach 's cha do bhruidhinn i rium airson treis às dèidh sin. Mar sin, chùm mi mo bheul dùinte 's chùm mi orm san aon dòigh gus an do chaochail i aig 36, le caitheamh a' ghrùthain. Bha mise naoi-deug.

B' ann air an latha a bha sinn ga tiodhlaiceadh ge-tà a fhuair mi barrachd iomraidh air cò a bh' annam – bho shealladh taobh eile an teaghlaich.

Às dèidh an tòrraidh, chaidh cuid againn chun an taighe-òsta sa Bhàgh a-Tuath, gus deoch is greim a ghabhail. Timcheall air bùird nan ceapairean 's nan rolaichean-isbein, rinn sinn uile oidhirp air faighinn a-mach dè a bh' air tachairt dhan teaghlach, bho dhà thaobh Chaolas Bharraigh, on a choinnich sinn aig an adhlacadh mu dheireadh. 'S chaidh na h-aon sgeulachdan ath-innse.

Faisg air an deireadh ge-tà, mus robh sinn a' dol a thòiseachadh air fàgail, dh'èirich mi gus dèanamh cinnteach gun toirinn taing dhan a h-uile duine a thàinig a dh'fhàgail soraidh aig Amanda. Bha piuthar mo mhàthar, Peigidh, às an Òban, agus Patty, an nighean aice, leotha fhèin aig bòrd san oisean. Len dromanan rinn, bha iad a' cagarsaich. Chaidh mi a-null thuca. Ach, mus do ràinig mi chuala mi Peigidh ag ràdh, "Dh'fhuiling Amanda bhochd, nuair a thachair an rud eile dhi... leis an fhear a bh' ann. B' e sin a thionndaidh chun na dibhe i. Tha mi deimhinnte gum b' e sin a thug bàs dhi!"

"Bha e duilich mar a thachair," fhreagair Patty. "Saoil càit a bheil, Dùghlas... na làithean sa?"

Cha robh mi ag iarraidh buaireadh a dhbhrachadh aig tiodhlaiceadh. Mar sin, thionndaidh mi air mo bhonnan is rinn mi air an doras. Dùghlas? Am b' e sin ainm m' athar? Dùghlas? Cha robh dealbh, cha robh litir, cha robh aodach, cha robh cuimhneachain sam bith idir, idir agam co-cheangailte ris. Ach, bha ainm agam dha a-niste. Mo cheum-inntrigidh! Thòisich na ceistean gam ithe gu buileach an uair sin.

Cha leiginn leas càil fhaighneachd do Pheigidh ge-tà, oir, coltach rim mhàthair, bha ise cuideachd cho dùinte ri creachan na mara. Mar sin, chuir mi romham a dhol far an robh mo cho-ogha, Patty, agus dh'fhaighnichinn dhìse ma dheidhinn. Dh'fhòn mi thuice 's thuirt mi dìreach gum bu toigh leam tighinn a chèilidh oirre.

"Glan," ars ise, "uair sam bith."

Nuair a shuidh mi còmhla rithe, sa chidsin san t-seann taigh aig Fear Channaigh ann an Suidheachan, dh'fhaighnich mi dhith dè a b' aithne dhìse mum athair. Lìon eagal a sùilean na bu luaithe na lìonadh an sàl am beàirn eadar Cnoc Chiall is Orosaigh. Chaidh i bog balbh. Ghabh mi eagal gun dùnadh i na dorsan orm mar a dhèanadh muinntir an taoibh ud dhen teaghlach air fad.

Ach a' guidhe oirre, thuirt mi, "Cuimhnich gu bheil mo mhàthair air caochladh a-nis 's mar sin chan eil thu a' dol a dhèanamh dìmeas sam bith air oirre."

Tharraing i anail mhòr a-steach agus thòisich i, "Choinnich do mhàthair 's d' athair air a' bhàt'-aiseig, An Claymore, a bha a' seòladh eadar an t-Oban, Loch Baghasdal 's Bàgh a' Chaisteil. Bha an dithis aca ag obair do Chal Mac aig an àm. Bha ise a' frithealadh san àite-bìdh; bha esan a' còcaireachd sa ghailidh." Stad i a shealltainn nam shùilean.

"Seadh?"

"Uill, ghabh iad nòisean dha chèile sa bhad. Bha i brèagha na h-òige, Amanda... 's thòisich iad air suirghe. Bha 'n dithis aca gòrach mu dheidhinn a chèile." Sheall i nam shùilean a-rithist.

"Carson ma-thà," arsa mise, 's mo cheist cho nàdarra 's a ghabhadh, "nach do dh'fhan iad còmhla?"

"Bha 'd ag iarraidh sin a dhèanamh agus nuair a thuig iad gun robh i trom, bha iad ag iarraidh pòsadh. An dithis aca," thuirt i gu misneachail. "Bha Dùghlas airson a pòsadh sa bhad."

"'S carson nach do rinn e sin?"

"... Cha leigeadh a phàrantan leis."

"Cha leigeadh iad leis?" cheasnaich mi gu mì-chreidmheach i, oir shaoil mi, ma tha thu aosta gu leòr airson leanabh a dhèanamh, tha thu aosta gu leòr airson seasamh rid phàrantan.

"Cha leigeadh! Cha robh esan ach ochd-deug. Ise seachd-deug. Mar sin, cha cheadaicheadh iad dhàsan a bheatha a "thilgeil air falbh"... mar a thuirt iad fhèin."

'Do bheatha a thilgeil air falbh?' shaoil mi, 'leanabh a bhith agad?' Am b' e sin a chreid m' athair? Feumaidh gum b' e, oir dh'fhàg e sinn. Bhrùth an tàmailt suas. Cha robh annam ach clach-mhuilinn mu amhaich. Ach, b' e seo a thuirt mo bheul, "Chan eil rian nach robh sin doirbh dha."

"Bha. Chuala mise gun deach e fiadhaich leotha," fhreagair i. "Sin a thuirt mo mhàthair. Ach bha a phàrantan rag. Bha airgead aca 's cha ghèilleadh iad air chor sam bith."

"'S dè thachair?"

"Thug 'ad air falbh e."

"Eh?"

"Thug iad air falbh às an Òban e. Thàinig iad ga iarraidh iad fhèin, ann an càr spaideil."

"'S càit an tug iad e?"

"Air ais gu... Fartairchill... chuala mi."

"Càite?"

"Fartairchill, siorrachd Pheairt. Bha taigh-òsta aca an sin, faisg air Obar Pheallaidh. Saoilidh mi gun tuirt cuideigin gun do chuir iad a dh'obair e, dhaib' fhèin, sa chidsin, a' còcaireachd dhaibh. Ach chan eil an còrr a dh'fhios a'm ciamar a chaidh dha an dèidh sin."

Chòrd e rium gun robh e ag iarraidh gum fuiricheamaid còmhla. Ach daingead air! Carson nach do thill e? Agus, dh'èirich ceist eile cuideachd: 'Saoil am biodh e airson coinneacheadh rium?' Mhiannaich mo chridhe-sa coinneachadh ris-san. Ach, thàinig mi chun a' cho-dhùnaidh nach deighinn na ghaoth. Shaoileadh cuid gun robh sin neònach, 's an cothrom agam. Ach, agus b' e seo cnag na cùise: bha an t-eagal orm! Thar nam bliadhnaichean bha mise air dealbh a dhèanamh dheth: dealbh òirdhearc. Bha e na ghaisgeach agam. Ach, dè mura b' ann mar sin a bha e? Dè mura biodh e airson gnothach a ghabhail rium? Sgriosadh sin a h-uile h-aisling a bh' agam riamh. Bhiodh e na bu shàbhailte a sheachnadh.

Ach bha rudeigin, mar tharraing na gealaich air gluasadan na mara, gam thàladh a-nis. Fartairchill? Dh'fheumainn a dhol ann!

Mar sin, a dh'aindeoin theagmhan, dh'fhàg mi Barraigh nam chàr bheag uaine agus às dèidh dhomh an t-Òban a ruigsinn, rinn mi mo shlighe a Shiorrachd Pheairt.

Nuair a ràinig mi, bha an t-àite air a chuairteachadh le craobhan 's bha an talamh còmhdaichte le brat de dh'fheur gorm. Bha an taigh-òsta fhèin coltach ri seòrsa de chaisteal beag Bhictorianach, le ballachan air am peantadh geal, colbhan mòra cloiche far an robh am prìomh dhoras agus seòmraichean os a chionn. Coltas an airgid!

Ach an uair sin, dh'fhàs mo cheann trom le uallaichean agus thàinig crith nam bhodhaig. Dh'fhan mi nam shuidhe sa chàr 's mi a' ròghnachadh dè a dhèanainn. Mu dheireadh thall, ghabh mi a-mach air an doras. Bhuail mi dùint' e, le trost! Stad mi 's tharraing mi anail dhomhain 's leig mi osna a cheart cho domhain asam. Is choisich mi suas chun an dorais.

A-staigh am broinn an taigh'-òsta, bha an t-àite seann-fhasanta: cinn fèidh air na ballachan, dealbhan de dh'àiteachan Gàidhealach 's rudan mar sin. Bha duine òg na sheasamh aig an deasga: deise, lèine 's taidh – uile dubh. Cha robh suaip aige idir rium. Ach sheall esan ormsa mar neach a nì aithne gun eòlas.

"An urrainn dhomh ur cuideachadh?" thuirt e gu modhail le fiamh-ghàire phroifeasanta air aghaidh.

"Aidh," arsa mise 's mi a' sgùradh a-mach m' amhach, "A bheil Dùghlas fhathast ag obair an seo?"

"Tha gu dearbh. 'S ann leis a tha 'n t-àite!"

"Emmm, bu toigh leam bruidhinn ris... nam biodh sin ceart gu leòr?" Bha mo bheul tioram.

"Faodaidh gu dearbh. Ach tha mi duilich, tha Mgr Caimbeul a-muigh còmhla ri bhean 's an dithis bhalach ac' an-dràsta. Am faod mi brath a thoirt dha?"

"Caimbeulach? Le teaghlach? Eh-um... Och... na gabh dragh. 'S docha gun tadhail mi air... hà-um... uaireigin eile."

'S le sin, thionndaidh mi is thill mi dhan àit' às an tàinig mi. Uill, cha mhòr.

Na Bhriogais Ghoirid

Thàinig gioball òg na bhriogais ghoirid na dheann ruith sìos an staran chun an taighe. Le anail na uchd, ghnog e air peant brùchdte an dorais.

Nuair a nochd a' bhean-taighe mu dheireadh thall cha tuirt i ach, "Seadh?"

Le spreigeadh na ghuth, fhreagair am balachan, "An ath-oidhch' tha sinn uile a' dol a chomharrachadh an latha aoibhneil le teine mòr, shìos air an Fhaithir Mhòr, air an Druim Ruadh! 'S tha cuireadh agaibhse tighinn cuideachd." Agus sheall e oirre le gàire bhlàth air aghaidh.

Ach dh'fhan ise sàmhach...

B' e giullan prìseil a bh' ann an Raibeart. Bha e diùid, tlachdmhor agus dìleas gu bàs. Ged a bhuineadh a phàrantan dhan Ghàidhealtachd, thogadh esan ann am baile mòr Dhùn Èideann – far an robh, cha b' e a-mhàin aon bhùth, ach a dhà dhiubh, aig a phàrantan. Sna taighean-marsantachd seo a bha suidhichte faisg air a chèile air an aon sràid, làimh ris na Lèanaichean, bhiodh iad a' reic mheasan is ghlasraichean.

A thaobh eisimpleir beatha, fhuair e tè shoilleir. Oir bha an dithis a thug beatha dha – athair agus a mhàthair – dìleas agus math air obair. Gu ìre mhòr b' ann air sgàth sin a rinn iadsan teachd a-steach a dh'fhàg gu math cofhurtail iad, le beatha shòghail aca. Bha saoghal sòisealta beòthail aca cuideachd. Bhiodh iad daonnan a' dol dhan taigh-dhealbh 's dhan taigh-chleasachd 's a' mealtainn dhinnearan matha le aoighean cuideachd. Bu bhrèagha an latha a bh' aca dheth. Dh'fhàs e na b' àille buileach nuair a rugadh dithis chloinne eile dhaibh ann an cas-cheumanan beaga a' chiad-ghin.

Ach, san t-Samhain 1927, dh'atharraich cùrsa na gaoithe.

Chaochail seanair Raibeirt bhig, Coinneach Ruadh, athair athar. Agus on a b' e athair Raibeirt, Eachann, an t-oighre, chaidh croit an teaghlaich thuigesan. Bha a' chroit sin ann an Inbhir Àsdal, air bruaichean Loch Iubha, san Iar-thuath.

Sa chiad dol a-mach cha robh iad deònach an deagh bheatha a bh' aca sa bhaile mhòr fhàgail. Uill, cò a bhitheadh? Bha na bùithtean aca soirbheachail 's a' buileachadh dòigh-beatha orrasan a mhiannaicheadh mòran, fiù 's sa bhaile mhòr fhèin.

Ach, a rèir a' chleachdaidh, bhiodh daoine a' sùileachadh gum feumadh athair Raibeirt bhig tilleadh dhachaigh a choimhead às dèidh na croite. Bha an aon bhràthair a bh' aige air caochladh, 's mar sin cha robh fear eile ann a chumadh an talamh san teaghlach. Bha imrich do-sheachanta.

Gu dearbh cha robh sin gu bhith furasta do dh'Anna, màthair Raibeirt bhig. À Drochaid Sguideil, cha robh ise riamh air fuireach san Iar-thuath. 'S a bharrachd air sin, bha a beatha ghoireasach a' còrdadh glan rithe sa Phrìomh Bhaile. Bha i a' mealtainn toradh a saothair. Oir gun cheist bha ise air a cuid fhèin a dhèanamh gus a' bheatha sin fhàgail cho cofhurtail 's a bha i.

Ach ge bith dè mar a bha iad fhèin a' faireachdainn, aig deireadh an latha, b' e Gàidheal a bh' ann an athair Raibeirt – fear a dhèanadh a "dhleastanas."

Mar sin, a bharrachd air an cuid cloinne, dh'fhàg iad a h-uile càil a b' ionmhainn leotha sa bhaile-mhòr agus chaidh iad dhan bhaile bheag sgapte ud, faisg air Geàrrloch.

Feumar a ràdh, ge-tà, gun do chòrd e glan ri Raibeart gun robh cead aigesan a-nis a bhith a' ruith sìos a' bhruaich fon taigh ùr aca, fad na slighe sìos chun an raoin chòmhnaird far am biodh gillean a' bhaile uile a' cluiche ball-coise. Cho fada 's a mhaireadh solas an latha, bha saorsa ruith is ruaig aige. Esan 's a bhriogais ghoirid.

Bha an raon sin shìos suidhichte troighean bhon tràigh a bha a' coinneachadh ri muir loch-mara Loch Iubha – far am biodh bàtaichean cogaidh air acaire sa gheàrr-ùine.

Ach ged a chòrd an t-saorsa ris-san, cha b' fhada gus an do thuig a phàrantan gun robh beagan de dhaorsa a' tighinn orrasan ann an uisge-stiùireachd na h-imrich. Oir, taobh a-staigh mìos no dhà, dh'fhoghlaim iad nach robh airgead gu leòr an luib a' chroitearachd. Cuin riamh a bha? Mar sin, a thaobh teachd-a-steach, dh'fhàs gnothaichean teann dhaibh. Agus, cha b' fhada idir gus an do theirig cist'-ionmhais a' bhaile mhòir.

Air an adhbhar sin, às dèidh mòran smaoineachaidh is deasbaid, thuig Eachann nach robh aige air ach obraichean a shireadh sna taighean-òsta air a' Ghàidhealtachd, gus bith-beò a dhèanamh. B' e a' chùis-ghràin ge-tà, gum feumadh e sia mìosan sa bhliadhna a chur seachad air falbh bhon dachaigh: bhon Ghiblean chun na Samhna. Ach air sgàth greim na h-èiginn, b' e sin a dh'fheumar a dhèanamh: a dhleastanas.

Chuir e a-nis a chùl ri "Inbhir Àsdal nam Buadh" 's thug e air, a dh'obair mar ghille-giùlain sna taighean-òsta. Bha an obair cruaidh, 's bhiodh an droch chruachan aige daonnan a' toirt tàire dha fhad 's a bha e ri shaothair, ach dh'fheumadh e airgead a chosnadh gus a chuideachd fhèin a chumail air am biadhadh, air an èideadh, 's fo fhasgadh tèarainte.

Gu dearbh cha robh a bheatha mar a bha i roimhe. Oir às dèidh dha airgead a phàigheadh airson seòmar-fastaidh 's airson biadh is eile, chuireadh Eachann am beagan a bh' air fhàgail – 's gu dearbh cha robh cus an sin – air ais chun an teaghlaich. Bha gnothach eile a' dèanamh diofar dhan t-suidheachadh cuideachd. B' ann a' sìor fhàs a bha an teaghlach sin, ann an-àird 's ann an àireamh. Agus b' e seo fìor chnag na cùise, thar nam bliadhnaichean b' ann a nochd còignear eile dhiubh. Bha ochdnar chloinne aca a-nis.

Mar a thuigear, a chionn gun robh an duine aice air falbh bhon dachaigh tòrr dhen ùine, bh' aig Anna ris an fheadhainn bheaga a thogail leatha fhèin. Obair shàraichte. Is minig a bha cho beag aice airson beathachadh a chumail riutha 's gum feumadh i obair a dhèanamh a' lomadh nan caorach airson muinntir a' bhaile agus bainne a reic riutha, dìreach airson gnothaichean a chumail a' dol. Bha ise cuideachd dripeil, dìleas dhan teaghlach.

Chunnaic Raibeart òg seo uile agus bha e ag iarraidh a mhàthair a chuideachadh. Mar sin, aon uair 's gun robh e aosta gu leòr, b' e sin a rinn e. Na bhalach, chaidh e an toiseach dhan tràigh fhaochag son airgead a chosnadh. Agus b' e a bha moiteil nuair a chaidh a' chiad thuarastal a chur na làimh. Cheannaich e seat-teatha china dha mhàthair, le ròsaichean beaga pince air.

Bha dà adhbhar aige airson seo. B' e Ròs an cinneadh a bh' air a mhàthair mus do phòs i athair agus b' e ròs phinc leis an ainm New Dawn an dìthean a b' fheàrr leatha san t-saoghal. Mar sin, b' e ròsaichean a gheibheadh ise bho "bhalach beag a mhamaidh." Nuair a fhuair i 'n china, chan fhaiceadh i aon fhlùr-bhileag – tro na deòir!

Cha do dh'fhalaich e riamh an gaol a bh' aige oirre. Na b' fhaide air adhart fhuair e tatù de chridhe dearg le 'Mo mhàthair' sgrìobhte na bhroinn.

Ach, bliadhna no dhà an dèidh sin, shèid gaoth nimheil tron Roinn Eòrpa. Is rinn Raibeirt rud a chuir uallach an cridhe a mhàthar – ghabh e sgillinn an rìgh. Ann an 1939, aig aois seachd bliadhn' deug, dh'innis e breug gus faighinn dhan arm. Fhuair e a mhiann.

Bha e a-nis na shaighdear le Gàidheil Earra-Ghàidheal is Chataibh. B' e a bha spaideil na dheise. Chòrd an trèanadh ris cuideachd, oir b' e balach lùthmhor, math air eacarsaich a bh' ann. Na cheann fhèin bha e a' trèanadh airson aon adhbhar a-mhàin – airson saorsa a theaghlaich a dhìon.

Cha b' fhada gus an cuala e mu na Comandòthan. Stèidhicheadh iadsan san Ògmhìos, 1940, airson gum biodh iad a' dol a-steach a dh'àiteachan far an robh an "nàmhaid" – gu tric air cùl nan loidhnichean – 's a dèanamh na b' urrainn dhaibh de chron. B' e lochd, milleadh is aimhleas a rinn iad! Bha iad math air. Cho math is gun do chuir am Führer fhèin òrdugh a-mach san Dàmhair 1942 ag ràdh, nam b' e 's gun deigheadh gin dhiubh a ghlacadh, gum bu chòir dhaibh uile a bhith, "air an sgrios chun an fhir mu dheireadh." B' e seo an Kommandobefehl no "òrdugh a Chomandò." Bha e an aghaidh Chùmhnant Genèbha; ach bha 's tòrr a bharrachd a chaidh a dhèanamh sa chogadh sin; air gach taobh.

Sa Ghearran 1941, chaidh Comandò Àireamh 9 a stèidheachadh. Chaidh Raibeart tro dheuchainn ach am faigheadh e a bhith na aon dhiubh. Shoirbhich leis a-rithist.

Chaidh e tro thrèanadh a bha daonnan air a dhèanamh le peilearan beòtha! Is chaidh tòrr rudan inntinneach a theagasg dhaib. Mar eisimpleir, chaidh a ràdh nach bualadh dealanach an aon àite dà uair. Mar sin, nam faiceadh iad toll a dh'fhàg mortar, bu chòir a dhol ann, oir bhiodh saighdearan a' gluasad an amais aca gach uair a leigeadh iad fear dhiubh sin às. Teagasg ùr, inntinneach.

Sgrìobh Raibeart gu mhàthair, "A Mhamaidh a ghràidh, Fhuair mi ur litir 's ur parsail – ris an do rinn mi gàirdeachas – 's tha mi a' toirt taing dhuibh air an son… tha mi air an cùrsa a chrìochnachadh an seo agus phasaig mi a-mach A1 's tha mi a' sùileachadh a bhith air mo chur fo òrdugh a dh'àiteigin a dh'aithghearr."

San Fhaoileach, 1944, chaidh esan 's Comandò Àireamh 9, air tìr ann an Anzio. B' ann an sin a chaidh toll mòr brùideil a reubadh a-mach à sliasaid chlì Raibeirt le pìos armachd nimheil a thàinig a' sgreuchail às an adhar gun fhiosta dha. Reub e an craiceann, na fèithean 's na cuislean aige nan ribeagan agus bha e air a leòn gu ìre cho mòr 's nach b' urrainn dha coiseachd. Chaidh a thoirt air ais a Shasainn.

An sin, nuair a chunnaic an luchd-altram cho dona 's a bha an lot aige, dh'innis iad dha cheannardan. Thuirt iadsan ris gum faodadh e a-nis an còrr dhen chogadh a chur seachad aig an dachaigh, le urram. Bha e air a chuid fhèin a dhèanamh. Cha b' urrainn an còrr iarraidh air. Bhiodh tòrr air an dearbh nì sin dhèanamh. Ach, cha b' e sin dhàsan.

Sa Ghiblean 1944 sgrìobh e gu mhàthair ag ràdh, "Dìreach sgròbag airson innse dhuibh gu bheil mi a' dèanamh adhartas fàbharach; an dòchas gu bheil seo gar faighinn-se uile gu math aig an dachaigh. Bidh mi ag èirigh a-nis air na feasgaran agus 's urrainn dhomh coiseachd mun cuairt gu ìre glè mhath... Tha an t-sìde àlainn, blàth a-nis. Tha gnothaichean a' dol gu dòigheil dhomh an seo agus tha mi air tòrr charaidean a dhèanamh ach tha saighdearachd air faighinn a-steach dham fhuil 's chan urrainn dhomh faighinn air ais chun an Aonaid agam luath gu leòr. Tha aon dhe mo charaidean air a dhol dhachaigh, chaidh a leòn na chas 's na shùilean agus chaidh an dà shùil a thoirt às, 's mar sin chan eil adhbhar gearain sam bith agamsa. Tha mi an còmhnaidh a' dèanamh fiughair ri ur litrichean. Tìoraidh an-dràsta. Mo gràdh oirbh uile, Bertaidh."

Sa Ghearran, 1945, bha e ann an Inbhir Àsdal còmhla ri mhàthair 's an teaghlach 's e fhathast a' dèanamh adhartas na choiseachd. Bha ise an dòchas gun dèanadh e an nì a cheadaich na h-oifigearan aige dha: a dhreuchd a chur dheth, le urram.

Ach, tràth sa Mhàirt, bha an t-Aonad aige air ais san Eadailt. Faisg air Ravenna, bh' aca ris an Roinn air fìor làimh chlì Mhairseal-raoin Khesselring a phutadh air ais. Mar sin dh'fheumadh iad a dhol tarsaing air loch ris an cante Comacchio.

Gu h-iongantach, a dh'aindeoin mar a chaidh a leòn 's a dh'aindeoin na chaidh a ràdh ris mu fhantainn san dùthaich, bha Raibeart air uimhir de dh'adhartas a dhèanamh na choiseachd is gun robh esan cuideachd air ais san Eadailt air an 20mh dhen Mhàirt, 1945.

Air an 29mh sgrìobh e gu mhàthair. "A Mhamaidh a ghràidh, ràinig mi an 'Eadailt ghrianach' air an 20mh ach cha robh seòladh stèidhichte agam chun an-dràsta. Tha na balaich uabhasach toilichte m' fhaicinn air ais. Ghabh iad iongnadh mòr nuair a choisich mi a-steach, shaoil iadsan uile gun robh mi gu bhith aig an taigh gu bràth. Thàinig iadsan a-nall bhon Ghrèig treis mhath air ais. Tha iad ag ràdh gun robh àm sgoinneil aca an sin. Chan eil mi ro dhona dheth an seo: tha biadh cho math 's a b' urrainn dhuinn a shùileachadh, gu leòr 'Burma Road,' is deilbh ghluasadach, is cuirmean ENSA a' cuideachadh a thaobh a bhith a' briseadh buaidh na dòrainn. Bha turas math againn a' tighinn a-nall, àiteachan-fuirich gu leòr, muir a bha ciùin, agus deagh bhiadh. Ciamar a tha a h-uile duine aig an dachaigh? Chan eil mi air seatlaigeadh buileach ceart fhathast 's mar sin chan eil cus sgeulachdan inntinneach agam. Uill, chan eil an còrr naidheachdan agam an-dràsta agus mar sin sguiridh mi. Gràdh thugaibh uile aig an dachaigh. Sgrìobh a dh'aithghearr, Bertaidh."

Bha aig an Aonad aigesan ris an rubha a bh' air taobh thall Loch Commachio "ionnlaid" bhon iar-dheas. Mus do dh'èirich an solas air a' chiad latha dhen Ghiblean, chaidh iad air tìr. Bha an RAF a' dèanamh fuaim os an cionn 's bha tancaichean cuideachd a' dol sìos is suas an rathaid air cùl an loidhne-toisich – airson nach deigheadh einseannan nan eathraichean aca a chluinntinn. Nach robh an t-arm fiù 's a' cluiche ceòl Wagner air fuaimneachain-àrd airson dèanamh buileach cinnteach nach tachradh sin.

Ach air an dàrna latha dhen Ghiblean, sa chath fhiadhaich a lean, chaidh 39 dhe na saighdearan aig Comandò Àireamh 9 a leòn. Chaidh naoinear dhe na saighdearan aca a mharbhadh cuideachd. B' e sin an latha a chaill Raibeart a bheatha.

Gu mì-fhortanach dhàsan cha robh am fiosrachadh a fhuair iad san trèanadh gu tur ceart. Oir, an deis mheadhan a' bhlàir, bha Raibeart air toll mortair fhaicinn 's air a dhol innte – nuair a thàinig ionnsramaid-bàis eile dhiubh a-steach.

Air ais ann an Inbhir Àsdal, fhuair an teaghlach litir-truais bhon Rìgh:

"The Queen and I offer you our heartfelt sympathy in your great sorrow. We pray that your country's gratitude for a life so nobly given in its service may bring you some measure of consolation. George R. I."

Na bu lugha na dà sheachdain – seadh, dà sheachdain – an dèidh bàs Raibeirt chaidh Comandò Àireamh 9 an sàs sa chath mu dheireadh aca.

Chaidh latha 'Buaidh san Roinn Eòrpa' a ghairm air Là na Sàbaid an 8mh dhen Chèitean. Thuirt aon iomradh, "The whole world seemed to go crazy with dancing, singing and parties in the street and celebration drinks."

Feumaidh nach do dh'innis duine dhan ghioball òg sa bhriogais ghoirid mu "bhalach a mhamaidh." Mar sin nuair a thàinig esan na ruith chun an taighe 's a thug e an cuireadh do mhàthair Raibeirt a dhol chun na pàrtaidh air an Druim Ruadh, cha do rinn i ach greim a ghabhail air an doras.

An uair sin sheall i air gu caomh 's thuirt i, "Ò a ghràidh, chan eil adhbhar subhachais sam bith againne." 'S, air a socair, dhùin i an doras agus choisich i air ais a-steach a dhubhar an taighe... mar a rinn iomadh màthair eile air feadh an t-saoghail aig an àm ud.

Guthan

"Cha ghabh sinn aon cheum air ais!" B' e seo duan a h-athar.

Air a h-àrach ann am Moscow, fhuair Galina Koroleva oideachadh a bha àbhaisteach dha latha. Mar bu ghnàth do luchd-leanmhainn na Pàrtaidh, thog a h-athair i gus a bhith cho dearg ris na caorainn. Gus a theaghlach a stiùireadh gu làitheil, shnaidh e fiù 's an sluagh-ghairm Chomannach ainmeil a th' againn gu h-àrd air balla a' chidsin, san sglàib.

Dhàsan, thòisich sgeul an t-saoghail san Dàmhair, 1917. Roimhe sin, cha robh càil ann. Bhon àm sin, bha. Dorchadas gu solas. 'S rinn iadsan a thuig seo adhartas.

"Tron adhartachadh a bhuilicheas loidsig saidheans-nàdarra is saothair chruaidh, obraichidh sinne còmhla, airson maith na Stàite," chanadh e. "'S cha ghabh aonan againn fiù 's leth shìnteag air ais!"

Thar bhliadhnaichean a h-òige, fhuair Galina oideas eudmhor a thaobh an Adhbhair. 'S bha ise deònach ath-aithris a dhèanamh air na beachdan a thoilicheadh esan agus iadsan. Oir 's toigh le clann bheaga am pàrantan 's an teaghlaichean a riarachadh. "Cha ghabh sinn aon cheum air ais!"

Ach mun àm a bha i a' fàgail nam bliadhnaichean-deug air chùl, bha atharrachadh air tighinn air a' Chath Fhuar. Leagh aiteamh am balla deighe eadar Sear is Siar. Dh'fhàs an Ruis na bu Shiaraiche.

Ged a bha buaidh feallsanachd a teaghlaich a' crìonadh ge-tà, chan aidicheadh duine dhiubhsan ris. Oir, bha iadsan fhathast nan dìlsich. Cha do chaill am pàipear-naidheachd am Bezbozhnik an t-àite aige air a' bhòrd aca. B' e seo ma-thà, an sealladh-saoghail a bha na chrò timcheall air Galina – an tè chaol seo, leis an fhalt fhada dhonn.

Bha inntinn chomasach, rannsachail aice cuideachd. Le a sùilean, bhiodh i a' sealltainn 's a' sgrùdadh; le a cluasan bhiodh i a' cluinntinn 's a' cumail cluas ri claisneachd.

Ach, le fuasgladh eadar Sear is Siar, thòisich ceistean air èirigh innte.

Ghlac aon rud a h-aire air an eadar-lìon. Choinnich i ri fuaim is fonn ùr, fear nach sùilicheadh duine dha leithidse. Agus nuair a chual' ise a' chiad phìos ciùil sa Ghàidhlig, chaidh e na bu doimhne na cridhe na chaidh sluagh-ghairm riamh na h-inntinn! Thòisich e air a tàladh agus mhiannaich i barrachd.

Thairis air ùine ghoirid, b' e sin a fhuair i. Ceum air cheum, air a' choimpiutair, bha am fuaim fonnmhor ùr seo ga tarraing na bu dlùithe. Òran àrsaidh; nuadh dhìse. Ach cha shàsaicheadh ìomhaighean a bh' air an clàradh agus fuaimean didsiotach gu tur idir i.

Mar sin rinn i ceangal na bu bheotha ris a' chànan, tro chlasaichean-fòin. Chòrd iad seo glan rithe. Ged nach robh fuaimean air cèin-chagar fhathast nan anail bheò a bhlàthaicheadh a h-aghaidh, bha iad a' bruidhinn rithese agus ga freagairt nuair a dh'fhaighnicheadh i ceist.

Lean i oirre ag èisteachd 's ag ionnsachadh gu dìomhair, gun smid idir a ràdh ri a pàrantan; agus le misneachd a' fàs, shuidhich i a h-inntinn air an ath cheum air adhart.

Bha ise, Galina Koroleva, a-nis a dol a dh'fhàgail ceàrnaidh Smolenskaya, Moscow – gus siubhal a-null thairis. Bha i ag amas air Alba, airson Ceum a ghabhail sa chànan.

Ach bha aon cheum ann a bha ga fàgail fo chùram: innse dha h-athair. Gu h-iongantach ge-tà, bha esan deònach agus dh'innis e carson: "Dèan thus' às gu Siar is dearbhaidh tu gu bheil an siostam foghlaim againne nas fheàrr na an siostam coirbte acasan."

'S dh'fhalbh i: Domodedovo; Heathrow; Glaschu; agus bus dhan Eilean Sgitheanach.

An dèidh trì mìosan bogaidh sa chultar, bha cùisean a' dol gu math leatha san fhoghlam, gu h-àraid gràmar, sgrìobhadh is leughadh.

"Ma tha comas matamataig agad," chanadh i. "'S urrainn dhut cànan ionnsachadh." 'S bha riaghailtean na Gàidhlig soilleir.

Bha comas sna ginean aice agus thug an dòigh san deachaidh a togail dìcheall dhi cuideachd. Bhon toiseach, ge-tà, bha aon chuspair ann nach robh cudromach dhi. Cha robh ùidh aice ann an eachdraidh na Gàidhealtachd, ann am fuadaichean is eile. Bha na clasaichean sin nan call dhi. Cha b' fhiach eachdraidh. Cha b' fhiach ceum a ghabhail air ais!

Trì bliadhna na b' fhaide air adhart, nuair a thòisich i a' dèanamh obair-rannsachaidh airson an tràchdais mu dheireadh aice, bha a ceann loma-làn de riaghailtean gràmair. Ach gun fhiosta dhi bha dùbhlan ùr ga feitheamh. A' fulang tòrr cheartachaidhean na còmhradh, thuig i gun robh am fuaimneachadh aice na dhùbhlan do dhaoine a bha fileanta bho thùs. "Dè am feum a th' ann cànan ionnsachadh mura tuigear thu?" dh'fhaighnich i dhi fhèin.

Mar sin, aon fheasgar chaidh i a sheòmar nan coimpiutairean, leatha fhèin. Bha i a' dol a dh'èisteachd gu geur ri faidhlichean-fuaim: ri fuaimneachadh dhaoine a bha fileanta o thùs 's i a' dol a ghabhail notaichean. An dèidh treis thòisich i air èisteachd ri iomradh aon Uibhistich a thug smaointean oirre. Thubhairt e rudeigin caran mar seo:

"Uair dha robh ann, an Taigh a' Ghearraidh, Uibhist a Tuath, bha am fear seo, Uilleam Cìobair, 's e às dèidh nighean. Aon oidhche, bha e a' feitheamh aig a' chruach mhònadh air beulaibh an taighe aice: 'Taigh a' Ghirein'. Ged a bha solas an latha air sìoladh às, bha leus laiste san uinneig. Bha sin gu leòr do dh'Uilleam. Agus, dh'fheith e oirre.

"A-nis, an dèidh treiseag, chaidh cuideigin eadar esan 's an uinneag... agus suas chun na h-uinneig. Le solas an taighe, chunnaic e gum b' e cruth boireannaich a bh' ann! Is shaoil e gun robh i a' feuchainn ri faicinn a-steach air an uinneig. An uair sin chunnaic e i a' dol gu sloc an dorais ann am ballachan tiugha an taighe-tughaidh. Bha i a-nis a' feuchainn ri dhol a-staigh. Mar sin, chaidh esan a-null thuice 's chuir e a dhà làmh air gach taobh dhen ursainn far an robh i na seasamh, 's thuirt e, 'Tha thu agam a-nis, a ghràdhaig!'"

Mus do lean an labhraiche sgileil seo air ge-tà, stad e.

"Ach... nuair a thionndaidh is ... 's a chunnaic e a h-aghaidh... chaidh e fuar!"

Bha aire Ghalina air a ghlacadh.

"Oir b' e tè a bh' inntese a bh' air a bhith tòrr bhliadhnaichean... san t-sìorraidheachd!"

Nuair a thuig tè na Ruis dè a thuirt e, dh'èirich gaoisneinean air cùl a h-amhaich.

"Cho luath 's dh'aithnich e am boireannach seo, leig Uilleam às a làmhan i 's rinn i às seachad air – mar oiteig gaoithe. 'S chaidh i gu tur às an t-sealladh!"

Bha seo do-thuigsinneach do Ghalina. Ach, airson adhbhar air choireigin, bha i ag iarraidh barrachd a chluinntinn.

A-rèir an iomraidh fhèin, b' e seo susbaint an sgeòil:

"Mus robh an taigh seo aig a' Ghirean, b' ann le fear, Iain 'Ic Chaluim, a bha e. B' esan seanair na tè air an robh Uilleam a' tadhal. Agus nuair a bha Iain 'Ic Chaluim na dhuine òg, bha an tè eile seo – a chunnaic Uilleam – air a bhith ann an trom ghaol leis. Ach, airson adhbhar air choireigin, thàinig rudeigin eatorra. Chaidh gnothaichean ceàrr 's cha robh Iain 'Ic Chaluim ga h-iarraidh. Agus an uair sin, chaochail ise: òg, 's le cridhe briste. 'S a-nis, bliadhnaichean na b' fhaide air adhart, bha i fhathast ga thathaich. Co-dhiù a bha fios aigesan air, gus nach robh."

A-niste, do chuideigin a thogadh mar a thogadh Galina, bha rudan nàdarra ciallach. Ach gnothaichean os-nàdarra, uill, cha d' fhuair iadsan riamh àite na h-oideachadh. Bha iadsan gun sgot. Ach a dh'aindeoin deuchainn-tuigse, dh'èist i ris a' chòrr dhen sgeul.

"Cha b' e an seòrsa duine a bh' anns an t-suiridhiche, Uilleam Cìobair, a bhiodh a' faicinn no a' faireachdainn rudan os-nàdarra." Chuir e iongnadh air Galina nuair a thuirt an neach-aithris cuideachd gun robh e fhèin amharasach mu stòiridhean mar seo: "Bha cus dhe na bha ràdh gun robh iad a' faicinn thaibhsean nach robh ach gam faicinn nan cadal!" Ach, dh'aidich e gun do chreid e an tè seo.

Ged nach robh Galina a' tuigsinn an sgeòil, na ceann, bha e coltach gun robh i air tòiseachadh ga chreidsinn na feòil. Dh'èirich a craiceann air cùl a h-amhach 's air a gàirdeanan. Is shuidh i: fuar, gun ghuth.

GNOG! GNOG-GNOG! GNOG!"

Theab i leum glan às a craiceann nuair a chual' i na buillean air an doras.

Ach cha b' e bòcan, manadh no taibhse a bh' ann. Cha robh ann ach fear an dealain, 's e a' dol a chur solas ùr a-steach a sheòmar nan coimpiutairean.

Leig i anail faothachaidh aiste. Ach, an-fhoiseil, bha i ag iarraidh bruidhinn. Mar sin dh'innis i dhan neach-dealain mun sgeul neònach a bha i dìreach air a chluinntinn. A rèir choltais ge-tà, cha do chuir e iongnadh sam bith airsan. Mar sin dh'fhaighnich an Ruiseanach òg dhan t-seann Ghàidheal, "A bheil sibhse a' creidsinn a leithid sin de rudan?"

"O, tha," fhreagair e. "Bha sinne riamh eòlach air sgeulachdan mar seo."

Stad Galina 's dh'fhaighnich i, "A bheil tè dhiubh agaib' fhèin?"

"Tha," arsa esan. "Bha tè air m' inntinn 's mi a' draibhadh a-nall an seo an-dràsta!"

"'S an innis sibh dhomh i?" dh'fheòraich i.

"'S mis' a nì sin," ars esan, "Uill... bha teaghlach ann a bhuineadh dhan cheàrnaidh againne, taobh Ealaghoil. Bha 'd ainmeil. Bha 'd beò rim linn fhèin. B' iadsan: Lachag Innis Bhig, Neileag Innis Bhig agus Ciorstaidh Innis Bhig. Dithis bhràithrean is piuthar. Bha Lachag mòr caol 's bha Neileag is Ciorstaidh beag, dèanta. Cha do phòs gin dhiubh riamh.

"Bha dreasair mòr brèagha aca sa chidsin – le na siugannan gu h-ìosal, na truinnsearan 's na sàsaran gu h-àrd is na cupannan air dubhain. A' fuireach ann an Glas na Cille, bha taigh beag ìosal aca le teàrr-anart 's teàrr air a mhullach; suidhichte os cionn na mara 's fo sgàile nam beann. Ach, fhuair an triùir seo ainm. Dh'fhàs iad iomraiteach againne."

"Seadh" arsa ise.

"Bhiodh an dithis bhràthar a' cur às an cuirp gu tric mu rudan a bha iad a' cluinntinn – 'guthan' a bha a' tighinn a-mach às a' chnoc air cùl an taighe aca. B' e Cnoc na h-Èighichean a bh' air, agus mhionnaicheadh iadsan gun robh iad a' cluinntinn briathran dhaoine a' tighinn às. Tòrr dhiubh! Thar bhliadhnaichean cha tàinig stad air na h-iomraidhean a bh' aca air an 'labhairt gun sgur' a chluinneadh iad a' tighinn bho àite còmhnard air a' chnoc os an cionn.

"Aig an àm, bha tòrr againn ann a bha gan creidsinn; ged a bha feadhainn eile ann a chuireadh teagamhan sa chùis, feadhainn a chanadh gun robh iad craicte. Ach mu dheireadh, chaochail an triùir aca," thuirt e, "'s cha chuala duine facal a chòrr mu na guthan.

"Ach tad ort, goirid às dèidh dhaibh caochladh, nach deachaidh crann mòr a chur suas san dearbh àite còmhnard air am biodh iadsan an còmhnaidh a' toirt iomradh. Crann àrd, le builg gheala air – fear dhen fheadhainn a bhios a' craoladh theachdaireachdan-fòin."

Stad e is sheall e oirre san t-sùil, is thuirt e, "Cò a-nis a bha às an rian?"

Ged nach robh an sgeul aigesan idir cho dràmadach ris an fhear a thàinig roimhe, bha Galina air a chluinntinn gu pearsanta, bho dhuine a b' aithne dhi, 's a bha eòlach air na daoine a bh' anns an sgeul. Bha i cuideachd air coimhead dha shùilean 's cha mhòr nach fhairicheadh i blàths an anail aige air a gruaidhean fhad 's a dh'aithris e e. Bhruidhinn seo ri a cridhe... ann an guth sèimh socair.

A-nis, mhiannaich i fhèin seasamh an làrach nam bonn. Cha robh an còrr air, ach gun leumadh i dhan chàr 's gun dèanadh i air Glas na Cille.

Fhad 's a bha i a' dràibheadh lean òran a bu toigh leatha i:
"... An là a thàinig na Slèitich
Sìol Ghoraidh, Mac Ruairidh, Clann Raghnaill, Clann Dòmhnaill
Linn gu linn, ainm gu ainm..."

Airson a' chiad uair, mhothaich i ceart do thogalaichean 's do dh'àiteachan na sgìre: a' Chill' Mhòr, Cille Chrìosd, Cille Mhaire is Cnoc an Taibhse. Bha guthan aca air fad!

'S nuair a mheòraich i air na bh' air a bhith air aithris sna clasaichean aice mu Bhoreraig is mu Shùisinis is eile, thuig i. Dh'fhairich i buille na cridhe.

Mu dheireadh thall, nuair a ràinig i Ealagol, thionndaidh i gu a làimh chlì. 'S beagan sìos an rathad, thàinig i chun an àite fhèin, Cnoc nan Èighichean. An sin, air an làimh dheis, chunnaic i an crann. B' i seo a' mhòmaid.

Nuair a sheas i fodha 's a choimhead i thairis air Loch a' Ghlinne, ghabh i ceum air ais is dh'èist i ris na guthan àrsaidh dhi fhèin.

Mu dheireadh thall, chual' i na guthan.

Na Daoine Againn Fhèin

Oidhche Haoine 's bha sràidean Ghlaschu a' taomadh le daoine dhen a h-uile seòrs' is gnè. Bha an t-èadhar làn de dh'fhàilidhean gach nàdar biadh cèin fon ghrèin cuideachd.

Ach cha b' ann air àite coimheach a bha Eachann 's Cailean ag amas. An deis mheadhan cridhe na Ghalltachd, bha an dithis ghiullan seo a' cuimse air doras le Ceud Mìle Fàilte sgrìobhte os a chionn. Sa *Phàirc* shùilicheadh iad fàilt' is furan Ghàidhealach.

Nuair a ràinig iad, b' ann le sùrd a rinn iad a-steach fon cheann-sgrìobhaidh. A-staigh san tèarmann ud, chuir an cluasan fàilte air ceòl dùthchasach is crònan blàth le beagan Gàidhlig am measg na Beurla! Le cridheachan suidhichte, chaidh a' chiad chuairt a cheannach. Shuidh iad an uair sin 's thòisich iad fhèin air cur ri torghan a' chòmhraidh.

A-nochd, bha adhbhar a bharrachd aig Eachann a bhith ann. Às dèidh dha a bhith a' cadal air sèidhse Chailein airson sheachdainean, dh'fheumadh e a-nis àite-fuirich ùr a lorg. Cha b' e gun tuirt Cailean seo ris, ach dh'fhairich e fhèin gun robh e san rathad a-nis – on a bha bràmair ùr aig a charaid 's ise a' fuireach sa flat na bu trice na làithean sa. Mar sin, dh'fhaighnicheadh e am measg a shluaigh fhèin sa *Phàirc* am b' aithne dhaibh neach sam bith aig an robh seòmar a gheibheadh e air mhàl.

Dh'fhaighnich e dha na caileagan an toiseach. Ach a dh'aindeoin a dhìchill, cha do shoirbhich leis leothasan; no an dèidh sin le na fireannaich. Dh'fhàgadh e oidhirp gu latha eile. Mar sin, bhog esan 's

Cailean iad fhèin ann an conaltradh, le cùl-thaic ciùil bhlasta. 'S cha tug an oidhche fada a' dol seachad.

Dìreach nuair a bha iad a' fàgail, thàinig Aonghas Iain – fear òg bhon "Tìr san robh iad nam balach" – a-nall thuca le ceist: "Bheil fear agaibhse a' coimhead airson àite-fuirich?"

"Tha. Mise," arsa Eachann.

"Uill, 's aithne dhòmhsa fear is bean às na Hearadh 's tha seòmar aca."

"Às na Hearadh? Glan! Cà' bheil iadsan a' fuireach?"

"Tha air Sràid Radnor... àireamh 23. Ma 's math mo chuimhne."

Fhuair Eachann a-mach an cinneadh a bh' orra agus le, "Bu tu am balach!" thaingeil, rinn e fhèin is Cailean às dhachaigh gu ceann a-deas a' bhaile.

An ath latha, nuair a dh'èirich Eachann bhon t-sèidhse, bha Cailean fhathast na shuain san t-seòmar-cadail. Dh'fhàg e mar sin e, is ghabh e greim bìdh mus do rinn e às air ais suas gu taobh eile na h-aibhne. An dèidh uair a thìde coiseachd, is fallas na dibhe às, thàinig e chun na sràide a shir e. Cha robh an t-sràid ach ceum beag bhon *Phàirc*. Glan!

Aig an doras a-muigh, a bha fosgailte, leugh e na h-ainmean. Chunnaic e an cinneadh a bha e ag iarraidh. Bha staidhre aige ri dhìreadh 's mar sin thog e air, suas dà làr. Fhad 's a ghabh e suas, chunnaic e mar a bha leacan-cloiche na staidhre uile maol sa mheadhan, le saltairt shàilean nam bliadhnaichean. Thug sin a smuaintean chun an fhir a chaill e nuair a bha e beag.

An ath rud, bha e aig an doras.

A' tarraing anail, bhrùth e a' chlag agus sheas e, a' feitheamh. Fhuair e faothachadh nuair a chualas cas-cheumannan. Bha cuideigin a-staigh. Rinn làmh an dorais dìosgan beag meatailt 's chaidh fhosgladh.

Ma choinneamh, bha boireannach mu leth-cheud bliadhn' a dh'aois, le falt goirid – mar a bhiodh air mnathan a h-aois-se. Bha siogaireat biastail, fada na làimh agus fiamh a' ghàire mhòr air a h-aodann. "Halò, 'ille?" arsa ise, "Dè nì mi dhut?"

"'S e Eachann Foirbseach a th' ormsa," arsa esan. "Chuala mi gun robh seòmar-fastaidh agaibh. Bheil sibh fhathast a' coimhead airson cuideigin a ghabhadh e?"

"Tha a ghràidh," ars ise. "Thig a-staigh. 'S mise Nelly." 'S mus deachaidh a cas ceum na b' fhaide suas an trannsa, dh'èigh i, "A Phòil! Tha fear an seo agam dhut, às na Hearadh!"

Cha robh e idir doirbh dualchainnt Hearach aithneachadh, gu h-àraid do Hearach eile. 'S cha robh Eachann idir dhen fheadhainn a chailleadh blas a' chòmhraidh nàdarra aca leis a' chiad tharraing de dh'èadhar na Galltachd nan cuinnlean.

Le cagar, thuirt Nelly, "'S e bhios toilichte d' fhaicinn."

Sa bhaile mhòr, bhiodh na h-eileanaich, mar bu trice, air an dòigh tachairt air feadhainn eile dhe na "daoine aca fhèin."

Bha seo uile a' coimhead gu math dòchasach.

Nuair a choisich iad a-steach air doras a' chidsin bha duine na shuidhe aig cùl bùird. 'S bha dreach an eileanaich air – an seòrsa aghaidh a dh'aithnicheadh Eachann bhon dachaigh: sùilean donna, malaidhean tiugha, dorcha agus falt cho dubh ris an fhitheach, ach a' liathadh beagan. Bha e coltach ri na daoine aige fhèin.

Las aghaidh an fhir nuair a chunnaic e Eachann a' tighinn tron doras. Ach, cha do dh'èirich e idir a chur fàilte air. "Thig a-nall 'ille, gus am faic mi thu," ars esan. "Dèan suidhe." 'S, le làimh chlì, shònraich e cathair ri thaobh. "'S mise Pòl."

Mhothaich an deugaire gun robh an dòigh san robh an duine seo a' giùlain na gàirdein dheis aige caran annasach, mar gun deach ionnsaigh air choireigin a thoirt oirre. Chaidh e a-null is bhreith e air an làimh chlì aige, leis an làimh chlì aige fhèin. Is shuidh e.

"Seadh 'ille, dè nì mi dhut?" arsa fear an taighe.

"'S e Eachann Foirbseach a th' ormsa 's, mar a chuala sibh, 's ann às na Hearadh a tha mi..."

"Habair sochair!" ars an duine le gàire mhòr fharsaing air aghaidh, "Chì mi 'n tìr... eh?"

'Òhò,' shaoil Eachann ris fhèin, 'caraid sa chùirt!' Is lean e air a' bruidhinn, "Tha mi a' tighinn chun na bliadhna mu dheireadh san fhoghlam 's tha àite-fuirich a dhìth orm."

"Seadh a ghràidh," arsa Nelly. "'S càit' a bheil thu san fhoghlam?"

"Conservatoire Rìoghail na h-Alba," ars esan.

"Conservatoire... Rìoghail... na... h-Alba?" arsa ise 's i a' dèanamh sùilean èibhinn, "Habair Hearach spaideil!"

"Chan eil ann ach gun robh mi riamh measail air ceòl na fìdhle agus b' e siud an t-àit' a b' fheàrr dhomh," ars Eachann 's e ga dhìon fhèin bho chasaid na mòrchuis.

"Cha robh mi ach a' tarraing asad a ghaoil," thuirt ise.

"Càit an cuala tu mur deidhinn-ne, ma-thà?" dh'fhaighnich Pòl.

"Sa *Phàirc*," arsa esan le gàire mhì-chinnteach. Dh'innis e an uair sin barrachd dhaibh ma dheidhinn fhèin: mun dachaigh aige sna Bàigh, 's mun teaghlach. Nuair a thug e iomradh air a mhàthair sheall an dithis eile air a chèile.

Co-dhiù, nuair a bha e air anail a chosg a' cur às a chorp, dh'fhaighnich esan cò às a bha na daoine acasan. Sa bhad, sheall Pòl ri bhean, a bha mu thràth ag ullachadh trì mugannan teatha is truinnsear làn de staoic mhòr bhriosgaidean is sgonaichean.

"'S ann às a' cheann a-tuath a bha na daoine agamsa: an Tairbeart is Cliasamol," ars ise. "'S fhada bho chaochail m' athair, agus dh'eug mo mhàthair o chionn dà bhliadhna. Tha mo phiuthar a' fuireach air a' chroit a-niste."

Sheall Eachann an uair sin air Pòl. Sheall agus Nelly.

"'S ann às na Bàigh a bha mo dhaoine-sa. 'S fhada bhon a chaochail iadsan."

Bu dhuilich do dh'Eachann cluinntinn gun robh an càraid seo, le chèile, air am pàrantan a chall. B' aithne dha fhèin gun robh e dona gu leòr aonan dhiubh a chall. Ach chòrd e ris gun robh an dithis aoigheil seo dhen aon treubh ris fhèin – leis an aon bhlas mhilis air a' Ghàidhlig aca! Bha chofhurtachd san dàimh.

Lean iad orra a' cabadaich.

Às dèidh treis mhath a' bruidhinn mu dhaoine a b' aithne dhaibh bhon dachaigh, sheall Nelly an seòmar dha. Bha e cho glan ris an daoimean 's a h-uile sìon ann a bha a dhìth air! Nuair a dh'innis i dha na chosgadh e gach mìos, cha tuirt an t-òganach ach, "Sgoinneil. Gabhaidh mi e." 'S bhreith e air làimh oirre.

Nuair a dh'fhaighnich ise dhàsan cuin a bha e ag iarraidh an imrich aige a dhèanamh, fhreagair e sa bhad, "Cho luath 's as urrainn dhomh." Bha sin cho coltach ris! Bhiodh boil air a-nis gus am faigheadh e dhan dachaigh ùr.

Nuair a fhuair e air ais chun a' flat sa cheann a-deas, thòisich e, am feasgar sin fhèin, a' cruinneachadh a chuid sheilbh. Chuir e a h-uile pioc ann am bocsaichean 's ann am bagaichean. Às dèidh spionnadh fhaighinn o smoked sausage supper agus Iron Bru, thòisich e fhèin is Cailean, a bh' air èirigh mu dheireadh thall, air na stuthan aige a ghluasad a-mach às an taigh 's a-steach dhan t-seann chàparaid càir aig "Cal." Shad iad a h-uile càil a b' ann le "Each" a chùl a' chàir, is thog iad orra chun a' chinn-uidhe ùir.

Air ais mu thuath, fhuair iad àite-staid, faisg air a' flat. 'S nuair a dh'fhosgail Nelly an doras, habair gun robh fàilte mhòr romhpa, 's ise a' tabhainn teatha dhaibh mus robh iad fiù 's fon chabair. Ach bha aileag air Eachann a h-uile piuc a bh' aige a chur dhan t-seòmar – sa bhad, gu grad, gun stad. On a bha esan air a riaghladh leis an uaireadair, dhèanadh iad an obair gluasaid an toiseach! Mar sin, chaidh na balaich suas is sìos an staidhre corra uair, gus an deach aca air an stuth aige uile a sheotadh a-steach dhan àite-còmhnaidh ùr!

Mu dheireadh, nuair a shuidh iad gu cupa fhuair Nelly an cothrom air Cailean a cheasnachadh: cò às a bha e, cò bu chuideachd dha, càit' an robh e san fhoghlam, dè a ghabh e airson bracaist agus dè an dath a bh' air na stocainnean aige (cha mhòr!).

An dèidh a' Cheasnachaidh Mhòir, dh'fhàg "Each" is "Cal" soraidh slàn le chèile agus rinn Cailean às air ais sìos gu Cnoc a' Ghobhainn.

Agus thòisich caibideil ùr do dh'Eachann.

Ged nach robh e, roimhe seo, air aon iomradh a chluinntinn air na daoine seo a thug àite-fuirich dha, bha e mu thràth a' faireachdainn mar gun robh e riamh eòlach orra. Sin mar a bhiodh cùisean le eilthirich a' bhaile mhòir, lem muinntir fhèin.

Bha a h-uile càil a bh' aig Eachann a-nis san rùm: ceas aodaich, bocsaichean làn de stuthan, leabhraichean-ciùil, seasadair-ciùil, uidheam-cluiche-ciùil, agus, os cionn a h-uile nì eile, seann chèis fìdhle 's na broinn, an t-uidheam prìseil fhèin! A thuilleadh air a sin cha robh cus aige ach dealbhan-balla dhen sgioba ball-coise a b' fheàrr leis san t-saoghal. Dh'fheumadh iadsan a bhith ann, oir bha an gràdh a bh'aige orrasan a' teannadh dlùth ri iodhal-adhraidh.

B' e fìor adhbhar toileachais a bh' ann nuair a fhuair e a-mach nach b' e a-mhàin dualchas na Hearadh a bha ga cheangal ri fear na dachaigh ùir aige oir bha Pòl cuideachd glan às a rian mun aon sgioba ball-coise ris fhèin! Bha tiocaid-seusain air a bhith aige air an son, thar bhliadhnaichean. Ach, bha sròc air ionnsaigh a thoirt air, 's air sgàth cho ciorramach 's a dh'fhàg sin e, cha b' urrainn dha a dhol gan leantainn tuilleadh.

Mar sin, nuair a thill Eachann bhon a' chiad ghèam, air an Diciadain às dèidh dha gluasad, dh'fhiosraich Pòl a h-uile mion-phuing bhuaithe. 'S rinn an dithis aca còmhradh mòr mu chluicheadairean, mu shiostaman-cluiche 's mu thadhail. Bhruidhinn iad cuideachd, le faireachdainn, mun ghràin a bh' aca air an sgioba shalach eile a bha sa bhaile.

Chòrd seo glan ri Eachann. Oir, ma bha iad measail air spòrs idir, bha a' mhòr chuid de bhalaich a' Chonservatoire na bu dèidheil air criogaid is rugbaidh na bha iad air ball-coise. Ach a-nis, bha caraid aige a bha a' toirt spèis dhan fhine a b' ionmhainn leis fhèin, agus, san aon dòigh – le uile chridhe! Bha Pòl mu thràth na dhlùth-charaid aige.

Bha seo cudromach, oir bha athair Eachainn air caochladh nuair a bha e na phàiste, 's cha robh fear eile, no an còrr chloinne, air a bhith aig a mhàthair. A thuilleadh air a sin cha robh bràithrean aicese na bu mhotha, dìreach triùir pheathraichean. Mar fhear, bha Eachann leis fhèin san teaghlach. Bha e riamh a' faireachdainn gun robh feum aige air meidh na bheatha, an dà chuid: sgàile 's solas, yin is yang. Bha athair, bràthair no uncal a dhìth air. Dh'fhàg sin an càirdeas ùr a bh' aige le Pòl fìor phrìseil dha.

Mar sin, air a' chiad fheasgar Dihaoine sa flat, an àite a dhol a-mach a dh'òl, dh'fhan e cuide ris a' chàraid ùr seo a bh' air aoigheachd theaghlachail a thoirt dha.

Cha b' fhada gus an do nochd e gun robh Pòl na dhuine iochdmhor cuideachd.

Às dèidh dhaibh uile glainne no dha a ghabhail, chaidh Nelly dhan chidsin a dh'ullachadh greim. Chùm Eachann is Pòl orra a' bleadraich san t-seòmar-suidhe. Chualas an uair sin *Na Dùrachdan* a' dòrtadh a-mach òrain Ghàidhealach sa chidsin, 's i fhèin a' gliongadh chupannan, phoitean, sgeinnean is thruinnsearan.

'S dòch gum b' e an t-uisge-beatha a bh' ann, ach às dèidh treiseag, dh'èirich saorsa ann an cridhe Eachainn is dh'aidich e gun robh beàrn na chridhe.

"Chan eil fiù 's aon chuimhneachan agam air m' athair, 's tha sin air toll mòr fhàgail nam fhèin-fhiosrachadh. Tha mi duilich a bhith a' bruidhinn ann an dòigh cho bog, ach tha sin gam fhàgail caran seargte air an taobh a-staigh."

Fhad 's a bhruidhinn e, thuigeadh duine sam bith aig an robh sùilean agus lèirsinn gun robh co-fhaireachdainn aig Pòl dha. Dh'innis aodann gun robh.

Diogan an dèidh do dh'Eachann siud aideachadh, thàinig an t-òran "Nobody's Child" air sa chidsin. Is shil na deòir. Cha b' ann à Eachann a shil iad ge-tà, ach à Pòl! Cha robh Eachann riamh air coinneachadh ri fireannach Hearach a bha cho faireachdail ris.

'S dòcha gum b' e mac na braiche bu choireach, ach ge bith dè dha-rìribh a bh' ann, b' iongantach an dòigh san robh iad a' tarraing air an aon ràmh.

Thug e uimhir de bhuaidh air Eachann 's gun do roghnaich e seo innse dha mhàthair, an ath uair a bhiodh iad air a' fòn. Nuair a dh'fhònadh e gu h-àbhaisteach, bhiodh e an còmhnaidh ag iarraidh dìreach rudan misneachail innse dhith, oir cha robh e airson gum biodh uallach oirre ma dheidhinn "sa bhaile mhòr." B' e sin a-nis am fasan aige.

Mar sin, nuair a dh'fhòn e dhachaigh, dh'innis e dhi an toiseach mu na caractaran mòra air na clasaichean aige, iadsan air am biodh e a' bruidhinn gu tric. Bha an t-ionnsachadh aige cuideachd a' dol gu math, ach fiù 's mura bitheadh, bhiodh e air cantainn rithe gun robh!

Cha robh tòrr aice fhèin idir ri ràdh, a bharrachd air gun robh dithis eile de sheann shluagh an eilein air caochladh. Bhruidhinn i air na taighean-fhaire acasan. Às dèidh sin, thiormaich an còmhradh aice.

Thionndaidh Eachann chun an àite-fuirich ùir, agus, chun a chàraid sgoinneil a bha a' toirt aoigheachd dha. Bheireadh seo togail is tlachd dhi.

Ach... nuair a dh'ainmich e Nelly is Pòl 's an cinneadh aca, chaidh i balbh. Thàinig an smuain an uair sin thuige, chan eil fhios cò às, gur dòcha gun robh "eachdraidh" air a bhith aig a mhàthair 's aig Pòl nan òige 's gum b' e seo a dh'fhàgadh e fhèin is Nelly a' coimhead air a chèile nuair a bha a mhàthair air a h-ainmeachadh. Saoil an robh iad a' falbh le chèile uaireigin?

An dèidh stad mì-chofhurtail sa chòmhradh, thòisich a mhàthair air bruidhinn. Ach, thòisich i air bruidhinn air Ciorstag Choinnich Eachainn, tè a b' aithne dha fhèin fìor mhath.

"Eachainn, a ghaoil, tha mi cinnteach nach deachaidh seo riamh innse dhut," thòisich i, "ach bha leanabh aig Ciorstag mus do phòs i. Bha mus robh an còrr chloinne aice. Bha a' chiad leanabh seo aice le fear eile, 's cha b' ann leis an duine chòir a phòs i. Chan innis mi dhut an-dràsta, air a' fòn, cò e. Ach gheibh thu sin a-mach nuair a thig thu dhachaigh."

Bha Eachann ag èisteachd.

"Agus bhon a bha cùisean mar a bha iad sna làithean sin, nuair a rugadh e, chuir i 'm pàiste uaipe. Thug i dha piuthar e, oir cha robh ise an comas clann a bhith aice dhi fhèin. Mar sin thogadh esan an Glaschu.

"Niste, bha ceannach aice air, a thaobh slàinte a h-inntinn."

Mun àm seo san sgeul bha Eachann gu tur gun smid.

"Ach, a ghaoil, tha an deagh fhios agad fhèin cò a bh' ann an Ciorstag Choinnich Eachainn – do sheanmhair bhochd, nach maireann. 'S mar sin chan eil e na iongnadh gun còrdadh Pòl riut, oir 's e a th' annsan ach mo leth-bhràthair – fear dhe na daoine againn fhèin dha-rìribh! Agus b' e am Freastal math fhèin a thug còmhla sibh."

Oidhche Dhubh Dhorcha

Air taobh a-muigh na h-uinneig, bha sanasan neoin a' priobadh, solais-sràide a' dèanamh faire le loinnear mì-nàdarra agus lampaichean chàraichean a' cath ghathan gluasadach mar ann an campa-prìosain. Na b' fhaisge air sròn Eanraig, bha deòir mhòr uisge a' ruith sìos air an leòsan, a' measgachadh nan dathan 's nan gathan nam bogha-froise bhriste. Oir, a dh'aindeoin solais is dathan, dhàsan, bha an oidhche na bu duibhe na teàrr.

Suidhichte ann an ceàrnaidh fhasanta dhen bhaile mhòr, cha robh an neach-reic seo na phàirt sam bith dhen ghluasad 's dhen deàlradh a bha a' dol mu thimcheall air. Aig a' bhòrd ri taobh na h-uinneig cearcaill, bha esan na shuidhe leis fhèin. Mura b' e mìle mac-talla.

Sa flat, bha: seòmar-cadail beag, cidsin cumhang, taigh-beag beag 's an seòmar-suidhe seo. Ga cheusadh air gach taobh, bha na ceithir ballachan geala air an còmhdachadh le obraichean ealain. Os a chionn, bha siomal àrd le sgàinidhean ann, agus bu truagh an soillsear a bha a' crochadh às an ròs-siomail sa mheadhan. Fo chasan, bha làr cruaidh, gleansach, sleamhainn.

Cha b' ann leis fhèin a bha an t-àite-fuirich idir. Cha robh e ach a' cadal, ag ithe 's ag òl ann. No, na b' fhaisge air an fhìrinn, cha robh e ach a' cnuasachadh, ag osnaich 's ag òl ann. Oir, o chionn trì mìosan a-nis, cha robh an cadal aige ach mu làimh agus b' e glè bheag a bha e ag ithe. Aig àm dhen bhliadhna nuair a bhiodh a' mhòr chuid de daoine a' dol nam putaichean le cus bìdh, bha esan air barrachd air dà chlach de chuideam a chall. Bha e air tiùrr thoitean a smocadh, air tòrr cofaidh dubh a shadail sìos a shlugan agus air siugannan de dh'fhìon dearg òl. Ach bha e fhathast a' tarraing anail. Taing, gu ìre mhòr, do Theàrlach.

B' ann le a charaid, Teàrlach Brandon, a bha a' flat. B' ann leis-san cuideachd a bha na pìosan ealain a bh' air na ballachan. B' esan a pheant iad agus b' esan a bha moiteil asta. Do dh'Eanraig fhèin, bha iad mì-rianail, cho mì-sgiobalta 's nach cuireadh Tracey Emin ann an taisbeanadh iad. Cha tug 's cha toireadh iad togail-inntinn sam bith dha. Ach, on a bha Teàrlach air a bhith cho fìor mhath dha, cha tuirt e droch fhacal riamh ris mun deidhinn.

Nuair a cheannaich e am flat, shònraich Teàrlach an t-àite airson gum biodh obair chruthachail air a dhèanamh ann: stiùidio. Ach bha e gu tur gun ealain do dh'Eanraig. Cha robh càil ùr, sgileil ag èirigh na spiorad-san idir. Cha robh e ach a' dol thairis air na h-aon smuaintean a-rithist, 's a-rithist, 's a-rithist. Nuair a mheòraicheadh e air na thachair, bhiodh e dìreach ga lèireadh nach robh co-dhùnadh ùr sam bith a' nochdadh. Le gach cuairt ath-smaoineachaidh bha a chridhe air a shracadh na ribeagan beaga na bu lugha 's na bu lugha 's na bu lugha. Cha chuireadh peant sam bith san t-saoghal solas no snuadh air sin.

A-nochd, a-rithist, b' e cnuasachadh a bha fa-near dha. Oir ged a shuidh e san t-seòmar-suidhe 's a shùilean a' coimhead a-mach air an uinneig, b' ann a-steach dha chridhe fhèin a bha a h-uile smuain a' sealltainn 's e a' faighneachd an aon cheist: "Carson?"

Bha an suidheachadh ùr aige cho eadar-dhealaichte bhon àbhaist 's a ghabhadh – fiù 's a thaobh na h-obrach làitheil. A' reic àrachas beatha le Scottish Widows, bhiodh Eanraig air a chuairteachadh le daoine gach latha-obrach dhen t-seachdain. Ach a-nochd a-rithist, chosg e ùine gu tur leis fhèin, dìreach mar a rinn e a-raoir, 's a-bhòn-raoir, 's an oidhche roimhe sin.

Mar sin, a' lìonadh a sgamhain le anail, leig e osna fhaireachdail às, mar dhranndan. Thog e a' ghlainne bhlàth a-rithist, agus a' cath cùl a chinn air ais leatha, shad e na bh' air fhàgail innte, dhen stuth dhearg à Bordeux, sìos cùl amhaich. Aon fhear eile dhen àireamh mhì-shàsaichte sa mheadhan-chlas, a bha a' bàthadh ann an sùgh na fìon-dhearc.

An uair sin ghabh e greim air a' bhotal fhèin is thaom e am fuigheall dhan ghlainne. Bha i làn, ach gu dearbh cha robh i a' cur thairis. Nuair a chunnaic e nach robh boinne a-nis air fhàgail sa bhotal, shad e an dara fear falamh seo dhan bhocsa ath-chuartachaidh a bha a' cur thairis ri taobh a' ghiotàir aige. Giotàr sàmhach, nach robh a' seinn tuilleadh. Ach nach neònach gum biodh e fhathast na chùram dha glainne uaine a chur dhan bhocsa cheart, nuair nach robh càil na bhroinn fhèin ach an dubh?

Air sgàth gun robh Eanraig puile math a-steach dha mheadhan-aois, bha an deagh fhios aige nach cuidicheadh an deoch aon phiuc e. Cha leigeadh duine leas innse dha. A dh'aindeoin sin ge-tà, bha e fhathast an dòchas, le gach glug is slug, gun deigheadh aige air cràdh na mòmaid a mhùchadh, beagan.

Oir b' e cnag na cùise nach robh e idir deònach coinneachadh ris an dòrainn sgreataidh 's e sòbarra. Air chor sam bith! Dh'fheuchadh e ri chur fo chleòc neo-fhaicsinneach na dibhe. Agus nuair, na aon ghlamhadh, a shluais na bha sa ghlainne sìos a shlugan, chaidh Eanraig chun na sèidhse. Is shìn e. 'S thug na ceistean an ath ionnsaigh air…

Carson? Carson a dhèanadh i seo… an-dràsta?

Còig bliadhn' deug! Carson a shadadh i na bha siud de dh'eachdraidh air falbh?

Nach do bhòidich sinn – mu choinneamh Dhè 's mu choinneamh fhianaisean – gum biodh sinn còmhla, "Gus an dèan am bàs ar dealachadh"?

Cò againn a chaochail ma-thà?

Nach tric a dh'aidich thu rithe nach robh creutair sam bith san t-saoghal gad thuigsinn coltach rithese? An leanadh tèile gu bràth do smuaintean mar a rinn ise?

Cha b' urrainn dha a bhith!

San leth-sholas dhìrich Eanraig a chom agus chath e a chasan seachad air oir na sèidhse. A-nis thug e sùil fhada dhùrachdach air fhèin ann an sgàthan Theàrlaich – am fear a chleachd esan airson fèin-dhealbhadh a dhèanamh.

Cha robh trioblaid sam bith agad le boireannaich nad òige, 'ille. An robh? Bhiodh iad às do dhèidh mar na seanganan!

Ach, an-diugh, cò a ghabhadh do leithid? Tha d' chraiceann liorcach 's air tiormachadh leis an aois. Tha tuar bàn ort 's do shròin dearg le buaidh na dibhe. Tha d' fhalt a' liathadh. Cò a dh'iarradh fear nach eil air aon làimh, dubh, no air an làimh eile, liath – ach dubh is liath aig an aon àm? "Asal stiallach"? Aidh, asal 's dòcha. Asal a bhios leis fhèin gu bràth tuilleadh!

Cuimhnich na bh' agad de thogradh dhi? Gu corporra, bha i coileanta. Nach robh? Tana mar bu toigh leat, gruag bhàn – dìreach mar a b' ionmhainn leat. Agus a h-uile cnap is caime san àite cheart. Venus, mar a pheantadh Botticelli i, 's chan ann mar a dhèanadh Teàrlach!

'S bha i fhèin cho togarrach. Nach do gheall i, air a' chiad oidhche riamh a fhuair i sealladh ort, gum "faigheadh" i thu. Càit idir an deach am miann sin?

Leig e às e fhèin gu chùl, air an t-seidhse, le trost!

Nach tug i dithis chloinne dhut? Balachan 's caileag. Diofraichte... 's àlainn le chèile.

Cha d' fhuair thu ach uairean a thìde leotha an-diugh ge-tà. Latha na Nollaig! Uairean a thìde! Às dèidh dhut càrn mòr airgid a thoirt dhìse airson nan tiodhlacan deich latha air ais!

Agus, on a ghluais thu a-mach, tha thu air a bhith nad choigreach a' tilleadh chun an taighe agad fhèin. An taigh dhan tug thu d' ùine, do shaothair 's do thuarastal. Cuimhnich an staid san robh e nuair a cheannaich thu e? Aidh! Nuair a cheannaich thus' e! Oir cha robh cosnadh aicese aig an àm. 'S a-nis, feumaidh tu glag an dorais a bhrùthadh gus faighinn a-steach? Dè an aon saoghal a tha dol air adhart...?

A' coimhead suas, bha co-fhaireachdainn aige dha na sgàinidhean a chunnaic e ann an seann lìnig shnaidhte an t-siomail.

Ach dè ma tha fear eile aice... 's nach tuirt i guth?

Saoil an e an salchair ud a th' ann, Haraidh, an Ceannard, bhon obair? Bha i an còmhnaidh a' bruidhinn ma dheidhinn. Haraidh siud, Haraidh seo, Haraidh an ath rud. Puta beag!

Bhiodh cothroman gu leòr aca. Nach biodh? Dh'fhàg a bhean esan o chionn bliadhna 's i air falbh leis a' charaid a b' fheàrr a bh' aige fhèin. Habair caraid! Ach dh'fhaodadh gun tug sin cothrom do rud tachairt eatorra-san! Esan a' sireadh cofhurtachd! Ise làn truais. Solas dearg 'ille. Solas dearg, an còmhnaidh. Ach Haraidh? Slìomhaire slìgeach!

Ach dè ma bheir i a' chlann air falbh bhuat? Dè ma thig latha nuair a ghabhas iad 'Papaidh' airsan? Chan fhuilingeadh tu sin. Am fuilingeadh? Ach... dè ma nì i e?

Feumaidh tu faighinn a-mach! Cha bhiodh e doirbh. Ceannaichear stuthan-faire air-loidhne gun trioblaid sam bith. Chithear a leithid air an T.Bh a h-uile h-oidhche dhen t-seachdain.

Bha cridhe Eanraig goirt, le dubh-bhròn. Ach dh'fheumadh e smachd a chumail air na faireachdainnean aige.

Am bu chòir dhut a bhith air pòsadh, dìreach a chionn nach robh thu airson am pàiste sa bhrù fhàgail gun athair, mar a rinn d' athair fhèin? Saoil cà bheil esan a-nis?

Saoil an ann dha-rìribh "eadar dà phile" a bha i nuair a thachair a' chùis? No am b' e seo am "faighinn" air an do bhruidhinn i air a' chiad oidhche?

'S carson, an dèidh bhliadhnaichean sona pòsta, a thòisich sibh a' smocadh nan stuthan ud? Aig deireadh an latha, nach b' iadsan a thug Òrd Mòr Thòir sìos air do cheann an oidhche a thàinig i sìos an staidhre a' rànaich, às dèidh dhi a dhol dhan leabaidh?

Cuimhnich? Cuimhnich mar a dh'fhaighnich thu dè a bha ceàrr? 'S fhreagair ise,

"Bha droch bhruadar agam! Teinnteach! Uabhasach! Chuala mi an uair sin searmonaiche ag èigheach, 'Thuirt mi riut gun a phòsadh! "Atharraichidh an tìr, ach chan atharraich an cridhe idir!" Thuirt mi riut gun a phòsadh!' Dè bha siud a' ciallachadh, Eanraig?"

'S chaidh thusa fuar.

Fo bhuaidh nan stuthan, shaoil thu gum b' e "guth ùghdarrach bhon 'taobh thall'" a bha na bruadar. 'S, mar sin, ged a bha d' inntinn a' sgreuchail riut gun a dhèanamh, thòisich thu...

"Suidh sìos, oir tha rudeigin agam ri innse dhut.

"Òcaidh. Siuthad."

"Cuimhnich, trì bliadhna air ais, nuair a bha mi air a' chùrsa san Òlaind? Nuair a bha sinn a' feuchainn ris an t-siostam-obrach ùr ionnsachadh?"

"Aidh?"

"Dhèist sinn ri tòrr òraidean fada. 'S eadar amannan bha sinn trang an sàs ann an deuchainnean-trèanaidh, son dà latha gu leth. Bha e trom air a' cheann.

"Uill, às dèidh ar seiseanan làitheil, gus faighinn air falbh bho thruimead na h-obrach, dheigheamaid a dh'àit'-òil an taighe-òsta, far an robh sinn an dà chuid ag ionnsachadh 's a' fuireach. Tha fios agad co-dhiù mar a tha mise le rudan ùra a ghabhail air bòrd. Bha mi dhen bheachd nach robh mi cho math ris a' chòrr dhiubh, mar as àbhaist."

Sheall i air gu faireachdail. B' aithne dhi dha-rìribh mar a bha e.

"Dh'fheumainn barrachd de mhisneachd na h-Òlaind airson mo theagamhan a chumail fo smachd. 'S mar sin, chaidh mi dhan bhàr air an dàrna h-oidhche, agus dh'òl mi tòrr. Cus! Air sgàth sin agus cion a' bhìdh, cha b' fhada gus an robh mo cheann gu math aotrom. Ach bha mi fhathast a' faireachdainn grod mum dheidhinn fhèin, 's cha robh mi ag iarraidh a bhith nam measg. Mar sin chaidh mi a-mach às an togalach airson smoc is saorsa.

"Uill, fhad 's a bha mi a-muigh, thàinig neach-obrach à oifis eile a-mach cuideachd. Bha sinn san aon sgioba, air a' chùrsa. Thòisich sinn a' bruidhinn. Bha na h-aon bheachdan againn mun obair. 'S bha e math coinneachadh ri cuideigin eile a bha dhen aon inntinn rium.

"Fhuair mi a-mach gun robh an creutair seo air mìosan de gheur-leanmhainn fhulang an dèidh droch argamaid leis a' cheannard aca fhèin. Droch isean a bh' ann.

"Nuair a thòisich na deòir, dìreach airson cofhurtachadh a bhuileachadh, ghabh mi ri cuireadh chun an t-seòmair aice..."

San diog a chual' a bhean am facal beag mu dheireadh sin, dh'atharraich coltas a gnùise.

Rinn Eanraig casad. "A-staigh an sin ghabh sinn beagan stuthan. 'S bhruidhinn sinn ma trioblaidean."

Le a sùilean air fàs mòr, chuir a bhean a làmh thairis air a beul 's air a sròin.

Chrom Eanraig a cheann. 'S a' brunndail, thuirt e, "Ach, às dèidh tòrr còmhraidh... uill..."

"Uill... dè?" ars' ise, a' togail a guth, "Uill dè, thuirt mi! Innis dhomh!"

Ach dh'fhan esan balbh.

"Innis dhomh, a shalchair!" Dh'èigh i le guth mar einnsean itealain mhòir.

"Ach cha robh e a' ciallachadh càil," ars esan, "Chan eil fiù 's cuimhn' a'm air a h-ainm! 'S chan fhaca sinn a chèile riamh on àm sin. 'N fhìrinn a th' agam! B' e siud an aon trup riamh, on a phòs sinn, a thachair a leithid. An fhìrinn ghlan a th' agam. Cha robh e a' ciallachadh càil!"

Ged a b' fhìrinn e, cha robh e glan; agus bha e a' ciallachadh rudeigin – dhìse!

"An dèidh na dh'fhulaing mise san dà bhliadhna mus do phòs sinn, air sgàth do dhrùis shalaich-sa! 'S cha b' e nach d' fhuair mi rabhaidhean gu leòr! Ò, gu dearbh cha b' e! Ach a chionn gun robh gaol agams' ortsa, cha do dhèist mise ri duine dhiubh. Oir bhòidich thu, bhòidich thusa le mionnan mu choinneamh Dhè, nach dèanadh tu tuilleadh e! Ach bha mi nam òinsich! A mhaslaig bhreugaich leis an diabhal!"

Ged nach robh smid agadsa ri ràdh, bha aicese. Gheall i an latha sin, "Cha chuir mise earbsa annadsa gu bràth, sìorraidh tuilleadh!" Agus b' i an tul-fhìrinn a bh' aice. Nach b' e?

'S a-nis, sia bliadhnaichean fuara an dèidh oidhche an aideachaidh, bha am bogha-frois briste; gu bràth.

Dh'èirich dà bhoinne shaillte am bàrr air gach taobh dhe shùilean, aig na h-oirean. Thaom an sàl an uair sin a-mach às, agus bhon a bha e na laighe, dhòirt e sìos an dà thaobh dha chluasan. Chaidh a chorp a luasgadh, bho bhun gu bàrr.

Cha robh e idir àbhaisteach dhàsan fhaireachdainnean a shealltainn.

Oir cha do nochd a mhàthair fhèin riamh "laigse" san dòigh seo. Ach a-nochd, bha gnothaichean air a dhol ro dhomhain. B' e seo esan, lomnochd!

Mar sin, air oidhche dhubh dhorch eile, lean na deòir orra a' ruith – 's cha b' ann sìos na h-uinneagan 's na busan aig Eanraig a-mhàin!

Ach, an trup seo, nuair a dhùisgeadh e 's a shealladh e dhan sgàthan, chitheadh e e fhèin na b' fheàrr na rinn e riamh roimhe.

San Fhuil

Lag 's ged a bha Seòras, bha misneachd fhathast aig Rita gum fàsadh e na b' fheàrr. Uill, bha e air tighinn 'far nan ròpaichean' cho tric mu thràth!

Nuair a rugadh a bràthair beag bha a h-uile sìon ceart gu leòr leis: a h-uile nì far am bu chòir dha a bhith 's ag obrachadh mar a bu chòir dha a bhith. Bha athair 's a mhàthair dà bhliadhna fichead na bu shine na bha iad nuair a bha a' chiad leanabh, de ghràisg dhiubh, aca! Air an adhbhar sin nuair a nochd esan, cha robh na riaghailtean aca cho teann 's a bha iad nan òige. Fhuair Seòras teadhair tòrr na b' fhaide na fhuair càch! Agus on a bha an ath bhràthair suas bhuaithe seachd bliadhna na bu shine na e, b' esan an t-isean. Bu tric a bha deàrrsadh an isein na shùilean cuideachd! Ach b' àill leotha uile an fhiamh-ghàire mhì-mhodhail a bha an còmhnaidh air a chraos, agus, an nàdar gòrach sin a dhèanadh rud sam bith airson lasgan a thoirt air daoine. Rud sam bith idir, idir!

Mar a dh'fhàs e, chunnacas gum b' e balachan beag dreachail a bh' ann. Bha fhalt donn, a shùilean na bu donna buileach 's bha craiceann àlainn air – ar le pheathraichean co-dhiù! A thuilleadh air sin, dh'fhàs e gus a bhith na ghille lùthmhor a bha measail air spòrs, gu sònraichte bogsadh. Nuair a bha e na bhalachan bha e cho fallainn ri fiadh nam beann, a rèir choltais.

O thùs, am measg a bhràithrean 's a pheathraichean, bha aon dhiubh ann a bh' air leth math dha, Rita. B' e tè chiallach, chomasach a bh' inntese. Agus cha b' e breug sam bith a bhiodh ann a ràdh gun robh gràdh mòr a cridhe aicese air Seòras, bhon a' chiad diog a chunnaic i a chorp beag dìblidh. Còir 's ged a bha an còrr dhen teaghlach, cha robh aon dhiubh na b' fheàrr dhàsan, no na bu dìlse dha, na bha ise. Bhiodh i dìleas dhà gu bàs.

On a rugadh Rita còig bliadhn' deug ro Sheòras, cha mhòr nach b' urrainn dhìse a bhith na màthair dha. Agus na cridhe, ann an dòigh, bha e na leanabh dhi. Oir bha i na bu dlùithe ris-san na ri duine sam bith eile san teaghlach. Mar sin, dh'fhairich i gu domhain an dòrainn a thug ionnsaigh air Seòras nuair a dh'fhàs e tinn.

Seo mar a thachair.

Cha robh e ach còig bliadhn' deug a dh'aois nuair a thàinig cnap air amhaich. Bha e fhèin air a dheàrg nàrachadh leis, agus bha e gairiseachail do Rita cuideachd am bòcadh grànd' ud fhaicinn air fulangaiche a bha cho òg; gu h-àraid fear a bha, na sùilean-se, "foirfe sa h-uile dòigh."

Ach cha b' fhada gus an tug spuirean salach an tinneis ionnsaigh na bu làidire air. Oir cuide ris a' mhàm fhaicsinneach, thòisich sgìths is cion lùiths ga bhuaireadh cuideachd. Ach b' ann nuair a thòisich e a' diùltadh chothroman airson ball-coise a chluiche agus a dhol gu Eacarsaich Corporra na sgoile a thuig iad gun robh rudeigin fada ceàrr air! B' e seo, gun cheist, a dh'innis dhaibh dè cho tinn 's a bha e.

Às dèidh dha na lighichean rannsachadh a dhèanamh 's iad a' tarraing tòrr fala às le na "steallairean sgreamhail an-iochdmhor aca", chaidh innse dhan teaghlach gun robh galair air ris an canar Tinneas Hodgkins. Aillse, a bhios a' gabhail gnothaich ri na fàireagan liomfach is ceallan geala na fala. Le aghaidh shòlaimte, dh'innis an lighiche dhan teaghlach gum feumar a chur fon lannsa, ma bha an t-ospadal idir a' dol ga chuideachadh.

Ò, chan fhuilingeadh cridhe Rita sin – gum biodh an craiceann òg, àlainn ud air a lotadh! Ach thuirt iad gum feumadh e a bhith. Agus dh'fheumadh.

Mar sin, aig aois seachd-bliadhn'-deug, thachair e. Chaidh an fheòil aige a lotadh. 'S ma chleachdar briathrachas bogsaidh, b' e seo a' chiad 'bhriog' a fhuair e. Dh'fhuiling e fhèin seo le beagan eagail, ach le beagan foighidinn cuideachd.

An dèidh sin chaidh Seòras a chur fo bhuaidh gath-leigheis, gus dèanamh cinnteach gun robh a chorp air ionnlaid gu tur o thruailleadh. Chuireadh na gathan ruaig air a ghalair, mar a chuireadh cù chaorach ruaig air "raidear". "Briog" eile! Ach dh'fhulaing e seo le foighidinn. Agus bu mhath gun do rinn e sin, oir, an dèidh làimh, bha an deagh choltas air gun do dh'obraich e. Dh'fhàg na bha seo de dh'ionnsaighean esan ge-tà, na fhaileas dhen ghille a b' aithne dhaibh roimhe seo.

Agus fad na h-ùine, bho chliathaich leapa, tro uinneagan 's tro dhorsan-glainne an ospadail, shealladh sùilean a cridhe-se air le gràdh – 's e cho geal, lag, lapach. Ò, chan fhuilingeadh Rita gun robh am balachan aicese fo uimhir de dhòrainn!

Bha lannsa geur a gràidh ga gearradh fhèin. Agus is tric, fhad 's a bha e air an leabaidh, a chanadh Rita ri Tormod, an duine aice, gun lùigeadh i gum b' i fhèin a bha tinn 's nach b' e a bhràthair òg.

Ach b' e aon rud a thug togail dhan spiorad aice aig an àm sin gun do shoirbhich le iomairt nan lighichean agus gun d' fhuair Seòras air ais air a chois.

"Taing do shealbh."

A-nis, ma tha dealbh cheart gu bhith air a tarranig an seo, bu chòir iomradh a thoirt air aon nì sònraichte a bha bunaiteach do shaoghal Rita fhèin. 'S dòcha gum faodamaid a ràdh gun robh seo na stèidh fiù 's, a-thaobh meud a' ghràidh a bh' aice do Sheòras. Theagamh gum b' e seo am prìomh nì a dh'fhàg gun robh i a' cur uimhir de luach na bheatha.

Bha dìomhaireachd taisgte aice gu domhain na cridhe. 'S nuair a bha an cràdh pearsanta aice aig an ìre a b' iongharaiche, chanadh i ri Tormod gun robh beàrn na broinn. B' e an lot cràiteach... nach b' urrainn dhaibhsan clann a bhith aca dhaib' fhèin. Dh'aidich i aon uair gun robh e mar "sheòrsa de bhàs" dhi.

Uaireannan bhiodh an toll seo brùideil goirt, agus ga gonadh gu dona. Oir nan robh an cothrom air a bhith aca, bha i fhèin 's Tormod air a bhith nam pàrantan matha. Le chèile, bha iad measail air clann. A thaobh maoin an t-saoghail, bha iad cofhurtail. Bha obraichean matha aig an dithis aca. Bha taigh àlainn, le gàrradh mòr aca. Bhiodh iad a' dol air feadh na dùthcha air làithean-saora agus bhiodh iad cuideachd a' dol a-null thairis gach bliadhna: 's a' mealtainn sheallaidhean is bhiadhan eireachdail is annasach. Gun cheist, bheireadh an dithis seo beatha shòghail do leanabh. Ach cha d' fhuair iad riamh an cothrom.

Dh'fhairich Rita gun robh freastal air Seòras a bhuileachadh oirrese airson beagan dhen toll mhòr seo a bha na cridhe 's na beatha a lìonadh. 'S gu ìre, b' e sin a rinn e. Oir nì sam bith a dhèanadh a bràthair, beag no mòr, bha e a' faighinn moladh bhuaipese. Bha i cho moiteil às 's a bhiodh am pàrant a b' fheàrr san t-saoghal agus dh'fheumadh a cridhe aithris a dhèanamh air a seo cuideachd. Ist! Cha dèanadh e nì ceàrr na sùilean-se, uair sam bith.

Co-dhiù, às dèidh an opairèisein mhòir aige, dh'fhàs Seòras cho tapaidh 's gun deachaidh aige air nì ùr a chur roimhe. Chaidh e dhan Oilthigh.

An dèidh beagan sheachdainean an sin, am measg dhaoine ùra air an toireadh e gàire, bha uimhir de phiseach air tighinn air 's gun robh e fiù 's a' dol gu àite spòrs – airson trèanadh dòrnaireachd a dhèanamh.

A-niste, bha sabaid san fhuil aige. Na òige bha athair air a bhith cho measail air dòrnaireachd 's gum biodh e a' dol air trèan eadar Dùn Èideann is Dùn Dèagh a choimhead dhaoine a' strì an aghaidh a chèile mar seo sa Chaird Hall. Bha an dithis bhràthar a bu shine aig Seòras math air sabaid (san dòigh laghail seo) cuideachd. Agus a-nis bha e fhèin fallainn gu leòr airson beagan trèanaidh a dhèanamh.

"Smaoinich!" chanadh Rita, "Às dèidh na th' air tachairt dha! Nach b' e an gèadh!" Dh'fhàg an lùths seo a thàinig thuige ise sona – fhad 's nach dèanadh e bogsadh fhèin, gun fhios nach deigheadh a chorp prìseil a leòn! Cha chòrdadh e idir rithe patan mòra dubha fhaicinn air! Bha làraichean lotan an ospadail fhèin cus dhìse!

Agus rè nam beagan mhìosan is bhliadhnaichean a lean, cha robh slàinte Sheòrais ro dhona. Ceart gu leòr, bha amannan ann nuair a dh'fhàsadh e lag 's nuair a dh'fheumadh e fuil ghlan, ùr fhaighinn. Bha e mar gum fulaingeadh e "gearradh suas" (buille bogsaidh a thig suas fo dhìon an dà ghàirdean 's a sgailceas an smiogaid,) ach nach robh làidir gu leòr airson a chur na chadal. 'S an uair sin bhiodh e cho fallain ris a' bhreac a-rithist.

Seo ma-thà, mar a bha cùisean dha thar nam bliadhnaichean. Uaireannan air na ròpaichean 's uaireannan eile a' dannsa 's a' cath bhuillean an deis mheadhan a' chearcaill.

B' ann an sin a bha e nuair a bha e dà ar fhichead, nuair a dh'èirich a' chùis-iongnaidh a bu mhotha. Oir, aig an àm sin thàinig piseach cho mòr air a shlàinte is gun d' fhuair e an cothrom tòrr trèanaidh a dhèanamh – na h-uimhir is gun do bhuannaich e duais bogsaidh Meadhan Chuideam nan Oilthigh! Agus a dh'aindeoin sgàig, bha Rita an sin ga shìor mhisneachadh, chun an deiridh.

Ach, mar a thubhairteadh, sin mar a bha leis-san. Suas is sìos, mar ròp-sìnteig.

Thog a' bhuaidh seo a spiorad gu mòr ge-tà. 'S bhiodh feum aige air. Oir goirid às dèidh sin cheumnaich e. Agus leis a sin thòisich caibideil ùr na bheatha.

Bha e a-nis a' sireadh obrach 's a' sgrìobhadh litrichean-tagraidh. Mar dhreuchd, b' e teagasg-sgoile a chuir e roimhe a dhèanamh. Leis an ùidh a bh' aige ann an clann 's leis a' chomas a bh' aige le cànain, shaoil e gun dèanadh e tidsear Beurla tarraingeach a mhisnicheadh feadhainn òga gus a bhith ag ionnsachadh.

Chòrd an trèanadh-teagaisg ris gu mòr agus fhuair e troimhe gun trioblaid sam bith.

Lìon e 's chuir e air falbh tòrr thagraidhean. Ach, chaidh a dhiùltadh a rithist 's a rithist. Bhiodh e air a thàmailteachadh gu mòr nuair a gheibheadh e freagairtean ag ràdh gun robh a h-uile sìon aige a bha a dhìth orra, ach ... nach b' urrainn dhaibh an obair a thoirt dhà. Ge b' oil leotha ge-tà, chan fhanadh e glacte san oisean 's a' fulang bhuillean ro fhada. Lìonadh e tuilleadh fhoirmean airson obraichean ùra agus dheigheadh iadsan cuideachd a chur dhan phost.

B' e an rud nach b' aithne dhàsan idir ge-tà, gum b' e na litrichean a bha a' dol thuca bho na dotairean aige a bha a' fàgail gun robh e air a dhiùltadh cho tric. Oir b' iadsan a dh'innis an droch naidheachd, nach robh e fallainn gu leòr airson obair a dhèanamh làn-ùine. Cha b' urrainn dha obair fhaighinn, air sgàth 's nach leigeadh dotairean, fhuil, no Freastal leis sin a dhèanamh.

Chuireadh na "tar-bhuillean" seo a thigeadh a-steach gu luath bho na taobhannan air na ròpaichean e, às ùr. Ach dhèanadh esan a dhìcheall faighinn dhiubh. Bha sin na nàdar. Agus b' àill le a "mhàthair eile" seo ma dheidhinn.

A-nis cha bhiodh e na iongnadh sam bith cluinntinn gun do dh'fhàg na diùltaidhean seo Seòras gann de dh'airgead. Oir dh'fhàg. Mar sin, ghabh e obair-samhraidh aon uair, ann an Uibhist a-Deas 's e ag obair ann am bàr, dìreach gus a chumail fhèin beò. Cha do mhair an obair ach fad an t-seusain ge-tà 's treis an dèidh sin bha e gann de dh'airgead aon uair eile.

A dh'aindeoin seo, dh'iarr e tilleadh a dh'Uibhist uair no dhà. Mar sin bheireadh Rita 's a peathraichean làn cròige dha, an siud 's an seo. Ach ann an ùine ro ghoirid, cha bhiodh sgillinn dheth air fhàgail aige. Is dh'fheumadh cuideigin iasad a bharrachd a thoirt dha. Gheibheadh an t-isean seo às le tòrr ge-tà.

Ach bha na bu mhiosa fhathast ri teachd. Air dhòigh air choireigin chaidh obair a thabhainn dha. Ciamar a bhiodh seo na bhuille dha? Air sgàth gun do thill an tinneas – 's cha d' fhuair e fiù 's toiseach-tòiseachaidh a dhèanamh air an obair.

Sgrìobh e bho Roinn Ghath-leigheis Ospadal Belvidere, 's milleadh dùil ga thachdadh air sgàth 's gum biodh a shlàinte ga dhìobradh cho tric. Bha a chridhe mar fhear leòmhainn, ach dh'fhairich e gun robh a chorp mar fhear piseig. A-rithist 's a-rithist thòisicheadh e nì ùr agus taobh a-staigh ùine ghoirid, dh'fheumadh e a stad. Cuide ri bhith tàmailteach, bha seo nàrach dha, oir bha e na ghnè a bhith ag obair. Bha sin cuideachd san fhuil.

Aig an àm seo theabar a leagail chun a' chanabhais. Ach mar ghaisgeach dh'èirich e a-rithist is chaidh a chorp am feabhas aon uair eile. An trup seo ge-tà, às dèidh mhìosan a' coimhead airson obair, fhuair e an nì a bha a dhìth. Is thòisich e a' teagasg ann an Sgoil Chranhill, Glaschu. Mu dheireadh thall!

Bha a' chlann a' còrdadh glan fhèin ris, is thòisich esan a' coileanadh a dhàin – an nì a bu mhiann leis airson bhliadhnaichean.

Ach, aon latha uabhasach, bhuail sgleog bhrùideil e. Thàinig teas ann a leaghadh an t-iarann is thòisich fallas a' dòrtadh às na aibhnichean. Bha e uabhasach. Thugadh a-steach dhan ospadal e. An sin a-staigh, fhuair e fuil ùr aon uair eile.

Agus dh'fheith Rita chòir 's an theaghlach air a' phiseach.

Lag 's ged a bha Seòras, bha misneachd fhathast aig Rita gum fàsadh e na b' fheàrr. Uill, bha e air tighinn "far nan ròpaichean" cho tric mu thràth!

Ach, an trup seo, cha tàinig am piseach. 'S an ath latha thug an dotair Rita a-staigh dhan oifis aige agus dh'innis e dhi gun robh a bràthair sna buillean mu dheireadh. Bha e a' bàsachadh! Agus aig 8.20f, air Diciadain an 9mh dhen Chèitean, leag a' bhuille mu dheireadh chun a' chanabhais e. Chaidh a chunntadh a-mach: "gu sìtheil na chadal agus gun chràdh."

Ach cha robh sìth sam bith aig Rita. Ò, an cràdh! Bha i air an leanabh aice a chall. Bha an toll na fhànas farsaing nach tigeadh gu deireadh.

An ath mhadainn mhiannaich i rudeigin a dhèanamh a bheireadh na b' fhaisge airsan i, rudeigin a bheireadh adhbhar dhi a bhith beò. Mar sin ghabh i oirre fhèin na stuthan pearsanta aige a chruinneachadh gus an roinn am measg an teaghlaich. Agus fhad 's a bha i a' rùraich am measg nam pìosan pàipeir aige, lorg i litir a bha e fhèin air a sgrìobhadh…ach nach do chur e riamh dhan phost.

Cha do dh'aithnich i idir an t-ainm a bh' air a' chèis, no an seòladh ann an Loch Baghasdail, ach nuair a dh'fhosgail i an litir fhuair i suim mhath airgid ann. Chuir seo iongnadh oirre. Oir bhiodh Seòras an còmhnaidh gann de dh'airgead. Dh'fhosgail i an uair sin an litir fhèin. Agus leugh i briathran a theab stad a chur na cridhe:

"…Is e an nì as cudromaiche gum biodh am fear beag toilichte, agus tha mi cinnteach gu bheil e mar sin – a dh'aindeoin 's nach eil athair ceart aige. Gu fortanach dhàsan tha d' athair fhèin òg gu leòr airson seasamh mar athair nam àite-sa, an-dràsta co-dhiù. 'S ann a nochdas an fhìor thrioblaid nuair a dh'fhàsas Seòras beag nas sine, 's a thòisicheas e a' faighneachd cheistean, oir 's e rud uabhasach a th' ann do leanabh a bhith a' smaoineachadh nach robh athair fhèin ga iarraidh. Tha mi 'n dòchas nach tig an smuain sin na inntinn gu bràth, ach tha eagal orm gu bheil seo buailteach tachairt.

"Feumaidh mi a ràdh gun robh coltas sgoinneil air sna dealbhan mu dheireadh a chuir thu thugam. Bu toigh leam eagallach fhaicinn a-rithist, ach chan urrainn dhomh an-dràsta. Chan aithne dhomh dè cho fada 's a bhios agam ri bhith a-staigh an seo, ach a-rèir choltais bidh mi ann airson deagh threis. Chan e gu bheil sin a' cur dragh orm, fhad 's a nì iad nas fheàrr mi. Tha mi seachd searbh sgìth a bhith nam euslainteach, 's bheirinn dad sam bith gus a bhith cho èasgaidh fallainn 's a bha mi nuair a choinnich thusa rium.

Feuch gun toir thu pòg mhòr do Sheòras beag, agus glacadh mòr, bhuamsa, 's tha mi an dòchas gum bi an dara co-là-breith aige sgoinneil."

Chuir e an uair sin trì pògan thuicese agus naoi chun a' bhalaich bhig. Siud far an robh an t-airgead a' dol! Sin a dh'fhàg e a' dol a dh'Uibhist!

Chan fhaiceadh Rita tro na deòir! Bha an fhuil aig Seòras fhathast beò – sa bhalach bheag aige! Dhèirich e a-rithist bhon chanabhas!

Sannt

"Tad gus an cluinn thu 'n tè seo," ghlaodh Magaidh 's i a' cur às a corp mar a b' àbhaist. "Nach do dh'iarr ise air a màthair tighinn a-nall a seo a choimhead às dèidh a' choin!" 'S rinn i sùilean mòra.

"B' aill leibh? Cò rinn dè?" fhreagair Emma, bho thaobh eile na feansa.

"Ise. 'N taobh eile dhìom, aig àireamh a-còig. Tha i dol gu banais agus dh'iarr i air a màthair tighinn a-nall an seo – a choimhead às dèidh a' choin aice!" thuirt i, a' roiligeadh a sùilean.

"Seadh..." arsa Emma, 's i mì-chinnteach a thaobh dè bha ceàrr.

"Dh'innis i dhomh gur dòcha nach dèanadh Bess a' chùis leatha fhèin san taigh-chon, on a bhàsaich an cù eile ud a bh' aca," arsa Magaidh. "'Cus bròin, ann an àite coimheach,' thuirt i!" 'S rinn i lasgan.

"Seadh," ars an tèile.

"Ach tad ort, èist seo. Nach do phàigh i faradh itealain dha màthair son gun tigeadh i a-nall às na h-eileanan – an seo! Faradh itealain? Gu taobh eile na dùthcha? Airson cù?"

"Och uill... tha feadhainn ann a tha measail air na peataichean aca," arsa Emma 's a corp seang, cumadail ga dhèanamh fhèin beag mar gum b' eadh.

"Tha fios a'm. Ach tha siud cus!" ars an tè mhòr 's i a' brùthadh a bilean ri chèile. "Fada cus!"

A dh' aindeoin 's gun robh i mì-chofhurtail, fhreagair Emma, na bu shocraiche, "Nuair a bha mise òg, bha cat againn, Tibby, 's bha sinne uile glè bhrònach nuair a bhàsaich ise."

"Aidh, ach cha chosgadh tu na tha siud de dh'airgead air cù a tha beò! Faradh itealain? Thalla!"

A' coimhead an fheòir ann an gàradh Mhagaidh, a bha làn chuiseagan, thuirt Emma, "Bidh adhbhar fhèin aig a h-uile duine." Rinn i osna agus chuimhnich i air na bana-charaidean a dh'fhàg i air chùl nuair a ghluais i. Fìor nàbaidhean taiceil, faireachdail ris am b' urrainn dhi bruidhinn gu domhain, mun a h-uile càil. Sin a bha a dhìth, sa bhail' ùr. Ach, cha robh dad ach gobaireachd fa-near do Mhagaidh.

"Uill, chan eil e ceart. Bu chòir do dhaoine a bhith glic le airgead!" ghlamh an tè mhòr.

Sheall i mun cuairt airson faicinn dè bha dol air an t-sràid. Ach cha do thill freagairt. 'S nuair a choimhead i air ais air Emma, b' e eagal a chunnaic i na h-aghaidh. "Dè th' ann?" dh'fhaighnich i.

Shònraich Emma, le a sùilean 's le gnogadh a cinn, gum bu chòir dhi seallatainn air a cùlaibh.

Nuair a thionndaidh Magaidh, cò a bha na seasamh aig an doras aice fhèin ach an dearbh thè a bha i a' cùl-chàineadh. Cho luath ri geàrr thuirt an tè mhòr, "Och, cha robh mi..."

Le deòir na sùilean, thionndaidh an tè air an robh i a' toirt breith air a sàilean, 's theich i dhan taigh.

Sheall Magaidh air ais air Emma, "Hud! Tuigidh i nach robh mi a' ciallachadh càil le na thuirt mi. Dìreach, chan eil e math a bhith ro bhog... mu bheathach."

Bha Emma air a dearg nàrachadh agus chaidh an dithis aca balbh.

Shèid oiteag tron t-sràid.

Le sunnd nach do fhreagair air an t-suidheachadh, thuirt Magaidh, "Och, uill, tha rudan agamsa ri dhèanamh! 'S mar sin chan urrainn dhòmhsa seasamh an seo a' cabadaich riutsa fad an latha." Is ghabh i air ais a-steach dhan taigh aice, gu sunndach.

Thill Emma cuideachd dhan dachaigh aice fhèin, gu smaoineachail, slaodach. Cha do dh'fhan i ro fhada a-staigh an sin – dìreach fada gu leòr airson beachd math a ghabhail air cùisean.

Dh'fhosgail an doras aice a-rithist agus, air a socair fhèin, choisich i sìos an staran. Fhad 's a bha i a' dèanamh air a' gheata bha an greabhal a' cnàcail fo a casan. Bha am fuaim ro àrd na cluasan-se. Ach ghabh i troimhe 's lean i oirre. Le sùil air fhiaradh a-steach air uinneig Mhagaidh, a bha a' fàireasaich oirre, choisich i chun an ath gheata an dèidh sin. Dh'fhosgail i e agus choisich i troimhe is suas an staran. Rinn an grinneal a bh' air an staran sin fuaim àrd cuideachd.

A dh'aindeoin 's gun robh i air a h-èideadh gu h-àlainn, le blobhsa ghlan, gheal, cotain agus briogais ùr a lean a h-uile cam na corp brèagha boireannta, agus brògan snoga a fhreagair air dath a briogais, bha an t-eagal oirre. Sheas i tiotan aig an doras mus do thog i a làmh chun a' phutain. Stad i, 's a corrag astar beag uaithe. Ach dh'fhalbh a meur air adhart is bhrùth i an cnapan. Bha crith innte.

Shaoil i gun tug e treis dhan tèile tighinn chun an dorais. Nuair a nochd i, chunnaic Emma i tron ghlainne. Bha i a' suathadh a sùilean.

Nuair a dh'fhosgail i an doras cha tuirt i ach, "Seadh?"

"Haa-um... Duilich dragh a chur ort. 'S mise Emma. Ghluais mi a-steach a dh'àireamh a naoi, o chionn seachdain – dà dhoras shuas. Bha mi dìreach ag iarraidh a ràdh gu bheil mi fìor dhuilich gun cuala sibh siud. Cha robh e ceart. Dh'fhaodadh gu bheil Magaidh caran aineolach, uaireanan."

"Tha i..." ars an tèile 's a làmh suas air a maoil a' dìon a sùilean mòra gorma, a bha cuartaichte le preas no dhà.

"Tha. Tha mi duilich; fìor dhuilich," fhreagair Emma. Bha blàths na grèine air a cùlaibh.

Thàinig stad goirid dhan chòmhradh.

"'S mise Danielle," ars an tèile, a bha beagan tapaidh, ach uabhasach brèagha, spaideil. "A bheil thu ag iarraigh tighinn a-steach?"

"'M biodh sin ceart gu leòr?"

"Bhitheadh. Trobhad." Is dh'fhosgail i an doras dhi.

A-staigh san trannsa shoilleir, sgiobalta sheall Emma mun cuairt. "Tha seo àlainn," ars ise. "Grinn is snasail. An toir mi dhìom mo bhrògan?"

"Ò cha leig thu leas. Ach, tapadh leat."

"Och, 's fheàrr dhomh 's dòcha. Bheir mi dhìom co-dhiù iad."

Às dèidh sin a dhèanamh, lean Emma Danielle a-steach dhan

t-seòmar-suidhe. Mhothaich i sa bhad gun robh an àirneis ùr 's an seòmar fhèin cho glan ri prìne. Bha a h-uile càil cho òrdail 's cho sgiobalta 's a ghabhadh. Mar thaigh-taisbeanaidh. Chun na làimhe deise chunnaic i 'n cidsin, mòr, fosgailte is uidheamaichte. Bha pìosan à Habitat 's à Conran an siud 's an seo. Bha an dà sheòmar, le chèile, mar an daoimean. A h-uile piuc mar a bhiodh e ann an sàr thaigh-òsta.

Ach, aon rud. Bha beagan de dh'àileadh coin ann. Cha robh e idir ro làidir, mar a dh'fhairichear ann an taigh nach fhaigheadh fruis math le sguabadair sa mhadainn. Ach bha beagan dheth fhathast ann. Chunnaic i an uair sin leabaidh-chon san oisein, ri taobh aon dhe na sèidhsean.

A' coiseachd a-null chun na sèidhse, cha mhòr nach robh an t-eagal air Emma suidhe – mus milleadh i an t-òrdugh anns an robh na cuiseananan, 's iad eagraichte gu teann a thaobh dath is meud.

"An gabh thu cofaidh no teatha?" arsa Danielle.

"Emmm, ghabhainn... deoch uisge... ma tha sin ceart gu leòr."

"Tha, mas e sin uile 's a tha thu ag iarraidh?"

"Aidh. Nì sin a' chùis."

"Tha feum agam fhèin air rudeigin nas làidire, às dèidh càineadh Mhagaidh a chluinntinn," arsa bean an taighe. "An gabhadh thu idir glainne fion còmhla rium?"

"Tuigear sin, ach cha ghabh. Tapadh leat. Dh'fhàs mi caran ro mheasail air, o chionn ghoirid. Tha an taigh agad àlainn ge-tà," fhreagair Emma 's i fhathast a' coimhead mun cuairt. "S toigh leam an dealbh pòsaidh mòr cuideachd, agus dealbhan nan con. 'S toigh leam dealbhan. Deagh chuimhneachain?"

"Tapadh leat. 'S e sin a th' annta. Tha sinn air a bhith ag obair air an taigh airson deagh threis. Tha Brianan, an duine agam, na shaor. Rinn esan a' mhòr-chuid dhen obair. B' àbhaist dha a bhith ag ùrachadh bhùitean airson companaidh-togail. Ach a-nis on a thàinig an Crìonadh oirnn uile, chaidh iadsan fodha, 's b' fheudar dha a dhol a-mach air a cheann fhèin. Tha e a' saoirsneachd a-nis, ann an àite sam bith far am faigh e obair. Bheil duine sònraichte nad bheatha fhèin?"

"Emm... Chan eil."

"Nach eil?" Bha seo doirbh do Dhanielle a chreidsinn, on a bha Emma cho brèagha 's a falt fada, donn air a h-aire a ghlacadh sa bhad 's e a' coimhead cho fallainn, saidhbhreach. "Chan eil rian nach eil cuideigin sònraichte aig tè àlainn dhed leithid-sa?"

"Hah, chan eil," arsa Emma le gàire bheag, bhrònach. "Bha. Ach chan eil a-nis."

"Seadh?"

"Dhealaich mise 's an duin' agam."

Ò, tha mi duilich," arsa Danielle 's i a' togail làmh le fàinneachan snoga airgid suas gu a beul 's an uair sin ga sìneadh air a cridhe. "Cha robh fios a'm." Agus thòisich an tè seo, leis a' ghruaig bhotal-bàn, ag ullachadh dà dheoch air leac-obrach a' chidsin. "Ma dh'fhaodas mi faighneachd," ars ise, "Bheil fada bhuaithe?"

"Mu bhliadhna; ann an dòigh."

"Seadh. An robh an dealachadh cràiteach?"

"An rud as miosa a thachair dhomh – riamh," arsa Emma.

"Tha mi duilich..." fhreagair Danielle 's i a' cromadh a cinn, mus do sheall i a shùilean na tè brèagha seo a bha a-nis air i fhèin a dhèanamh beag mu coinneamh. "Robh sibh fada còmhla?"

"Aon bhliadhna deug."

"Tha deagh threis an sin!" fhreagair Danielle gu dùrachdach. "Ach, mura h-eil e mì-mhodhail dhomh faighneachd, dè thachair?"

"Haa-um... Fhuair e tèile! Tè na bu bhrèagha 's na b' òige – tè a bheireadh dha na bha e ag iarraidh."

"Och tha sin suarach. Suarach! Tha mi duilich. Feumaidh nach robh e airidh ort!"

"Chan 'il fhios a'm. Ach bha gaol mo chridhe agamsa airsan. Tha fios a'm gu bheil sin fìor co-dhiù."

An dèidh beagan sàmhchair, dh'fhaighnich Danielle, "'N e sin a thug an seo thu? Toiseach-tòiseachaidh ùr?"

"'S e. Cheannaich Robbie an leth agamsa dhen taigh, 's leis an airgead sin, cheannaich mise Àireamh 9, an des res ùr agam fhèin."

"Habair ùpraid – imrich!"

"'S e sin a bh' ann. Tòrr aimhreite. Thug e bliadhna mus deachaidh a h-uile càil tron chùirt. Ach b' e an rud bu mhiosa gun robh againn ri bhith a' fuireach san aon taigh, còmhla, fad na h-ùine ud. 'S gu dearbh cha robh sin tlachdmhor! Ach cha robh gu leòr airgid againn airson cus eile a dhèanamh."

Ghabh sàmhchair greim orra aon uair eile.

"Ach tha mi a' dol a choimhead air a h-uile càil le suilean ùra a-nis. Bidh mi dòchasach. 'An rud nach toir bàs dhut, nì e nas làidire thu,' mar a chanas iad." 'S chùm i smachd air osna.

"Ach gu leòr mum dheidhinn-sa. 'S ann a thàinig mise a-nall dìreach a ràdh gu bheil mi duilich gun cuala sibhse an rud a bh' aig Magaidh ri ràdh. Bha siud aineolach."

"Bha. Ach tha sinn uile cleachdte rithe an seo. Cluinnear a guth sa Bhruiseal! Chuala mise a h-uile facal 's tha fios agam nach tusa a bha gam chàineadh. Na gabh dragh."

"Tapadh leibh. Cha robh mi idir toilichte gun deachaidh ur leòn ge-tà."

"Tha mi tuigsinn. Ach seo an rud. Tha fios aig Magaidh gun do dh'iarr mi air mo mhàthair tighinn a choimhead às dèidh Bess bheag, bhochd. Bha i ceart. Ach chan eil càil a dh'fhios aice carson a tha i cho cudromach dhomh."

"Tha mi a' dol leibh," arsa Emma. "Tha coin prìseil dhan na teaghlaichean aca. Nach eil?"

"Tha. Ach tha barrachd rim sgeul-sa. 'S e tìodhlac cudromach a bh' annta. Còrr is sia bliadhna air ais fhuair mi naidheachd uabhasach a reub mo chridhe às a chèile – 's nuair an fhuair mi i, chaidh mi drol. Chaill mi mo mhisneachd 's mo dhòchas, gu lèir. Mar oidhirp air mo chofhurtachadh, cheannaich Brianan an dà chuilean dhomh: Molly agus Bess. Bha mise ag obair bhon taigh 's bhiodh iadsan còmhla rium fhad 's a bhiodh esan air falbh ag obair. Agus gu dearbh thug iadsan làn-dhìlseachd dhomh nuair a bha cùisean dubhach. Tha coin nas dìlse na tha a' mhòr chuid de dhaoine."

"Nach ann agam a tha fios!"

"Tha a ghràidh, 's ann agad a tha," arsa Danielle. "Ach chaill mi Molly o chionn sia seachdainnean." Is sheall i air falbh dhan leabaidh-chon. "Bha sin na sgian nam chridhe."

"Och, tha mi duilich. Tha e garbh leòinte nuair a chaillear peata, nach eil? Tha iad cho mòr nam pàirt dhen teaghlach."

"Tha. Agus 's e sin fìor chnag na cùise dhòmhsa. B' i an droch naidheachd a fhuair mise – mus do cheannaich Brianan na coin dhomh – nach robh e an comas dhuinn clann a bhith againn. Leinn fhèin, dhuinn fhèin. Teaghlach."

"Ò, tha mi duilich, fìor dhuilich," fhreagair Emma. "Feumaidh mi aideachadh gun do mhothaich mi nach robh dealbhan chloinne shuas agaibh..."

"Aidh. Uill, cha b' e nach do dh'fheuch sinn. Bha sinn a' feuchainn, airson bhliadhnaichean. Ach cha robh dad a' tachairt, mòr 's ged a lùiginn gum bitheadh. Mu dheireadh thall, dh'fheuch sinn fiù 's IVF. Ach cha do shoirbhich leinn; gin dhe na tursan a dh'fheuch sinn."

"Tha strì mar sin sàrachail, nach eil," arsa Emma gu sàmhach.

"Tha. Tha cion-chloinne mar bhàs dhomh, a h-uile latha. Toll fàsail. Càil acrach nach gabh a lìonadh. Ach bha Molly 's Bess mar chloinn agam, dhomh fhèin. Cofhurtachd an àm m' fheum. Agus, ged a tha a h-uile duine dhen bheachd gu bheil mise gòrach, nuair a chaill mi Molly, chaill mi mo leanabh... agus chaill Bess a piuthar. 'S mar phàrant dhìse, feumaidh mi an aire a thoirt oirre. Sin dh'fhàg gun do dh'iarr mi air mo mhàthair tighinn a-nall. Cha robh mi idir a' dol a dh'fhàgail Bhess leatha fhèin san taigh-chon, aig an àm sa. Tha iad tòrr nas fhaireachdaile na tha daoine 'n dùil."

"Tha gu dearbha. Tha mi a' dol leibh gu tur."

"Bheil aithreachas idir ort a-nis, a bhith a' fuireach faisg air tè a tha cho craicte riumsa?"

"Chan eil gu dearbha. Emm... Tha mi ciallachadh... chan eil mi dhen bheachd gu bheil sibh craicte," fhreagair Emma gu nearbhach. "Gu cinnteach, chan eil!"

"Tha Magaidh 's feadhainn eile dhen bheachd sin. Tha fios a'm gu bheil."

"'S dòcha gu bheil. Ach chan eil mise. Cha robh tìde agamsa fhathast, mo chù-sa fhaighinn."

Cha robh Danielle buileach ga leantainn. Is sheall i oirre san t-sùil.

"Cha robh tìde agamsa cù fhaighinn airson companas is cofhurtachd a thoirt dhomh," arsa Emma.

"Och... bidh tìde agad airson sin a dhèanamh?" arsa Danielle, 's i fhathast caran mì-chinnteach.

"Chan e sin a tha mi a' ciallachadh," arsa Emma. "'S e a tha fa-near dhomh ach gu bheil an dearbh tholl mòr nam bhroinn-sa cuideachd. An aon chràdh."

"An aon chràdh?"

"Chan urrainn dhòmhsa clann a bhith agam nas mhotha. Tha mise cuideachd, 'neo-thorrach,' mar a chanas 'ad. B' e sin a bu choireach gun do thilg Daibhidh bhuaithe mi. Nuair a thuig sinn, an dèidh deich bliadhna a' feuchainn, nach robh an comas agamsa clann a bhith agam, shad e dhan dìg mi. B' e cion-sliochd a bu choireach gun do thòisich e le tèile – ach am faigheadh e na bha e ag iarraidh."

"Och, a ghràidh ort, tha mi duilich. An do dh'fheuch sibhse a h-uile càil cuideachd?"

"Dh'fheuch, ach cha robh air fhàgail dhuinn ach broinn is uighean boireannaich eile a chleachdadh. 'S cha robh mise ro dheònach an t-slighe sin a ghabhail. Mar a thachair ge-tà, rinn esan co-dhiù e... ann an dòigh eile nach do shùilich mi – 's, gu dearbha, nach robh mi ag iarraidh!" Bha crith na guth a-nis. "Chan eil fhios agam a bheil fiù 's cridhe agam tuilleadh; fear a tha an comas faireachdainn, gu dòigheil..."

"M' eudail. Tha mi duilich. 'S mise an seo a' faireachdainn cho dubhach air mo shon fhèin. Sin a dh'fhàg nach tàinig mi a-nall a chur fàilt ort nuair a ghluais thu a-steach dhan taigh agad. Cha b' urrainn dhomh m' aghaidh a chur ris an t-saoghal. Leis an fhìrinn innse, chuir mi seachad seachdain no dhà gun mhiann sam bith fiù 's agam a dhol a-mach. Agus nuair a chunnaic mi thusa a' gluasad nan stuthan agad a-steach bha thu a' coimhead cho òg, brèagha, saor. Shaoil mi gun robh a h-uile càil riamh agadsa 's gun robh do bheatha coileanta. Bha sannt agam dhut!"

"Ò 's tu nach leigeadh a leas. Gu dearbha chan eil mise, no mo bheatha, coileanta. Tad gus an cluinn thu seo. Nach do ghabh mi fiù 's farmad do chù an latha roimhe! Staigh sa bhaile, chunnaic mi saidh air teilidh ann an uinneag *Curry's*. Bha i air Pet Rescue 's bha cuileanan aice. Agus b' ise a bha sona leotha. Bha i gan imleach 's gan togail gu màthaireil, 's iadsan ga deoghal-se. 'S bha fios agamsa nach biodh an toileachas sin agam fhèin gu bràth! 'S ise a bha a' coimhead coileanta nam shùilean-sa. Cù! Bha sannt agamsa do chù! Ist! Nach do thòisich mi a' caoineadh, nam òinsich – air an t-sràid!"

Leis a sin sheall Emma air Danielle 's chunnaic i deur a' suathadh ri oir a sùla. Is thòisich i fhèin air caoineadh às ùr cuideachd. 'S b' e sin an caoineadh! Bha e mar gun do thaom cràdh nam bliadhnaichean gu lèir a-mach aiste, air an t-sèidhse.

Chuir Danielle sìos an dà ghlainne a dh'ullaich i 's thàinig i a-nall far an robh Emma, chun na sèidhse. Chrom i sìos ri a taobh 's chuir i a dà ghàirdean timcheall oirre ann am pasgadh blàth, cuartachail, tuigseach.

'S chaidh grinneas nan cuiseanan a mhilleadh.

"Bidh sannt naoinear air aon mhnaoi gun sliochd" (Gnàth-fhacal)

Nàrach

Solas dearg! Glaiste sa chàr ùr aice, bha Sìne a' goil. Na bu tràithe air an fheasgar, b' fheudar dhi leantainn oirre aig a h-obair airson trì uairean a thìde na b' fhaide na gheibheadh i pàigheadh air a shon. 'S cha b' ann airson a' chiad uair.

Air ais aig an stiùidio T.Bh., bha i air a bhith a' toirt a' phàirt mu dheireadh de shreath ùr phrògraman gu buil agus dh'fheumadh i a chrìochnachadh mus fhaigheadh i saorsa. Bha an stiùidio a' cosg airgead, agus b' e am buidseat a bha a' riaghladh!

Dh'adhbhraich sin corra phiobrachadh dhi: a bhith glaiste, thar làithean, ann an seòmar-gearraidh le àileadh plastaig nan uidheam a' lìonadh a sgamhanan; fo sholas ro-gheal a thug ceann goirt dhi; le deoch flodach, ris an canadh cuid cofaidh, son spionnadh a chumail rithe, ach, nach robh na chofaidh sam bith na beachd-se; agus, a bhith ag ithe cheapairean M&S – airson làithean.

Cha b' e sin uile 's. Bha aice cuideachd ri suidhe sa phrìosan chumhang sin cuide ri gearradair nearbhach, neònach. Dh'fheuch i iomadh turas ri còmhradh a dhèanamh ris, air corra chuspair, ach cha d' fhuair i ach freagairtean de dh'aon lide bhuaithe; a dhà, aig a' char a b' fheàrr. 'S bha i ceuste cuide ris airson còig làithean! Nan suidhe mu choinneamh sgàileanan a bha a' tilgeadh barrachd de sholas fuadain, bha aca ri dèanamh cinnteach gun robh a h-uile h-ìomhaigh, a h-uile pìos gu camara, a h-uile guth-thairis, a h-uile pong ciùil, a h-uile seanchas, agus, a h-uile h-anail, dìreach ceart. Fad na h-ùine seo, bha an cloc a' ruith 's cha b' ann san t-sunnd a b' fheàrr a dh'fhàg seo i!

Mu dheireadh thall ge-tà, a' fàgail ochd uairean, choilean iad an dleastanas. 'S ise bha taingeil gum faodadh i am prìosan ud fhàgail. Ach, mionaidean às dèidh dhi suidhe sa chàr, bha i steigte aig solas dearg, am measg shreathan de chàraichean stadach.

Thug smuain ionnsaigh oirre, "Carson 's gur tusa, an còmhnaidh, a dh'fheumas a' mhòr-chuid dhen obair a dhèanamh? Mar thachair leis a' choinneamh-planaidh airson nam prògraman ùra. Bha e mar a bhith a' tarraing fhiaclan, smuaintean fhaighinn bhuapa.

"Mar shàr eisimpleir: Niall Moireasdan, fear annasach eile! Nuair a mhol thu prògram a dhèanamh air cor nan eilthireach a bha a' tighinn a dh'Alba – a' sealltainn air còraichean, slàinte, gràin-cinnidh 's leas sòisealta – b' ann air èiginn a dhraghadh tu aon bheachd às. Nuair a thàinig thu gu bruidhinn air malairt-dhaoine, air strìopachas 's air mar a tha 'n riaghaltas a' làimhseachadh nam muinntir a tha os cionn na tràilleachd seo, cha tuirt e facal; aon fhacal! Cha do rinn e dad ach am brat-ùrlair a sgrùdadh. Cha mhòr nach do dh'èigh thu, 'Dè riamh tha ceàrr ort? Nach cuidich thu idir leam!'"

B' e cnag na cùise, gun robh Sìne a' faireachdainn gun robh aicese ris a' chompanaidh air fad a ghiùlan leatha fhèin.

Ach dh'fheumadh i a dhèanamh ge-tà, airson nach tigeadh dìth oirre mar a bh' orra nuair a bha i òg – 's a h-athair a' call a h-uile sgillinn air na h-eich. Tràill duine! 'S a màthair na clobhd'-sgùraidh. Cha leigeadh Sìne leatha fhèin a bhith san staid ud gu bràth. Cha dèanadh fear sam bith tràill dhìse! Bhiodh an dòigh-beatha 's an t-àite-fuirich aice cho cofhurtail 's cho sòghail 's a b' urrainn dha a bhith. Dhèanadh i cinnteach às!

Ach air an Dihaoine seo, b' ann gu slaodach a rinn i a slighe tro shràidean a' bhaile mhòir agus tacsaidhean a' dèanamh an-àird riaghailtean-dràibhidh dhaib' fhèin. Gnàth làitheil, sàrachail an dàrna baile.

Mar a b' fhaide a fhuair i air falbh bhon àit'-obrach ge-tà, b' ann a bu mhotha a chiùinich i. Co-dhiù, bheireadh e togail dhi faighinn dhan lùchairt bheag aice shìos aig ceann eile a' bhaile, 's i a' dol ga deisealachadh fhèin airson splaoid. Fàilt ort, oidhche Haoine!

Bha i a' dèanamh fiughair ri dhol a-mach còmhla ri dithis dhe na caraidean-obrach aice, bho roinn an ionmhais. Dh'fhàgadh deagh chrac i a' faireachdainn na bu choltaiche ri fìor bhall dhen chinne-daonna às ùr. Bha seo air dòchas a chumail rithe rè nan uairean a thìde dòrainneach mu dheireadh a dh'fhulaing i.

Ach, b' ann an uair sin, 's i na stad faisg air solais ceann Shràid Bhothwell, a chunnaic i rud a dh'fhàg an caothach buileach oirre. Mhothaich i do Niall Moireasdan.

Bha esan, air an tugadh iomradh mu thràth, na Neach-taic Pearsanta. Bha e ris an obair seo bho chionn bhliadhnaichean mòra 's e cho sona ri bròg, na neach-frithealaidh. Bu neònach le Sìne nach robh e ag iarraidh e fhèin "adhartachadh".

Co-dhiù, chunnaic i Niall a' coiseachd leis fhèin air a' chabhsair air an làimh dheis, 's lean a sùilean e. An dèidh ceum no dhà, stad e a bhruidhinn ri caileag òg a bha na seasamh air an t-sràid aig oisean togalaich. Bha i caol, truagh a' coimhead, agus bha am beagan aodaich a bh' oirre fada ro thana airson seasamh ri sìde gheamhraidh Ghlaschu.

An dèidh do Niall bruidhinn ris a' chaileig airson diog no dhà, choisich iad le chèile, sìos Sràid Bhlythswood, 's a-mach à sealladh.

Cha b' urrainn do Shìne a chreidsinn!

"Nàrach! An salachar dà-aghaidheach 's b' esan sin!" ars ise. "Siud a dh'fhàg e cho diùid sa choinneamh! A chogais."

A-niste, gu ìre mhòr, cha robh cus dragh aig Sìne dè a dhèanadh daoine le 'n ùine phearsanta fhèin. B' e a chuir corraich oirre ach nach robh fiù 's bliadhn' ann bhon a bha Niall air tighinn a-steach dhan oifis aca 's air innse dhan a h-uile creutair beò an sin, gun robh e air an "solas" fhaicinn 's gun robh a bheatha air cùrsa ùr. Dh'fhàs an còmhradh aige cho beannaichte 's gun saoileadh duine nach robh eòlach air gum b' e aingeal bho nèamh a bh' ann.

Ach, b' aithne dhìse fìor mhath dè an seòrsa duine a bh' ann, na latha. Bha i eòlach air bho àm sgoile! 'S gun cheist sam bith cha b' e Gàbriel sam bith a bh' air a bhith ann! Dh'fhaodadh i mìle sgeul innse mun olc a rinn e thar nam bliadhnaichean 's chuireadh iad rudhadh na ghruaidhean beannaichte. Ach, gu ruige seo, cha robh i air cus a ràdh.

A-nis ge-tà, bha i air "Niall Naomh" a ghlacadh a' dèanamh nì a leigeadh e air nach tigeadh fiù 's na cheann. Am breug-chràbhaiche! Chuir sin a' chais buileach oirre agus cha mhòr nach do dhèigh i a-mach air an uinneig às a dhèidh. Ach dh'atharraich na solais, is lean i oirre – a' cnàmh a cùlagan – gus an do ràinig i dhachaigh.

Diogan an dèidh dhi ruigsinn, chuir i teacsa chun an dithis eile a bhiodh a' feitheamh oirre sa bhaile. "Tad gus an cluinn sibh mo naidheachd. Chì mi sibh aig 9.30." An uair sin thòisich i air a deisealachadh fhèin.

Las i coinnlean a thug solas dhi nach robh idir cruaidh air a ceann 's a lìon an t-àite le fàileadh cùbhraidh, 's chuir i ceòl beòthail air. Bha i toilichte an t-aodach-obrach a thoirt dhith, is fras theth, thlachdmhor a ghabhail. Nuair a thiormachadh i i fhèin, chuir i a h-aodach oirre, le pièce de résistance sònraichte: an dreasa ùr a fhuair i san Ionad Eadailteach, far Sràid Ingraim. Mu dheireadh, chuir i oirre na brògan a b' fheàrr leatha, le na sàilean dearga. 'S a-mach air ais leatha dhan bhaile!

Nuair a ràinig i an club, chunnaic i an dithis eile sa bhad. Mhol iad an dreasa, mar bu chòir. Ach, b' ann a' feitheamh air an naidheachd aice a bha iadsan. Mheudaich i an dràma nuair a thuirt i, le sùilean mòra agus beul fosgailte an iongnaidh, "Cha chreid sibhse... gu sìorraidh... dè chunna' mise... a-nochd."

"Siuthad! Dè bh' ann?" arsa Eleanor.

"Bha Mgr Naomh, faisg air Stèisean Bhusaichean Anderston, a' falbh le... strìopach."

Thàinig stad orra.

"Thalla!" arsa Eleanor.

"'Bheil thu cinnteach?" arsa Màiri Anna, le seòrsa de thùirse na h-aghaidh.

"Cho cinnteach ris a' bhàs!"

"Tha sin nàrach! An trustar!" arsa Eleanor.

"Tàmailteach," arsa Màiri Anna.

Thòisich Sìne an uair sin air a h-uile mion-phuing dhen sgeul aithris. Nuair a dh'innis i dhaibh gach meanbh-nì a chunnaic i, dh'aidich Eleanor nach robh ise riamh air creidsinn gun robh 'atharrachadh' sam bith air tighinn air Niall. "Bho thùs," ars ise, "bha mise dhen bharail nach robh ann ach an cleasaiche. Tha 'd uile mar sin."

Bha Màiri Anna, air an làimh eile, air a chreidsinn. "Uill, bha mise deònach smaoineachadh gu robh rudeigin ann. Bha mi air mo mhealladh ge-tà."

"Ach," arsa Sìne, "chan urrainn do liopard a spotan atharrachadh." Agus lean i oirre, "B' aithne dhòmhsa Niall bhon a bha e òg 's cha b' e spiorad còir, deàlrach sam bith a bh' ann. Sàtan duine! Co-dhiù, chan eil duine sam bith, ge bith cò iad, a' tionndadh cho milis siud – gu h-àraid ann am priobadh na sùla! Thalla leis!"

Chaidh iad balbh airson diog no dhà agus an uair sin, lean iad orra a' mealtainn na h-oidhche san dòigh àbhaisteach, len uile neart!

An ath sheachdain, aig an obair, habair gun robh bonn còmhraidh aca. Nuair a choinnicheadh iad san àite-bìdh, bhruidhneadh iad gu socair nam measg fhèin mun phrìomh naidheachd aca. Corra uair, chitheadh iad esan, agus shealladh e orra mar nach leaghadh an t-ìm na bheul. Am balgair. Ach an dèidh sainnsearachd gu leòr a dhèanamh ma dheidhinn, rinn Sìne an-àird innleachd son a ghlacadh.

Thuirt Màiri Anna, "Chan eil mi a' smaoineachadh gum bu chòir dhuinne Miss Marple, Jessica Fletcher agus Kinsey Millhone a dhèanamh dhuinn fhèin idir. Tha thusa math air telebhisean agus 's e obair àireamhan as fheàrr a nì a dithis againne; chan e obair poileis."

Cha robh Eleanor ag aontachadh ge-tà. Bha ise ag iarraidh a ghlacadh agus mu dheireadh chuir iad romhpa gun dèanadh iad mar a bha Sìne a' moladh. Choinnicheadh iad uile Dihaoine, mun aon àm 's a chunnaic Sìne mu dheireadh e, san aon àite sam fac' i e – gus an aghaidh a thoirt air!

Mu dheireadh thall, thàinig seachdain na h-obrach gu crìoch. Chaidh iadsan uile gu na dachaighean aca fhèin mar a b' àbhaist. 'S às dèidh dhaibh dèanamh deiseil, thog Sìne an dithis eile is rinn iad air meadhan a' bhaile, sa chàr. An sin, shuas air cnocan Sràid Bhlysthwood, dh'fheith iad. Ach ged a shuidh iad a' dèanamh faire airson deagh threis, 's iad a' bruidhinn ri chèile ann an guthan ìosal, chan fhaca iad sealladh dheth. Fad na h-ùine, bha e a' fàs na b' fhuaire sa chàr.

Fhad 's a dh'fheith iad, chunnaic iad dithis dhe na mnathan mun coinneamh, air an t-sràid, san fhuachd. Bha iad nan seasamh astar math o chèile. B' iongantach leis an triùir aca ge-tà cia mheud BMW is *Merc* a thàinig an taobh gu slaodach, slìogach. Aidh, bha tòrr chàraichean snoga a' snàigeadh suas gu na boireannaich 's an dèidh còmhradh goirid, a' falbh leotha – a-mach dhan dorchadas. Chuir seo gaoir tron triùir aca.

Nuair nach do nochd Niall ge-tà, b' e Eleanor, mar a b' àbhaist, a dh'fhàs mì-fhoighidneach an toiseach. "Chan eil sealladh air! Saoil am bi e ris an dol a-mach aige, aig an aon àm, a h-uile seachdain?"

Cha robh a' chiad fhios aig tè seach tè aca ge-tà.

Roghnaich iad fantainn ùine ghoirid eile, dìreach gun fhios nach nochdadh e.

Ach an dèidh feitheamh son suas ri uair a thìde, dh'iarr Eleanor tarraing às.

B' ann dìreach an uair sin fhèin a chunnaic Sìne solas shìos an taobh a bha Niall air coiseachd leis an tèile an t-seachdain roimhe sin. Doras fosgailte aig ceann Shràid Holm. Shònraich i seo dhan dithis eile.

Bha an togalach fhèin coltach ri seann taigh-sheinnse, ach gun ainm os cionn an dorais. Bha coltas robach air. Ge bith cò leis e, cha do chosg iad airgead air an taobh a-muigh aige. Ged a bha oifisean is bùithtean beagan astair bhuaithe, b' e sràid bheag bhochd a bh' ann. Agus gun fhiosta dhan triùir seo, ri thaobh, fo Stèisean Anderston, bhiodh cuid dhe na saighdearan, a bh' air tilleadh o chogaidhean neo-fhìreantach thall thairis, a-nis a' feuchainn ri cadal a dhèanamh.

Ach tad! Nochd duine, tron doras a chunnaic Sìne. Bha e a' giùlan rudeigin – caileag òg, 's greim aige oirre fo a h-achlaisean. Bha i ann am fìor dhroch staid, gun chomas nan cas. 'S tad a-rithist. Aig a' cheann eile dhith, le greim air a casan, cò a lean ach Niall Naomh!

"Chuir iad druga dhan deoch aice!" arsa Sìne.

"Maslaigean a' mhic-mhallachd!" fhreagair Eleanor.

Fhad 's a sheall an triùir aca gu do-chreidsinneach air an olc a bha tachairt, chunnaic iad an dithis sin a' tilgeil na h-ingne an cùl seann chàir 's a' dèanamh às suas Sràid Bhothwell; a-mach às an t-sealladh, dhan dorchadas.

"Niste, bha 'n rud a rinn Niall an t-seachdain sa chaidh dona gu leòr, ach tha seo, uile-gu-lèir diabhalta!" ars Eleanor. "'S iomadh uair a chual' mi fathannan mu shalachaireachd a leithid seo, ach chan fhac' mi fhèin riamh dad cho deamhnaidh, nam bheatha!"

"Nam biodh fios aig muinntir na h-Eaglaise!" arsa Màiri Anna.

"Feumaidh sinn a dhol gu na Poilis," thuirt Eleanor. "Air Sràid Pitt, shuas 'n rathad."

Ach ròghnaich Sìne dìreach gairm-èiginn a chur thuca air a' fòn. Dh'innis i dhaibh dè a chunnaic iad, cuin is càite.

Leum an triùir aca an uair sin a-mach às a' chàr is rinn iad an slighe sìos chun an togalaich. Bha tè òg na seasamh faisg air an doras agus mar sin bhiodh ise na sùil-fhianaiseach dha na poilis, cuide riuthasan.

Nuair a dhlùthaich iad rithe ge-tà, thug i droch shùil orra – mar gun robh amharas oirre gun robh iad a' gluasad a-steach dhan 'raon' aicese no gu robh iad a' dol a dhèanamh tàire oirre.

Dh'fhaighnich Sìne dhi, "Gabh mo leisgeul. A bheil thu eòlach air Niall… Niall Moireasdan?"

An dèidh sùil mhath a thoirt orra 's deagh chnamhach a thoirt air a' bhìth-cagnaidh aice, fhreagair i, gu h-amh, "Carson?"

"Tha sinn dìreach airson faighinn a-mach, a bheil thu eòlach air."

"Tha. Bidh e a' tighinn sìos an seo," ars ise.

Sheall an triùir acasan air a chèile. Fhad 's a bha ise a' crochadh Nèill, bha iadsan a' dol a chrochadh air a h-uile facal aicese.

"Bidh e a' toirt rudan dhuinn!"

"Tha mi cinnteach gum bi," fhreagair Eleanor.

"Cha leig thu leas a dhìon," ars Sìne, a' togail a gutha. "Chunnaic sinn e! E fhèin 's an salachar eile, an-dràsta, a' tilgeil tè òg an cùl càir. 'S a' teiche leatha!"

"Chunnaic. Sophia Phòlanach!" ars a' chaileag gu fiadhaich. "Chan fhuiling i 'n còrr! Shluig i tiùrr philichean. Ach chunnaic Niall 's Tim i 's thug iad dhan ospadal i – gus a stamag a sgùradh. Gus a sàbhaladh!"

"De?" dh'fhaighnich Sìne, 's a smiogaid a' strucadh an làir.

"Tha 'd bho Chobhair Chrìosdail," ars ise. "Bidh iad a' toirt biadh dhuinn a h-uile h-oidhche... san t-seann taigh-sheinnse... 's a' còmhradh rinn. 'S iadsan na h-aon daoine san t-saoghal aig a bheil gràdh oirrne!"

Sa bhad bhoillsg na solais ghorma.

Suaimhneas

Air latha àlainn Earraich shìn Maria a corp caol, geal air cluainean shuas sna beanntan. Leig i aiste a h-anail, air a socair. "Haaaaaaaa," ars ise. "Tha sin... a-nis... nas fheàrr."

B' iongantach dhi gum b' ann tro laighe sìos a dhèanadh i adhartas.

Riamh bhon a b' urrainn do Mharia Ní Annracháin màgaran, bhiodh i ris a h-uile sìon le roid a dh'fhàgadh cat mòr an t-Serengeti na rotal. 'S cha do dh'atharraich sin nuair a thàinig i gu ìre. Dh'fhàs i gus a bhith na neach-obrach ealamh, èasgaidh: an seòrsa a chìte daonnan san oifis, fhathast ag obair, uairean a thìde às dèidh do dhaoine eile teicheadh dhachaigh. Dh'fheumadh ise an còmhnaidh a h-uile rud a dhèanamh dìreach ceart.

An toiseach bha a saothair a' toirt toileachas is togail dhi. Gach latha, thigeadh i dhachaigh às dèidh a h-obrach 's i misnichte. Leumadh i dhan fhrasair le sunnd 's ghabhadh i sìnteag a-mach às a' cheò 's i cho beò ri eun. Bhiodh a h-inntinn an-còmhnaidh làn de sgeamaichean ùra – airson gun dèanadh i a h-obair na b' fheàrr na rinn i riamh roimhe.

Ach, a-nis, cha robh i idir ga sàsachadh mar a b' àbhaist.

Bho chionn mhìosan, b' ann a thòisich na làithean aic' uile a' sìneadh a-mach, 's iad a' faireachdainn fada ro fhada. Bhiodh a sùil air a' chloc. Is ged a dh'fheuch i ri barrachd obrach a dhèanamh gus an t-seann togail fhaighinn, cha tachradh e. Bha e coltach ri mar a bhios heroin a' call a' chiad bhuaidh do thràill-dhrugaichean. Ged a rinn e a' chùis aig aon àm, cha riaraicheadh e tuilleadh i. Leis an fhìrinn innse, b' ann a bha a saothair a-nis ga fàgail a' faireachdainn na bu mhiosa.

Cha robh e gu diofar dè cho fada 's a caidleadh i air an oidhche na bu mhotha, oir dhùisgeadh i 's i a' faireachdainn dìth a' chadail fhathast a' brùthadh sìos gu trom oirre – mar innean gobha. Sin mar a bha e a h-uile latha riamh 's i cho sgìth ri seann chù.

Bha comharraidhean eile ann cuideachd. Ged a bha i ag ithe mar shùlaire, bha i cho caol ri clobha. A thuilleadh air a sin, le cho fuar 's a bha i, dh'fheumadh i còta 's stoc a chumail oirre – fiù 's san oifis. Agus dh'fhàs i greannach 's cha robh sin coltach rithse.

Le Maria cha b' e a-mhàin gun robh spionnadh innte gu nàdarra, bha comasan aice dha rèir. Bha na cairtean-measaidh sgoile fhathast aig a h-athair san drathair àrd aige san deasg 's iad uile làn molaidh – o bhun-sgoil gu àrd-sgoil. Ma fhuair leanabh riamh luaidh bho thidsearan, b' ise an creutair comasach sin.

Mar sin, cha robh e na iongnadh gun do cheumnaich i le urram nuair a bha i 21. Dà bhliadhna eile 's bha MA aice. Trì bliadhnaichean an dèidh sin 's shoirbhich leatha leis an tràchdas a dh'ullaich i. Choisinn i an treas ceum aice, am PhD, nuair a bha i dìreach 26. Bha ultach litrichean às dèidh a h-ainm.

Bha e sna daoine aice a bhith comasach.

Cheumnaich Mìcheal, bràthair beag Mharia, le ceum aig a' phrìomh ìre cuideachd. Bha a h-athair na cheannard-sgoile ann an sgoil Sutton Park, sgoil mhath phrìobhaideach, ann am Baile Àth' Cliath. Mar sin, bha comas san teaghlach. Cuinnegan deth!

An dèidh dhi an tiotal aice fhaighinn, an Dtr, dh'fhàg Maria Baile Àth' Cliath is fhuair i obair ann an Alba, an Inbhir Nis, os cionn pròiseact a bha a' dèanamh coimeas eadar dual-chainntean Gàidhlig na h-Èireann is dual-chainntean Gàidhlig na h-Alba, airson stòras briathrachais a chruthachadh eatorra do luchd-leasachaidh cànain na dùthcha ùir aice. Bhiodh na dhèanadh i feumail do mhìltean.

A-nis, b' ann fhad 's a bha i stèidhichte ann an Inbhir Nis a choinnich i ri Javen. Bha inntinn gheur aigesan cuideachd. Bha iad a' tuigsinn a chèile. Na b' fheàrr buileach, ged nach robh esan farpaiseach na nàdar, mar a bha ise, bu toigh leis-san cuideachd a bhith a' coiseachd nam beann! Cha b' fhada gus an do phòs iad.

Abair àireamh de dh'atharrachaidhean: dùthaich ùr, obair ùr, dachaigh ùr agus fear-pòsta ùr. Bliadhna na b' fhaide air adhart 's bha leanabh aice cuideachd! Ultach de cheumannan ùra na beatha!

An dèidh ùine ghoirid ge-tà thadhail an truimead-inntinn oirre, a' chiad uair. An toiseach, thàinig e ceum air cheum. Mhothaicheadh Javen dhi a' leum, nuair a dh'fhalbhadh clag an dorais, no nuair a sheirmeadh a' fòn. Leumadh i mar gu robh sgian a' dol troimhpe. Uaireannan, 's i a' fàs caran eangarra, dh'èigheadh i, "Nach toir daoine idir fois dhomh? Dè tha ceàrr orra?" Chaidh a lìonadh làn de chùraman.

Shiubhail mìosan san dòigh seo agus mu dheireadh thàinig e chun na h-ìre 's nach b' urrainn dhi a h-inntinn a chumail air a h-obair idir. Bha e mar gun do dh'fhàs neuronan a h-eanchainn ro shlaodach airson a smuaintean a ghiùlan mar a b' àbhaist, no fiù 's na h-uimhir dhiubh a ghiùlan. Bha i a' faireachdainn gun robh i an-còmhnaidh air dheireadh le a h-obair. Agus, le cho grod 's a bha i a' faireachdainn, thaomadh na deòir a-mach aiste. Chuireadh i truas air deachdaire.

Mu dheireadh thall, le tòrr brosnachaidh bho Javen, chaidh i gu ionad an dotair a shireadh cobhair. Às dèidh dhi ceistean a fhreagairt an sin agus bileag-cheasnachaidh a lìonadh, thuirt ise gun robh "sprochd" oirre. Agus sgrìobh i bileag a' moladh *Prozac* dhi.

Shuidh Maria an sin ga coimhead... 's i air a dearg nàrachadh. Dh'èigh i, "Chan eil mise às mo rian!"

Ach bha an lighiche deiseil: "Chan eil; tha fios a'm nach eil. 'S ann a tha thu tinn... gu ceimigeach... agus cuidichidh na pilichean seo thu."

Uill, thug e treis, ach mu dheireadh thall chuir an dotair na ceann gum biodh e math nan toireadh i a' bhileag-òrdachaidh leatha – "gun fhios nach bi feum agad air uaireigin."

Thug Maria leatha am pàipear. Ach shuidh e san drathair airson trì seachdainean. Mun àm sin ge-tà bha i a' faireachdainn cho claoidhte is gun do ghèill i, agus thog i iad bhon chungaidhear.

Cha do shaoil i gun do rinn na bomaichean beaga ceimigeach seo diofar sam bith dhi, ach bha e na sheòrsa de dh'fhaothachadh dhi dìreach gun deachaidh aice air innse do chuideigin mu mar a bha i a' faireachdainn. Bha i a-nis a' faighinn nòtag-tinneis cuideachd a bha a' ceadachadh dhi a bhith far na h-obrach. Leis an t-saorsa sin, cha robh an nàdar aice a' faireachdainn buileach cho straicte 's a bha e.

Beagan ùine sìos an rathad agus mhol an Dotair aice a cur gu eòlaiche-inntinn. Ged a chuir seo cuideachd uallach oirre an toiseach, le beagan smaoineachaidh, dh'aontaich Maria. Aon uair 's gun robh i air a' chiad cheum a ghabhail – a dhol chun an dotair sa chiad àite – bha i a' fàs beagan na bu deònaiche aideachadh gun robh feum aice air taic agus gun robh i ga h-iarraidh.

An toiseach bha i car eagalach mu dol chun an Dtr Helmut Stenschke. Bha i a' sùileachadh seann Ghearmailteach le feusag, malaidhean tiugha, speuclairean cruinne de shlige shligeanaich, lèine, le crabhat mu amhaich, deise de chlò Hearach agus brògan donna robach. Bha i cuideachd a' sùileachadh fear a shireadh rudan drabasta a chladhach à doimhne a mac-meanmhainn.

Ach, nuair a chaidh i a-steach dhan ionad-slàinte fhuair i fear snog a bha mu cheathrad, le falt fada, gleansach donn, aodann tlachdmhor, lèine-ball-coise FC Bayern Munchen, le dinichean ùra glana air agus le brògan-ruith Nike, dubha, air a chasan. An àite a bhith a' cur cheistean mu mhiannan-feise neònach oirre, b' ann blàth, cuideachail, pragtaigeach a bha an fhìor dhuine.

Gun cheist, bu mhòr a b' fhiach dhi an ceum seo a ghabhail, oir thug an t-eòlaiche-inntinn tuigse air leth dhi. Cha b' ann a-mhàin mu dheidhinn an tinneis aice, ach cuideachd – agus nas cudromaiche buileach – mu deidhinn fhèin. B' e seo cridhe na cùise.

Tro bhruidhinn ris an eòlaiche seo thairis air dusan coinneamh, chaidh aige air Maria a shealltainn dhi fhèin. Tro cheasnachadh, èisteachd is còmhradh thog e seòrsa de sgàthan a dh'fhoillsich a smuaintean dhi. Chuala i na freagairtean aice fhèin air am fuaimneachadh 's cha b' ann na ceann a-mhàin. B' e taisbeanadh iongantach a bha an seo. Ò, bha i air boillsgidhean beaga dhi fhèin fhaicinn, aig amannan, thar nam bliadhnaichean. Ach bha an dealbh ùr seo fada na bu choileanta. Mar eisimpleir...

An uair a dheigheadh i a-mach a ruith no a shreap, cha robh e gu leòr dhi dìreach a fèithean a chur gu feum, a sgamhain a chur a dh'obair agus a cridhe fhaighinn gu plubadaich. Bha aicese ris an turas a dhèanamh san ùine a bu ghiorra a b' urrainn dhi! B' e sin am prìomh amas, an-còmhnaidh. Agus nam biodh feadhainn eile air an aon slighe rithe, dh'fheumadh i faighinn seachad orra. Dh'fheumadh ise buannachadh.

Aon sheisean, dh'aidich i ri Helmut (nach robh measail air an tiotal "an Dtr Stenschke") gun robh latha ann, nuair a bha i trom ochd mìosan, nuair a bha i a-muigh a' rothaireachd. Bha i air barrachd air deich mìle a dhèanamh mu thràth. Dà mhìle bhon taigh chunnaic i seachdnar a' tighinn a-mach bhon taigh-òsta mu dhà cheud slat air thoiseach oirre. Bha iad uile an siud le lycra, lèintean lainnireach is clogaidean 's iad air na rothairean a b' fheàrr a cheannaicheadh airgead. Uill, trom 's ged a bha i, chuir i a ceann sìos, agus rinn i às aig peilear a beatha, 's i ag iarraidh faighinn thuca.

Nuair a nochd i aig an taigh aice fhèin 's a h-anail na h-uchd, thòisich i ag innse do Javen mun t-seachdnar. Dh'innis i dha mar a chuir e oirre gum biodh iad air thoiseach oirre, "le na bha siud de ghille-bholais fa-near dhaibh." 'S mu dheireadh thuirt i, le moit, "Ach fhuair mi greim orra uile 's chaidh mi seachad orra gu lèir, gach creutair beò dhiubh. Hah!"

Gun fhacal, sheall sùilean Javen, air an socair, bho a h-aghaidh fhallasach... gu a brù mhòr, chruinn.

B' e sin ise. Farpais a bh' anns a h-uile càil a dhèanadh i.

Ach le cuideachadh bho Helmut, thuig Maria nach leigeadh i leas a bhith a' farpais an aghaidh a h-uile duine, ach gum b' fheàrr dhi fada fichead an t-slighe fhèin a mhealtainn – a bhith beò agus sona san àm a bha an làthair. Dh'obraich i air, beag air bheag, agus thòisich cuid dhe na h-eallaichean air tighinn dhith.

Thuig i cuideachd carson, bhon a dh'fhàs cùisean dòrainneach dhi, a bhiodh i a' dol a shreap na h-aonar. Air sgàth nach fhuilingeadh i gun deigheadh i suas cuide ri feadhainn a dh'fhaodadh an t-slighe a ghabhail na bu luaithe na i fhèin, sheachnadh i an cunnart sin. Bha e na b' fhasa dhi a dhol na h-aonar, oir mar sin cha chailleadh i uair sam bith.

Ach a-nis, mura b' e "buannachadh" ach "mealtainn" an t-amas a bha gu bhith aice, dh'fhaodadh sin atharrachadh cuideachd. Agus dh'atharraich e. Oir thòisich i a' cur fàilte air combanas a-rithist. Bhuilich an tuigse seo piseach. Bha i tòrr na bu shaoirsneile. Saoil am b' ann air an adhbhar sin a thuirt an t-seann abairt Ghreugach, "Bidh eòlach ort fhèin"?

Leis an treòrachadh aig Helmut, ghluais i chun an ath cheum: a bhith a' tuigsinn carson a bha i mar a bha i. Le beagan èisteachd, ceasnachaidh is soillseachaidh a bharrachd, chaidh sealltainn dhi gum b' e a bu choireach ach gun robh guth air a bhith ag èigheach na ceann thar nam bliadhnaichean; guth biorach a bhiodh a' sgreuchail,

"Na bi cho slaodach! Nach greas thu ort! Dè a tha gad fhàgail cho leisg?"

Mar sin chanadh Maria rithe fhèin, "Ma tha mi a' dol a sheachnadh a' chàinidh feumaidh mi an-còmhnaidh a bhith luath, trang 's air thoiseach."

Ach, air an làimh eile, ged a bha i uaireannan ga putadh fhèin ro chruaidh le spòrs, bha eacarsaich cuideachail dhi. Oir, nuair a stadadh i às dèidh a bhith a' ruith, bhiodh i uile-gu-lèir air bhàrr an t-saoghail – beò is saor ann an dòigh nach ceadaicheadh nì sam bith eile dhi! Bha endorfanan mar dhruga beothachaidh dhi.

Agus, chumadh ruith caol i. Bha sin cudromach. Oir bha cuimhne chràidhteach aice air latha – nuair a bha i ceithir bliadhn' deug – nuair a bha an sgreuch ud air a gearradh. An latha sin thuirt guth na starraig-cinn, "Seall air do bhrù! Iuchd! Cha leiginn-sa, gu sìorraidh, le brù mar sin a bhith ormsa!"

Ged nach do thuig Maria fhèin e aig an àm, b' ann an uair sin a thòisich i a' fàs caol na corp. Ach, dh'fhàs i caol na h-inntinn cuideachd, a thaobh fèin-ìomhaigh, fada mus do thòisich greim na galair ud a' toirt ionnsaigh air a caolan. Guth a' chàinidh a bu choireach.

Ach leis a' chuideachadh aig Helmut, thuig i gum b' ann na cuimhne a-mhàin a bha an guth. Cha robh duine sam bith ga ràdh rithe an-diugh. B' e mothachadh air leth cudromach a bha an sin.

'S le barrachd soillseachaidh, mhothaich i do nì no dhà eile a sheall dhi cho fad' is farsaing 's a chaidh an trioblaid aice. An dèidh a bhith a-muigh a' coiseachd, no a' ruith, no a' sreap, shìneadh i san amar theth san uisge a bha ga h-ionnlaid gu tur. Dh'èireadh Maria an uair sin is thogadh i searbhadair – a bhiodh taisgte sa phreas – ann an òrdugh: a thaobh seòrsa, a thaobh dath, a thaobh tighead agus a thaobh meud. Dh'fheumadh iadsan cuideachd uile a bhith san riochd "cheart" – bho mhòr air an làimh chlì, gu beag air an làimh dheis. Dh'fheumadh iad! Thuirt an sgreuch-cinn gum feumadh,

"Bean-taighe sam bith nach cùm a taigh fhèin an òrdugh, chan airidh i air an ainm."

Sheall Helmut dhi ciamar a thòisich seo. Mhìnich e gum bi clann bheaga a' faotainn na dòigh sam bi iad an dà chuid a' tuigsinn an t-saoghail, agus iad fhèin, eadar a bhith air am breith is mu dhà bhliadhn' dheug. Às dèidh sin bidh iad a' leughadh gach nì a thachras dhaibh tron fhrèam-tuigse a dh'ionnsaich iad nan leanabachd. Mar sin, tha na theagaisgeas iadsan a tha timcheall orra dhaibh aig an àm ionnsachaidh ud, air leth cudromach.

"Bu chòir gum b' e 'an t-ionnsachadh òg an t-ionnsachadh bòidheach,'" ars esan. "Ach, ma bhios inbhich an-còmhnaidh ag ràdh riutha gu bheil aca ri bhith nas fheàrr na daoine eile, bidh iad a' smaoineachadh nach eil feum annta mura bi iad nas fheàrr na daoine eile. Bidh buaidh aig a seo air mar a thuigeas iad iad fhèin bhon àm sin a-mach."

Thairis air na mìosan comhairleachaidh, thuig Maria an teagasg. Shùgh e a-steach dhan eanchainn aice. Thuig i cuideachd nach robh an guth a bha ga càineadh idir ceart, còir no fìor. Bha e aineolach. Cha robh i reamhar nuair a bha i ceithir bliadhn' deug agus chan fheumadh i a bhith na bu luaithe na daoine eile. Cha bhàsaicheadh i idir mura bitheadh.

Tro dheuchainnean dearbhaidh a chuir an t-eòlaiche roimhpe, chunnaic i nach fheumadh a h-uile sìon a bhith coileanta fad na h-ùine airson gun gabhadh daoine rithe. Cha deigheadh a diùltadh nan dèanadh i mearachdan beaga, no mura biodh na searbhadairean aice ann an òrdugh. Bha math gu leòr... math gu leòr!

Chan fheumadh i idir a bhith a' farpais an aghaidh a h-uile neach eile a tharraingeadh anail. Is bhon àm sin, nuair a thuigeadh i gun robh an guth grànda ga dìteadh, dhiùltadh i èisteachd ris. Agus mìos thar mhìos, dh'fhàs am piseach.

B' e sin a dh'fhàg air a' chluainean a-nis i.

"Haaaah!" arsa ise 's a corp caol, geal na laighe lag, tlàth air an fheur. Le a h-aghaidh suas, 's a sùilean dùinte, bha i a' mealtainn oiteagan gaoithe blàth a bha a' dannsa thairis air a craiceann. Sheall i a-null chun na làimhe clìthe agus bha Javen 's an dithis chloinne aca a' ruith mun cuairt gu sona le ball, còmhla ris a' chàraid bhon an ath dhoras 's a' ghràisg acasan. Shìn i airson ùine na b' fhaide buileach.

Air a socair, tharraing i a h-anail air ais a-steach a-rithist 's i a' fèin-fhiosrachadh leigheas an t-suaimhneis. "Bha latha ann nuair a dh'fheumainn sreap suas gu mullach gach Corbett is Munro a bh' ann agus faighinn thuca na bu luaithe na a h-uile nic-màthar fon ghrèin." ars ise rithe fhèin. "Cha b' urrainn dhomh an teaghlach a thoirt còmhla rium, oir chumadh iad air ais mi. Ach a-nis bidh mi a' coiseachd eadar na beanntan... còmhla riutha. Agus bidh mi dìreach a' sìneadh 's a' gabhail na grèine – ge bith dè a chanadh mo mhàthair!"